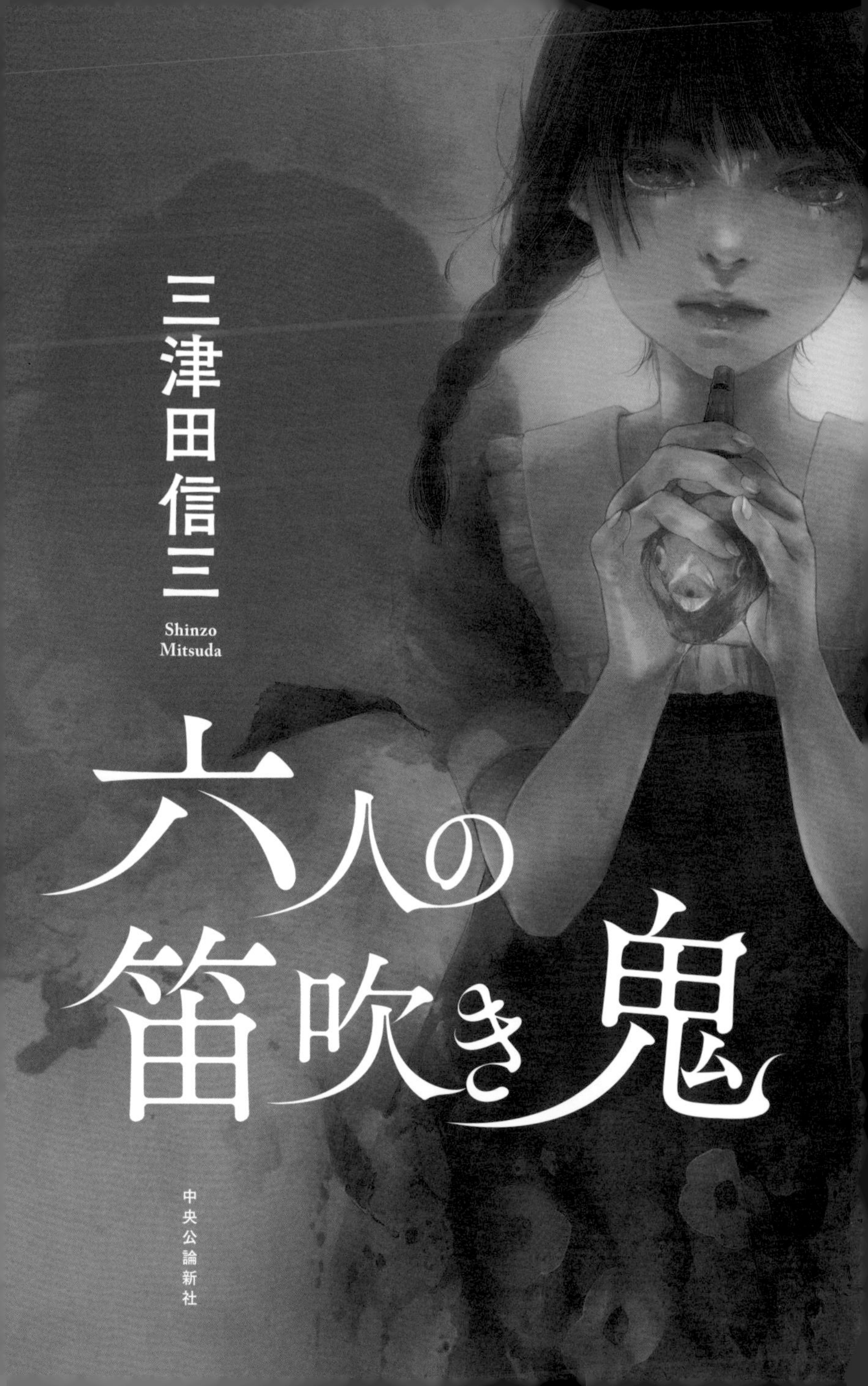
三津田信三
Shinzo
Mitsuda
六人の
笛吹き鬼
中央公論新社

目次

登場人物

〈笛吹き鬼〉で遊んでいた六人の子どもたち

松島妃菜《まつしまひな》
橘　葵衣《たちばなあおい》
砂渡奈永《さわたりなえ》
牧村咲美《まきむらさきみ》
清水萌子《しみずもえこ》
成瀬京子《なるせきょうこ》

〈関係者〉

松島秋菜《あきな》　妃菜の母親。複数の会社の経営者。発語に軽い障害がある。
橘絹子《きぬこ》　葵衣の母親。視力に軽い障害がある。
砂渡利恵《としえ》　奈永の母親。奈永の弟・永司《えいじ》が生まれる前に離婚。聴力に軽い障害がある。
成瀬逸子《いつこ》　京子の母親。ある宗教の活動を熱心に行なう。

三根翔《みねかける》　摩館市立第二小学校の教師。
北越詢子《きたごしじゅんこ》　交通安全ボランティア。
大桐謙作《だいどうけんさく》　町内会の会長。

六人の笛吹き鬼

第一章　小公園

……変な笛が鳴ってる。

砂渡奈永《さわたりなえ》のもっとも古い記憶の一部に、この無気味な笛の調べがあった。それは耳に障《さわ》るような苛立《いらだ》たしさと、心をざわめかせる不穏さを孕《はら》んだ音色で、ずっと聞いていると彼女自身も呼応して叫び出しそうになる。そんな恐ろしい想像をしてしまうほど厭《いや》な音色だった。

小山の上に何かがいて、それが笛を吹いてる。

そういう奇妙《きみょう》なイメージに、ずっとつきまとわれている気がした。例の小公園で遊んでいるときは、いつもそうだった。

ところが、あの日だけは違った。

……変な笛が鳴ってる。

本当に笛の音が聞こえたからだ。ただし小山の上で鳴っているのかどうか、それは分からない。でも、どこかで響いていた。

私の笛じゃないよね。

閉じていた両目を薄っすら開いて、右手に持っている鳥の形の笛を見つめる。自分が今、それを吹いていないのだから当たり前なのに。しかし幼いがゆえに彼女は、そんな混乱をとっさに覚えた。

当時の奈永は七歳で、もう小学校に通学していたため、学校生活に関する様々な思い出があるはずなのに、その記憶が実はあまりない。あのころを思い出そうとすると、得体の知れぬ笛の音といっしょに、決まって小さな公園の風景が蘇《よみがえ》る。

あんな忌《い》まわしい事件があったから……。

けれど、どこまでが実際の幼いころの体験で、どこからが長じてから知った情報に基づく記憶の改竄《かいざん》――という表現がきつければ再構成と言い換えてもよい――なのか、彼女自身にも見分けがつかない。

あの入り組んだ事件の中身から考えるに、ほとんどが後年になって一から理解した結果だと思われるのだが……。ただ、すべてが地に足の着いた現実世界の出来事だったと受け入れるには、あまりにも不可解な点も多くて……。そうなると人知を超えた現象もあったと見なさなければ、とても全部を説明できない気もして……。

間違いないのは小さな公園が、当時の奈永にとっては、とても大きな世界のひとつだったということだろう。

その小さくて大きな世界で、いったい何が起きたのか。彼女の記憶と後づけの情報を加味して説明すると、おおよそ以下のような話になる。

摩館《まだて》市の日引《ひびき》町に〈笛吹き公園〉はあった。平坦な芝生《しばふ》の広場を持つ大公園、滑り台やブランコなどの遊具と砂場を備えた小公園、その間に盛りあがっている小山、この三つを併せたのが笛吹き公園である。上空から眺めると南北に延びる陸上のトラックのような形になる。

公園の西側は多少の交通量がある広い道路が走り、北側の高台には真新しい住宅が建ち並ぶ。東側は緑道をはさんで滅多《めった》に車を見かけない狭い道路が通り、その道の片側は古くからの住宅地である。南側は小学校の敷地に面していた。

こういった周囲の環境から、ここには「独立した公園」のイメージがあった。大公園の出入り口は東西にひとつずつ、小公園は東にひとつしかないことも、そういう印象の原因だったかもしれない。

大小の公園を比べた場合、人気があるのは圧倒的に大公園だった。ある程度の広さを持った平らな草地の空間は、子どもが遊ぶにも大人が身体を動かすにも適しており、天気の良い休日には家族連れで賑わうスポットになっている。

一方の小公園は開放的な大公園とは違い、そもそも面積が広くないことも手伝って、どこか閉鎖《へいさ》的な陰気さが感じられた。南側に摩館市立第二小学校の金網が迫り、そこに植えられた樹木と設置された体育倉庫のせいで、つねに日陰ができている。西側は広い道路との間に雑木林があり、北側の小山には見下ろされているような圧迫感を覚える。おまけに東側の前の通りには空家が目立っていた。

小学校に隣接していると賑やかそうだが、運動場の隅に建てられた体育倉庫の辺りは不人気らしく、児童たちの姿など少しも見かけない。わぁわぁと元気に遊ぶ声だけが聞こえて、肝心《かんじん》の姿が目に入らない状態は、妙に物寂《ものさび》しいものである。小公園にいると特にそう感じられてしまう。

そんな小公園にも少数ながら利用者はいた。幼い子どもとその母親たちである。遊具と砂場という環境が、まず使用者を選んだ。それに大公園のように年上の子どもがいると、小さい子は危ない目に遭《あ》いかねない。向こうが集団でボール遊びをしている場合など、どうしても危険度は高まる。その点こちらの公園は、まず年上の子どもたちが来ない。仮に姿を見せても、幼い子どもと母親を目にすると、すぐに立ち去る。きっと自分たちが場違いに思えるからだろう。

いつしか小公園は、幼い子どもたち専用の遊び場になった。ただし注意も必要だった。大公園の北側は新興住宅地のため、もし何か事故があっても誰かが気づいてくれるかもしれない。しかし小公園で子どもだけが遊ぶとなると、そうはいかない。母親たちは万一を心配した。そして話し合いの場がもたれた結果、必ず母親のひとりが付き添うことに決まった。同じ小学校に通い、いつもいっしょに遊んでいたグループだったからこそ、そういう取り決めができたのだろう。

つねに見守っている大人さえ誰かいれば、小公園は幼い子にとって理想的な遊び場と言えた。大公園デビューできるまでの数年間、ここで遊ぶのも悪くない。そういう考えが当時、奈永たちの母親にあったのは間違いない。

ただ一方で小公園を――というよりも笛吹き公園そのものを――非常に毛嫌いして、我が子に出入りを禁じる家庭もあった。

笛吹き公園に行ってはいけません。

もし行っても決して小山には登らないように。

もし登ってしまっても小公園側には絶対に下りないこと。

そんな風に子どもに言い聞かせるのは、たいてい同居している祖父母だった。その背景には、ある事件の記憶が横たわっていた。しかし、もちろん当時の奈永たちは何も知らない。彼女たちの母親は全員が既知だったかもしれないが、それよりも現実問題――子どもたちを遊ばせる場所の有無――に目を向けていたため、あまり気にならなかったのか。昔の話だと問題にしなかったのか。

いずれにせよ奈永たちは、あの日も小公園で遊んでいた。

それは木曜日だった。一週間のうち木曜と金曜の二日しか、六人が全員そろうことはないので、とてもよく覚えている。

砂渡奈永は月曜から水曜まで〈チャイルドタレント〉に通っていた。そこでは就学前の子どもから小学生を対象に、日本語の読み書き、英語や算数、音楽や美術、果てはダンスや演劇などまで、あくまでも遊びを通した幅広い「教育」を行なっていた。

ただし「遊び」とチャイルドタレントの資料にいくら記されていても、それは間違いなく「勉強」だった。彼女にとって遊びは楽しいものなのに、そうは感じられなかったのだから確かである。そこは幼い子ども向けの——かつ親に対しては富裕層向けの——つまりは立派な「塾《じゅく》」と言えた。

この年の一月、NHK教育テレビ「おかあさんといっしょ」の「今月の歌」で発表された「だんご3兄弟」は、またたく間に子どもたちの人気を得た。そのため小学校でも頻繁に流されたが、チャイルドタレントは違った。そういう時流には乗らない、それでいて確かなカリキュラムを誇っていたからだ。

この世間の風潮《ふうちょう》には安易《あんい》に迎合しない「教育」の姿勢が、一部の親たちに大いに受けた。そのためチャイルドタレントは教室数を、ちょうど増やしている最中だった。

奈永が望んだわけではなく、しかも砂渡家にとっては痛手とも言える額の月謝を支払ってまで、母親の利恵《としえ》がチャイルドタレントに娘を行かせたのは、松島妃菜《まつしまひな》と橘葵衣《たちばなあおい》の二人が通っていたからである。

でも、あの二人のお家《うち》は——。

砂渡家に比べて「お金持ち」だと、彼女も子どもながらに理解していた。実際チャイルドタレントに来ている多くが、裕福な家の子どもだった。

けど、私のところは――。

牧村咲美《まきむらさきみ》と清水萌子《しみずもえこ》の家と、ほぼ似ているのではないか。そんな風に奈永は思おうとしたが、実は自分でも嘘をついている――というのが言い過ぎなら誤魔化《ごまか》している――と子ども心にも分かっていた。

本当は咲美と萌子の家と、みんなから「貧乏」だと思われている成瀬京子《なるせきょうこ》の家との、ちょうど間くらいに砂渡家はいた。

そのため仮に奈永が、咲美と萌子よりも妃菜と葵衣と仲良しだったとしても、チャイルドタレントに入れたはずがない。しかも彼女と一番仲良しなのは京子だった。互いに父親がいないうえに、祖母と同居している点など、どこか境遇も少し似ていた。それで気が合ったのかもしれない。にもかかわらずチャイルドタレントに通う羽目になったのは、三人の母親同士の強い結びつきのせいである。

奈永の母親は聴力に、妃菜の母親は発語に、葵衣の母親は視力に、それぞれ軽い障害があった。だからといって保護者たちの間で、三人が差別に遭うことは無論なかった。だが、ここに高齢出産という共通点がさらに加わり、この三人は急速に親しくなる。特に妃菜の母親が、他の二人を頼りにしはじめる。

聴力は補聴器を、視力は眼鏡《めがね》やコンタクトレンズを使えば、まだ何とかなる。それに比べて発語の障害には即効的な手立てがない。妃菜の母親も二人を相手になら、ほぼ普通に話せた。でも他の保護者を前にすると、なかなか難しい。

そんなコミュニケーション障害を持つ妃菜の母親が、職種の異なる――それも外食産業から介護施設まで――複数の会社の経営者だったのは、かなり意外と言えた。正確には夫の共同経営者なのだが、決してお飾りではないという。彼女も会社の運営全般に、普通に携《たずさ》わっていたらしい。

こういう背景があったため、チャイルドタレントに奈永が通う件も、特に妃菜の母親が後押しをして、それに葵衣の母親も協力した。金銭援助を受けたのかどうか、さすがに長じてからも母親に訊《き》けなかったが、具体的な助力があったのは確かだろう。日常生活に欠かせない補聴器でさえ、かなり昔の中古品を使用していたことからも、母親が金銭的に困っていたのは間違いなさそうである。

このころ奈永の母親の利恵は、一般家庭を対象に乳製品の訪問販売をしていた。特製のカートに商品を積みこんで担当区域の家々を回る、なかなか大変な仕事である。町内ごとに顧客が増えてまとまればルート販売になるが、そこまで構築するには時間がかかる。この顧客の獲得にも妃菜と葵衣の二人の母親は協力してくれた。おかげで利恵は、この仕事をいち早く軌道《きどう》に乗せることができた。

奈永の家庭は、弟の永司《えいじ》が生まれる前に、両親が離婚している。母親は奈永を連れて、かつて飛び出した摩館市の実家に戻った。幸い祖母には結構な蓄えがあるらしく、日々の生活に困るほどではなかった。それでも奈永がチャイルドタレントに通うことに、祖母はかなり強く反対した。

「そんな芸能人の養成学校みたいなところ、わざわざ月謝を払ってまで行く必要がありますか。だったら算盤《そろばん》でも習わしたほうが、まだ増しです」

奈永は祖母と仲良しだったが、算盤よりもチャイルドタレントに行きたかった。仮に通えなかったとしても、算盤は嫌である。

祖母に受講料を払う考えがない以上、母親の利恵が収入を得るしかない。とはいえ虚弱体質《きょじゃくたいしつ》である永司の育児があるため、とうていフルタイムでは働けない。だから今の仕事が上手《うま》くいって、母親は喜んでいた。

そういう家庭の事情を当時の奈永が、ちゃんと理解していたわけではない。しかし子どもながらに察するところもあった。よって妃菜と葵衣の母親たちには、かなり良い感情を持っていた。親友とも言える京子の母親に抱《いだ》いてしまう、あの恐ろしさとは違って……。

もっともチャイルドタレントに通ううちに、この二人の母親を少し逆恨みするようになる。彼女たちの協力さえなければ、奈永は苦しまずにすんだからだ。

最初のうちは物珍しさもあり、それなりに楽しんだ。基本は「勉強」なのだが、上手く「遊び」に変換しているため、ほとんどの子どもが受け入れる。奈永も同じだった。でも少し経つと、ちょっと嫌になってきた。やはり「遊び」よりも「教育」が優先されたからだろう。それでも通うのが苦痛になるほどではなかった。

ところが、そのうち母親が信じられない高望みを口にし出した。

妃菜ちゃんにお勉強で負けないの。

葵衣ちゃんに音楽やダンスで負けないの。

当初は奈永がチャイルドタレントに「入学」できるだけで大喜びした利恵が、そんな小言を口にするようになる。二人の母親に世話になったことを考えれば、そういう台詞《せりふ》は口にしにくいと思うのだが、それとこれとは別というわけなのか。

奈永の「成績」が決して悪かったわけではない。彼女よりも妃菜のほうが勉強のできが良く、葵衣のほうが芸術系の才能に恵まれていた。ただ、それだけである。どちらも歴然たる事実だったのに、それを利恵は認めたくなかったらしい。

　おかげで奈永は絶えず発破をかけられる羽目になり、たちまちチャイルドタレント通いが嫌になった。

　この利恵の教育ママ化が、あの事件に暗い影を落とす。彼女に疑惑の目が向けられる切っかけになる。もっと立場の悪かった葵衣の母親が、世間からあびせられた酷い眼差しと同様に、利恵も誹謗中傷《ひぼうちゅうしょう》されてしまう。

　問題の日の夕間暮れ、奈永は五人の友だちと笛吹き公園の小公園にいた。このときの付き添い役は葵衣の母親の絹子《きぬこ》だった。彼女の定位置は小公園の南側にある四阿《あずまや》で、よく居眠りをした。他の母親が子どもたちの遊んでいる間に、四阿から出入り口近くのベンチへ、またベンチから四阿へと座る場所を移動させるのに比べて、ほとんど彼女が動かなかったのは、この居眠りのせいだったと思われる。

　子どもたちの付き添い役は、六人の母親たちが交代で行なった。とはいえ会社経営者の松島秋菜《あきな》――妃菜の母親――と、ちょっと問題のある成瀬逸子《いつこ》――京子の母親――の二人は、他の四人に比べると一月のうちの受け持つ日数が少ない。前者は仕事の忙しさによって、後者は他の母親たちが逸子の付き添い役をあまり望まなかったから、という理由による。

　この場合の二人の母親の対応が、また対照的だった。秋菜は「お詫《わ》びのしるし」として、よく他の五人に贈り物をした。それは母親たちに対してだけでなく、子どもたちもプレゼントを受けた。一方の逸子は何もしなかった。これ幸いとばかりに、ある宗教の活動を熱心に行なった。まったく似つかない二人の母親に共通していたのは、顔の広さだった。それを秋菜は会社の仕事に、逸子は布教に役立てたのである。

あの日の夕方、奈永たちは〈笛吹き鬼〉遊びをしていた。発案者は成瀬京子で、それに必要な笛をこづかいで買って提供したのが松島妃菜である。いつも新しい遊びやルールを考えつくのは京子で、何か物がいる場合は妃菜が用意した。わざわざ買って持ってくるのだが、だからといって得意になるわけでもない。

「こういう鳥さんの笛でもいい？」

むしろ京子にお伺いを立てるように訊く。

「ちょっと可愛《かわい》らし過ぎて、笛吹き鬼には向かないけど、音が鳴るならいいよ」

つねに京子は批評家だった。でも結局は受け入れた。妃菜が用意するものは少しズレていたが、用途だけは外さなかったからだろう。

こづかいは葵衣ももらっていた。ただ、みんなのために使ったことは一度もない。

「あーちゃんは、ケチなんだ」

別のときに咲美は陰であからさまに非難したが、

「それが普通でしょ」

京子は当然だという顔をした。

「きょこちゃんも、みんなのために使わない？」

咲美と仲良しの萌子は、友だちに賛同したいと思いつつも、京子の顔色を窺うあまり、そんな問いかけをしたらしい。

「もちろん。自分の欲しいものを、いーっぱい買う」

こういうとき奈永なら「少しは使うかも」と無難に答えると思う。きっと咲美も同じではないか。それで実際に奈永は少しだけ使うが、咲美はおそらく一円も出さない。萌子は周りの反応を意識しつつ、咲美と似た答えを口にする。葵衣は無言を通すだろう。

京子はああ言いながらも、誰もこづかいがなくて、しかも笛のあるほうが、もっと遊びが面白《おもしろ》くなると思えば、ためらわずに買うのは間違いない。もっとも京子は、こづかいなどもったことがないらしい。

「あーちゃんは、ケチなんだ」

咲美が同じ台詞をくり返したところへ、妃菜と葵衣が連れだって現れたので、

「昨日のテレビのアムロちゃんだけど――」

奈永は急いで別の話題を提供した。このとき六人が共通して好きだったのは、安室奈美恵《あむろなみえ》だったからである。

まだ幼いとはいえ、六人の性格が遊びを通して出ていた。それを当時の奈永は、ごく自然に認めていた。

妃菜はおっとりとしたお嬢さんタイプで、葵衣は無口で大人しいながらも頑固なところがある。咲美はリーダー役をやりたがったが、萌子の他には素直に従う者がいない。萌子はよく言えば協調性があり、悪く言えば八方美人だった。ただ「八方」のうち彼女が一番に顔を向けるのは、言うまでもなく咲美である。そのくせ萌子はお喋りなので、咲美から聞いた秘密の話であっても、黙っていられずに奈永たちに話してしまう。もちろん咲美に怒られて泣き出すのだが、まったく懲りずに同じことをくり返した。

一番の曲者《くせもの》が京子かもしれない。自分の欲望にもっとも忠実な反面、妙に友だち想いのところもあって、しばしば奈永は混乱した。

この子は人生で大失敗するか大成功するか、どっちかじゃないかな。

そんな大人びた考えが浮かぶほど、成瀬京子には癖《くせ》があった。奈永は自分について「特別なものは何もない」と普段から感じているため、よけいに京子のようなタイプに惹《ひ》かれるような気がした。

妃菜が鳥の恰好《かっこう》をした笛を持ってきた日、京子が改めて笛吹き鬼のルールを説明して、その遊びがはじまった。

ルールの基本は隠れんぼうと同じである。ただし鬼は他の者が隠れ場所を探している間、両目をつぶりながら、声に出して数えるのではなく、一回ずつ区切って笛を吹く。一から十までを数える代わりに、十回分の笛を鳴らす。これだと少し離れたところに隠れていても、ちゃんと最後まで聞こえそうである。

「あーちゃんは、いつも声が小さいからね。この笛いいよ」

前から葵衣に「ちっとも数える声が聞こえない」と文句を言っていた咲美が、まず大喜びした。そこで止《とど》めておけば良かったのだが、よけいな一言を彼女は口にした。

「この笛があれば、ひなちゃんのママも大丈夫だね」

妃菜の母親に発語の障害があることを、暗に当てこすったのである。大人同士であれば問題になる台詞だが、互いに幼いせいと当の妃菜が無反応だったので、何事もないまま京子の説明が続いた。

さきちゃん、意地悪だな。

奈永は口に出さなかったが、そう強く思った。葵衣は友だちを心配してか、ちらちらと妃菜を見やっている。萌子もさすがに、まずいと感じたらしい。ただし彼女が目をやったのは、妃菜ではなく咲美のほうだった。

まったく気にしていないのは京子と妃菜である。ただし後者は何の反応も示さないので、実際の気持ちは少しも分からない。

ひなちゃんが気にしてないなら、別にいいけど。

奈永はそう考えながらも、葵衣の反応に注目したくなった。

あーちゃんは笛のこと、何とも思わないのかなぁ。

もし自分が葵衣なら、この遊びを考えた京子に感謝するだろう。少なくとも彼女のアイデアには感心するはずだ。

しかし葵衣は相変わらずの様子で、みんなと同じように説明を聞いている。いかにも彼女らしい。

笛を吹き終えたところで、鬼は隠れた五人を捜しはじめる。通常の隠れんぼうなら鬼に見つかるまで、または鬼があきらめて降参するまで、隠れた者はその場所を動かない。逆に言うと、隠れたところから勝手に離れてはいけない。

でも笛吹き鬼は違った。鬼は捜しながらも、時おり笛を鳴らす。ずっと吹き続けるのは大変なので、適当な間隔を開けて鳴らす。この案配は鬼に一任される。

隠れている者は笛の音《ね》によって、おおよその鬼の位置を推測できる。自分のほうに鬼が近づいているか、または離れていっているか、ある程度は分かるようになる。前者の場合だと普通、見つかるのは時間の問題で、鬼が方向転換するのを願うしかない。

だが笛吹き鬼では、この笛の音を頼りに別の場所に移動して、新たに隠れ直しても良かった。何度でも隠れ場所を変えることができた。

ただし、その行為を鬼に気づかれたら、もちろんアウトである。最初の隠れ場所から出て行って、次の隠れ場所に身を潜めるまでの間に、鬼に見つかったら終わりとなる。

「それって鬼よりも、隠れる人のほうが得じゃない？」

咲美が鋭い指摘をした。

「鬼はずっと笛を吹いてるわけでしょ。しばらく鳴らすのを止めるなんて、やったら駄目なんでしょ」

「もちろん休みながらでいいけど、長い間ずっと吹かないのは、ずるい。そういう人は、また鬼をやってもらう」

「ほら、だったら――」

京子の答えに、咲美が抗議しかけたが、

「笛の使い方によっては、鬼のほうが得になるよ」

そう返されたので、とたんに彼女は怪訝《けげん》そうな顔をした。

「どうして？」

「それは自分で考えないと面白くないでしょ」

するっと京子がはぐらかして、いよいよ笛吹き鬼がはじまった。

じゃん拳で負けたのは萌子だったので、彼女が最初の鬼になった。小公園の出入り口に立って、両目を閉じながら公園側を向き、十回まで笛を吹く。一回ずつ「いぃーちぃ、にぃーいぃ、さぁーん」と数を声に出すのと変わらないように、それなりの間隔を開けながら鳴らす。あえて公園のほうを向くのは、ちゃんと笛の音が聞こえないと困るからだ。薄目を開けるなどのズルは、もちろんなしである。

大公園に比べると「小」と呼ばれるほどの広さしかないが、意外にも隠れ場所は多い。出入り口から反時計回りに見ると、〈笛吹き公園〉と彫られた石板、その横のベンチ、小山に登る細道の側に生《お》い茂《しげ》る藪《やぶ》、砂場と小山の斜面を隔てる垣根、公園の西側に広がる雑木林、滑り台、公園の南側の摩館市立第二小との間に生える背の高い雑草の群れ、四阿、石板と対をなす石のオブジェと結構ある。身体の小さな彼女たちでも隠れられないのは、おそらくブランコくらいだろう。

ただ、これらの隠れ場所には「先客」がいる場合も、ごくたまにあった。彼女たちが〈ラジオ小母《おば》さん〉と名づけた女性である。奈永と妃菜と葵衣の母親よりも年上に見えたが、おばあさんと呼ぶほどではない。

その人は単行本ほどの大きさのラジオをいつも持っており、絶えずイヤホンを耳に入れていた。だからラジオ番組を聴いているのだと思っていたが、一度イヤホンがラジオから外れているのを目撃した京子によると、雑音しか出ていなかったという。

ざあぁぁぁっ。

そんな錆びついたような音しか出していないラジオに、その女性はずっと耳を傾けていたのである。

さすがの京子も、かなりの恐怖を感じたらしい。

第二章　笛吹き鬼

このラジオ小母さんに、最初は誰もがギョッとした。一時期は「妖怪ラジオ小母さん」と呼んで、大いに恐れたほどである。

ただし子どもたちを目にすると、彼女は隠れ場所を譲るように立ち去ってしまう。だから遊びの邪魔《じゃま》になるわけではない。本来なら母親たちに報告すべき不審者かもしれないが、なんとなく全員の間に「そっとしておこう」という空気が流れた。

そうなった理由が実は少しだけある。笛吹き鬼のとき、どこに隠れるか、その好みが各人によって違っていたからだ。おかげでラジオ小母さんの存在も、あまり彼女たちは気にならなくなった。

妃菜と葵衣と萌子の三人は、藪や雑木林や雑草に隠れるのを嫌った。妃菜は怖いうえに服が汚れるためである。葵衣は衣服の汚れだけが、萌子は恐ろしさだけが理由だった。葵衣と萌子の二人は、まだ雑木林なら耐えられる箇所があった。樹木の間隔が離れているところである。そこなら衣服も無事で、怖さも他より増しだったからだろう。

あとの三人はどこでも平気だったが、咲美と奈永には決して真似《まね》のできない隠れ方を、京子はよく見せた。その最たるものが雑木林の太い樹木の上で、そこで京子は奈永たちを見下ろして悦《えつ》に入っていたので、残りの五人が驚きながらも呆《あき》れたことがある。

きょこちゃんは隠れんぼうをすると、ほとんど最後まで見つからない。

そんな認識が奈永たちの間で、いつの間にか共有されていた。咲美はそれが面白くないらしく、いつも必死になって京子を捜した。他の子たちは放りっぱなしで、京子だけを対象に捜し回るときもあって、しばしば奈永たちを困らせた。

笛吹き鬼では、きょこちゃん、どうするかな。

奈永は垣根の裏にしゃがみながら、仲の良い友だちの隠れ方を気にした。

これは京子自身が思いついた遊びである。きっと本人には何か考えがあるに違いない。みんなに知られてしまう前に、隠れんぼうを有利に進める方法が、ちゃんと彼女の頭の中には浮かんでいる。それくらい京子なら朝飯前だろう。

そのとき萌子の笛の音が、ぴたっと止んだ。どうやら十回を吹き終えたらしい。

少し間が開いてから、再び笛が鳴りはじめた。その音は公園の出入り口から四阿のほうへと、少しずつ移動しているように聞こえた。

あそこに隠れなくて良かったぁ。

ひとまず奈永は安堵《あんど》した。四阿には葵衣の母親の絹子がいたため、あえて避けたのだが、やはり正解だったらしい。

付き添い役が座るベンチや四阿の近くに隠れる傾向が、みんなにはあるのではないか。そこに気づいた奈永が、この考えに則《のっと》って捜したところ、なんと見事に当たったことが何度かある。特に付き添い役が自分の母親だった場合、その娘が近くに隠れる。母親に甘えそうには見えない葵衣や京子も例外ではなく、彼女は微笑《ほほえ》ましくなった。

これを奈永は誰にも言わなかった。妃菜や京子なら簡単に察しそうなものなのに、不思議に二人とも気づいていない。だから奈永だけの秘密にした。

もえちゃんが四阿に行ったのは……。

そこに葵衣の母親がいたからだろうか。しかし妃菜や京子ならともかく、そこまで萌子の頭が回るとは思えない。ちなみに絹子はいつも通り、四阿で居眠りをしている最中だった。仮に自分の近くで娘が見つかっても、まったく気づかずに舟をこぎ続けるかもしれない。

たまたまか。

そう奈永が思っていると、離れた地点で鳴っていた萌子の笛が、そのうち砂場のほうに近づいてきた。

とたんに彼女は、何とも言えぬ気持ちに襲われた。

……なんだか怖い。

少しずつ大きくなる笛の音が、まるで未知の化物《ばけもの》の息遣いのように聞こえるからか。もしかすると京子は、こういう効果を狙って笛吹き鬼を考えたのか。だとしたら大成功である。いいや、あまりの成功に、妃菜と萌子は泣き出すかもしれない。それほどの忌まわしさが、あの接近してくる笛の音には感じられる。

さらに近づく前に、奈永は別の隠れ場所に移動したいと思った。でも身体が動かない。次第に大きくなる笛の音が、あたかも彼女の全身を麻痺《まひ》させているかのようである。

呆気なく奈永は見つかった。二人目は妃菜だった。彼女に尋ねると、やはり奈永と同じように笛の音が怖くて、隠れ場所から出られなかったという。

きょこちゃん、とんでもない遊びを考えたなぁ。

半分は感心しながらも、あとの半分は恨めしい気持ちに奈永がなっていると、三人目に葵衣が見つかった。

だが、ここから咲美と京子の二人が逃げ続けた。その様子を奈永たちが何度も目にできたのは、鬼に捕まったあとは手持ち無沙汰《ぶさた》で、どこに二人が隠れているのかと、絶えず公園内を見回していたからだ。

京子だけでなく咲美も、かなり上手く萌子の笛の音を利用した。自分の隠れ場所から少しでも萌子が遠離《とおざか》ったと感じたら、素早く別の場へ移動する。奈永たちは捜す萌子と逃げる二人を同時に見ているため、彼女たちの立ち回りの見事さがよく分かった。

「さきちゃんも、きょこちゃんも、どこぉ？　もう嫌だぁ」

とうとう萌子が音をあげた。

二人は得意そうに姿を現したが、逃げ切ったのが自分だけでないと知った京子が、ちょっと見直すような眼差しで咲美を見ていることに、ふと奈永は気づいた。

「もえちゃんが、また鬼ね」

咲美が当然の発言をしたものの、その萌子が半べそをかき出したので、

「みんなが慣れるまで、代わり番こに鬼をしようよ」

すかさず妃菜が提案した。

「それがいいよ」

まず京子が賛成して、葵衣が無言でうなずいた。

「ええーっ。でも隠れんぼうと鬼ごっこの、それがルールでしょ」

不満を口にする咲美に、妃菜が内緒話をするような口調で、

「けどね、さきちゃん。この鬼の役って、なかなか面白いかもよ」

「どうして？」

「だって私、隠れていたとき、笛の音が近づいてくるの、とても怖かったもの」

咲美の顔に、ニカッと笑みが浮かんだ。

「わ、私もそうだった」

奈永も急いで同調したところ、ますます咲美がうれしそうな笑顔を見せて、

「だったら次、私が鬼になる」

ころっと態度が変わったのは、笛吹き鬼の遊びを通じて、心置きなく友だちを脅《おど》せると知ったからに違いない。

ひなちゃん、さすが。

奈永は素直に感心した。咲美の性格から推測して、どう言えば彼女が萌子の鬼役を放免するのか、それを妃菜は瞬時に悟《さと》ったらしい。

おっとりと大人しいお嬢様の風格を持ち、同年代の女の子にも「守ってあげなくては」と庇《ひ》護《ご》されるタイプなのに、こういうときの頭の回転の速さは実に見事である。ただし実践を伴うと苦手になるのか、鬼役の咲美に「見ーつけた」と言われたひとり目は妃菜だった。そして萌子が二人目で、三人目は奈永になった。

もっとも妃菜と萌子と奈永は、ほとんど間を置かずに連続していた。葵衣が見つかるまでに少し時間がかかって、そこから京子を相手に咲美は苦戦した。しかし萌子とは違い、絶対に諦めなかった。奈永たちが待ちくたびれたころ、ようやく京子が捕まった。

「次の鬼は、きょこちゃんがやったら」

咲美の指名に、すぐさま全員が賛成した。果たして鬼役に回っても京子は凄いのか。誰もが興味津々だったからだろう。

このとき奈永は、わざと京子に見つかった。どういう風に彼女が鬼を務めるのか。じっくり観察したいと考えたからだ。

そんな画策を幼い自分ができた事実に、のちに彼女は当時を思い出して驚くことになる。妃菜や京子なら分かるが、あのときの自分は、どちらかと言えば萌子のように、ちょっと茫洋《ぼうよう》としていた。彼女ほど酷くはないが、そんなときも普通にあった。にもかかわらず、たまに鋭い面も見せた。子どもとは時に、不可解な存在になるのかもしれない。

この企みは見事に当たった。京子の賢《かしこ》さを、まさに奈永は目の当たりにした。

みんなを捜しながら笛を吹くとき、京子は後ろ向きに進んだ。例えば西の雑木林から離れて出入り口へと歩く場合、彼女は西側に背を向けるのではなく、逆にそっち方向を眺めながら笛を吹いた。そうすると自分の隠れ場所の近くから笛の音が遠離っていく——と思った誰かが、その近辺で動きを見せるかもしれない。笛の音が近づくほうは、ほとんど動かないはずである。だから目をやる必要はない。そう彼女は考えたらしい。

あっという間に全員が見つかった。ただし誰も、この京子の策略には気づいていない。それを察するのは時間の問題かもしれないが、今は彼女のひとり勝ちのようなものだろう。

きょこちゃん、すごーい。

奈永は心の底から感心した。と同時に、これは自分も真似ができると思った。

「次の鬼、私やる」

だからすぐに手をあげたのだが、この彼女らしくない積極性は、みんなの注意を妙に引いてしまった。

「なえちゃん、やる気あるね」

「ほんと、珍しいなぁ」

咲美と京子が意外そうな顔をしている。

「なえちゃんは前に、鬼役は好きじゃないって嫌ってたのに、この笛吹き鬼は面白そうだと思ったのね」

妃菜は肯定する言い方をしたが、明らかに引っかかっているらしい。

「なかなか見つけられないから……」

止めたほうがいいよ——と言いかけたのは、もちろん萌子である。

相変わらず葵衣は無言だったが、不思議そうな眼差しを奈永に向けている。わざわざ鬼役を買って出たことが、やはり驚きだったのだろう。

「か、隠れてると、怖くない？」

とっさに言い訳をしたが、それは本当の気持ちでもあった。

「分かるぅ」

たちまち妃菜が賛同して、萌子も激しくうなずいている。

「あのドキドキがいいんじゃない」

咲美らしい返しに、

「笛の音が少しずつ近づいてくるのって、ほんとにワクワクする」

京子も同感の言葉を口にした。

この二人は性格的に合わなそうなのに、しばしば好みの共通点が見られた。特に「怖いもの」に惹かれるところは双方にあった。ここで意気投合したのも当然かもしれない。

「それじゃ次の鬼、なえちゃんね」

京子から鳥の笛を渡された奈永は、そのまま公園の出入り口へ向かった。そこで彼女は両目を閉じると、一回ずつ間隔を開けながら笛を吹き出した。

五回目がすんだあと、ふと奈永は耳をすました。

……笛？

自分が吹く鳥の笛ではない他の音が、ふいに聞こえた気がした。

……笛が鳴ってる？

そう思うのだが、だからと言って鬼役の笛吹きを止めるわけにはいかない。あと五回、まだ笛を吹く必要がある。

しかし六回目、七回目、八回目と鳴らす間にも、その薄気味の悪い音はかすかに聞こえ続けた。どこから響くのかは分からないが、執拗《しつよう》に彼女の耳朶《じだ》を打った。

……変な笛が鳴ってる。

奈永は閉じていた両目を薄っすら開いて、右手に持っている鳥の形の笛を見つめた。自分は今、それを吹いていない。

けど……鳴ってる？

訳が分からずに戸惑ったが、いつの間にか忌まわしい笛の音は止んでいた。いくら耳をすましても、もう何も聞こえてこない。

今の笛は、いったい……。

目を閉じたまま首を傾げた次の瞬間、ずうぅぅんと身体が押しつぶされるような感覚に包まれた。

空が落ちてきた……。

そんな有り得ない想像をしたほど、奈永の周囲の空気が重たい。まだ彼女に重力の概念はなかったが、それに異常が起きた感じがある。

……どおおぉん、どおおぉん、どおぉんっ。

いきなり遠くのほうから鈍《にぶ》い太鼓《たいこ》の音が近づいてきた。実際には違っていたと思う。当時の彼女が精一杯に認識した結果、そういう風に理解したに過ぎない。

たちまち戸惑いが恐怖に取って代わる。

……逃げなきゃ。

でも両足が少しも動かない。根が生えたように、いや地面にめりこんでしまったように、びくともしない。

……でも、逃げないと。

そのためには両目を開けなければならない。けれど怖い。公園内はどうなっているのか。そこに何が見えるのか。自分は何を目にするのか。ちらっと考えただけでも恐ろしくて、ぎゅっと強く逆に両目を瞑《つむ》ってしまう。

……けど逃げないと、化物がやって来る。

そんな恐怖に囚《とら》われたとき、何かが奈永の身体に触れた。

えっ、嫌だ……。

しかも声まで聞こえる。

ええっ、厭だ……。

彼女の身体がゆれる。がくがくとゆさぶられる。

……怖い、怖い、怖い。

なえ……。

名前を呼ばれているのか。

なえちゃん……。

名前を呼ばれている。

「奈永ちゃん――」

はっと両目を開けると、四阿に座っていたはずの葵衣の母親の絹子が目の前にしゃがんでおり、不安と焦りをにじませた顔で彼女を見つめていた。

「どうしたの？」

奈永は必死に説明しようとしたが、まったく言葉が出てこない。

「なんか苦しそうな声が聞こえてきて、小母さん、びっくりして――」

しかも絹子が、とんでもないことを言い出した。

「それで周りを見回してみたら、奈永ちゃんが身体を震わせてたから、もう小母さん、驚いたのよ」

奈永は自分が身動《みじろ》ぎもできずに、ただ立ちすくんでいただけだと感じていたのに、そうではなかったらしい。声まで出していたとは……。それも苦しそうな……。いったい自分は何を感じとったというのか。

ちなみに絹子は「小母さん、びっくりして――」のあと、きっと「目を覚ましたの」と言いかけたに違いない。

「気分が悪いの？　大丈夫？」

絹子の問いかけに、奈永は大声で答えたかった。

……ものすごく怖いことが起きる。

もう起きているのかもしれない……。

「何ともない？」

しかし絹子の再三の確認に、ただ奈永は黙ってうなずくことしかできない。

だって説明できないもの……。

仮に葵衣の母親に異常を訴えても、その正体が何なのか奈永自身にも分からない。変な笛が鳴っていたと伝えたところで、居眠りをしていた絹子は聞いていないのではないか。もし耳にしていたら、とっくに口にしているだろう。

少なくとも当時の奈永は、そんな風に諦めた覚えがある。それとも記憶の改竄があったのか。そこまで幼い自分が気を回せたはずがないか。

「だったらいいの。邪魔してごめんね」

葵衣の母親は安心したらしく、そのまま四阿に戻った。

そんな絹子を見送るよりも、奈永の注意は周囲に向けられた。あの不可解な笛の音はどこから聞こえたのか。いったい誰が鳴らしていたのか。

しかし笛を吹いている人など、どこにもいない……。

……あまりにも重い空気感も、すでに霧散《むさん》している。

ぶるっと身震いしてから、あっと奈永は気づいた。まだ八回しか笛を吹いていない。残りの二回を吹き忘れている。

彼女は思いっ切り強く二回の笛吹きを行なった。謎の笛の音と異様で重苦しかった空気を吹き飛ばすように、とにかく力強く鳴らした。

あとは普通の音色で吹きつつ、隠れた友だちを捜しはじめる。

京子の真似をしたおかげもあって、まず雑木林から移動しようとする咲美を捕まえた。おそらく彼女は鬼役が奈永のため、つい油断したのだろう。間違いなく奈永をなめていたに違いない。その証拠に悔しがっている様を、彼女は必死に隠そうとした。

二人目は垣根の後ろから顔を出した葵衣で、意外にも三人目が京子だった。彼女は背の高い雑草の群れから移動しかけたところを、奈永に見つかった。

「なえちゃん、やるね」

ぶすっとした咲美と、黙ったままの葵衣とは違い、京子は楽しそうに笑っている。

「ひなちゃんと、それにもえちゃんまで。あの二人だけが見つかってないなんて、とても珍しくない？」

咲美の口調には皮肉だけでなく悔しさも感じられたのだが、この台詞の半分が当たっていたと奈永たちが知るのは、そのすぐあとだった。

萌子は最初の隠れ場所である滑り台の裏で、呆気なく見つかった。そこを彼女は一度も動いておらず、奈永もありふれたところなので、まだ覗《のぞ》いていなかった。双方のすれ違いとも言える偶然の結果、たまたま発見が遅れた。それだけだったらしい。

ところが、いくら捜しても妃菜が見つからない。

「ひなちゃん、頑張るね」

そう言いながらも京子の口調には、ふに落ちない感じがあった。

奈永が捜し回っている間、京子たちも公園内を見回している。そのため仮に妃菜が隠れ場所の移動を行なえば、奈永よりも京子たちに気づかれる可能性が高い。にもかかわらず誰も妃菜の姿を目にしていない。萌子のように動かないにしても、ほとんどの隠れ場所をすでに奈永は確認している。隠れ場所を移ることなく、ここまで逃げられるわけがない。

この不自然さに京子は気づいたのではないか。

「ひなちゃーん」

奈永が思わず呼びかけたのは、この京子の不安が伝わったからである。

「もう出てきてー。降参するからー」

京子ほど理路整然と考えられたわけではないが、何か変だ……という意識は強くあった。それに耐えられなくなって思わず声が出た。

「あーちゃん、何があったの？」

再び居眠りをしていたらしい葵衣の母親も、さすがに目を覚ますと子どもたちの側に寄ってきた。

「ひなちゃんだけ、見つからない」

「ええっ、よく捜した？」

ぶっきらぼうな娘の口調とは裏腹に、絹子は甲高《かんだか》い声をあげた。

「小母さんといっしょに、みんなでよーく捜しましょ」

そこから全員で妃菜の名前を呼びながら、小公園のあちこちを捜しはじめた。葵衣も咲美も萌子も「どこか可怪《おか》しい」と、さすがに感じ出したようである。

奈永が改めて南側の雑草をかき分けていると、

「どうしたの？」

摩館市立第二小学校の金網の向こうから声をかけられた。

「……はい」

とりあえず返事はしたものの、上下がジャージ姿の若い男性を目にして、その場で固まってしまった。

「僕はね、この小学校の先生だから、大丈夫だよ」

男は幼い少女を怯《おび》えさせたと思ったらしく、すぐに優しげな口調で話しかけてきた。

「……先生」

そう言われれば奈永も、学校で見かけている気がした。ただ低学年の担任ではないため、よく知らなかった。

「友だちが、見つからないのかな」

「隠れんぼうで……」

「友だちが隠れたけど、いくら捜しても見つからない。それで呼んでみたけど、その子は出てこない？」

こっくりと奈永がうなずくと、いきなり男は金網をよじ登り出した。そして彼女が驚いている間に、あっさりと公園側に下り立った。

「いっしょに捜してあげる」

鬱蒼《うっそう》と茂った雑草から男と手をつないで出たところへ、京子が葵衣の母親と雑木林から姿を現した。絹子が娘の友だちを従えているというより、京子が先導している風にしか見えなかったのは、それだけ葵衣の母親が動揺していたからだろう。

そんな二人の後ろから、ひとりの女性が続いた。奈永たちの母親より若く見える人で、妃菜の名前を呼ぶ京子と絹子の声を聞いて、公園の前の道路から来てくれたらしい。

「あら、三根《みね》先生」

「き、北越《きたごし》さん……」

三根と呼ばれた男はびっくりしたようだが、すぐに合点がいったのか、

「あっ、交通安全ボランティアですね」

そう言って頭を下げた。どうやら二人は知り合いらしい。でも挨拶《あいさつ》は手短にすませて、奈永たちに事情を訊きはじめた。

代表して咲美が答えようとしたものの、要領よく説明できたのは京子である。絹子はまったく役に立たない。

「どうかしましたか」

落ち着いた声が聞こえたので奈永がふり返ると、公園の出入り口に見事な福耳を持つ初老の男性が立っており、こちらを見ている。

「……失礼ですが、町内会の会長の、大桐《だいどう》さんでは？」

北越がためらいがちに尋ねると、

「まだまだ先輩《せんぱい》方が何人もおられるのに、お前は時間があるだろうからって、私に会長のお鉢《はち》が回ってきてね」

大桐は笑って答えつつも、北越と三根を交互に見やりながら、

「はて、どちらさんでしたか」

それぞれ二人が名乗ったところで、かっと彼の両目が見開かれたのは、いったいどうしてだったのか。

「隠れんぼうの最中に女の子がひとり、見えなくなったみたいなんです」

しかも北越の説明を受けたあと、すうっと大桐の両目が今度は細くなった。いったんは驚いたものの、そこから急に恐怖を覚えたかのように。

「つい今し方――」

大桐が話し出した。

「奈永ちゃんのお母さんが、こっちの公園に来ようとしてる後ろ姿を見たと思ったら、急に方向転換して、ベビーカーの永司ちゃんに声をかけながら、かなり慌てた様子で家に戻るのとすれ違ってな」

「お母さん特有の勘で、危険を察したんでしょうか」

北越が小声で変なことを言い出したが、それを当たり前のように大桐は受けて、

「永司ちゃん、弱々しく泣いてグズってたから、赤ちゃんの勘かもしれんよ」

さらに不可解な台詞を口にした。

公園の東には緑道が通り、その緑道のさらに東側に車道が走っている。砂渡家は緑道と車道をはさんだ公園の小山の東側にあるため、他の子どもたちより奈永は家が近かった。よって母親とも、それほど離れている気が普段はあまりしない。

だが、このときだけは違った。とにかく母親には一刻も早く、ここに来て欲しい。でも当分の間は、きっと無理だろう。それが奈永にはよく分かるだけに、よけいに心細さを覚えた。

二人目は無理だと諦めていた母親にとって、永司の出産は大変な喜びであると同時に、かなりの難産でもあった。そのため利恵の注意は、つねに奈永よりも永司に向けられた。付き添い役で小公園に来ていても、遊んでいる彼女たちよりベビーカーで寝ている息子を気にした。難聴のせいで赤ん坊の泣き声が聞き取りにくかったことも、よけいに母親の関心を彼に向ける理

由になった。

弟の具合が急に悪くなったらしいと、大桐の言葉からも分かる。

お祖母《ばあ》ちゃんが家にいれば……。

と奈永が祈ったところで、それが目に入った。彼女はギクッと固まりつつも、自分が目にしているものが何なのか、必死に理解しようと努めた。けれど少しも分からない。その分からないという状態が、たまらなく恐ろしい。

しかし誰も、そんな奈永の様子には気づいていない。全員が大桐の方を向いている。

「それで奈永ちゃんのお母さんと入れ替わるように、なんとなく公園に来てみたら、何やら騒動になってるようで……」

大桐は改めて北越と三根の顔を、しげしげと見詰めてから、

「奇遇と言うか、何と言うか……」

この「奇遇」という言葉の意味を、もちろん奈永は知らなかった。けれども、あとの二人が強く反応したように、彼女には見えた。

「そ、それよりも女の子を、早く捜さないと――」

大桐が現れてから一言も発していなかった三根が、慌てた口調で二人をうながした。

「手分けしましょう」

北越の提案に三根と大桐が賛同して、どこを誰が捜すかが決められた。そこに絹子がふくまれなかったのは、三人から見ても彼女が使い物にならないと判断されたからだろう。

だが実行に移す寸前、奈永のつぶやきが三人の動きを止めた。

「……変な服の人が、小山にいる」

第三章　神隠し

「どこに？」

教師の三根に怒鳴《どな》るような口調で訊かれ、つい奈永は怯えた。

「先生、怖い声を出しちゃ駄目でしょ」

北越がやんわりと諭《さと》してから、奈永の前にしゃがんで、

「小山に誰かいたの？」

正確には小山に登る細い道の途中の、ちょうど雑木林の切れ間があるところに、それは立っていた。だが今は、もう姿が見えない。

「確認してきます」

奈永の話を聞くやいなや三根は走り出して、あっという間に小山の天辺《てっぺん》に登って、すぐさま辺りを捜している気配が伝わってきた。ちなみに小山の上には小さな祠《ほこら》とベンチがあるだけで、他には何もない。

「ここには誰もいませーん。向こうの公園も見てみまーす」

「分かりましたぁ」

やがて響いた三根の大声に、北越は返事をしてから、

「どんな人だったか言えるかな。顔とか服とか」

再び奈永に尋ねた。しかし当時の奈永に「まだら」という語彙《ごい》がなかったため、彼女は説明

に苦労した。それでも必死になって表現していると、

「……まだら模様かも」

ぽつりと大桐が漏らした。

「えっ、まさか……」

それを耳にした北越が、がばっと老人を見上げた。

「……あれが戻ってきたのなら、もう奇遇ではすまないな」

「だとしたら、妃菜ちゃんは……」

結論に飛びつきそうな北越を、大桐はやんわりと遮るように、

「三根先生が戻ってくるまで、我々で手分けして捜そう」

「も、もちろんです」

西の雑木林と南の雑草の群れという厄介な場所を、北越が自ら担当すると言い出したので、老人は小公園内を見て回ることになった。

「あなたたちは、ここを絶対に動かないでね」

「みんなでいっしょに、ちゃんといるようにな」

奈永たちを公園の中央に集めてから、北越は何度も念を押した。まったく同じ注意を大桐も口にした。

「葵衣ちゃんのお母さん、ですな。子どもたちをお願いしますよ」

さらに大桐は絹子にも声をかけたが、本当に任せて大丈夫かと迷っている節があって、それは北越も同じだったかもしれない。その証拠に二人は妃菜を捜しながらも、ちらちらと奈永たちに目を向けてくる。

だが、やがてどちらも捜索だけに熱中しはじめた。特に北越は雑木林と雑草の奥まで入る必要があったため、たちまち奈永たちから姿が見えなくなった。

それを待っていたかのように咲美が、

「ママに知らせてくる」

信じられない台詞を口にして勝手に離れようとしたので、京子が慌てて止めた。

「駄目だよ」

「だって、ひなちゃんのママに早く知らせないと。うちから電話してもらうから、まずママに話して――」

「それはそうだけど――」

ちらっと京子が葵衣の母親を見やった。でも絹子が何の反応も示さないので、あくまでも京子は冷静な態度で、

「今ここで、さきちゃんがいなくなると、きっと北越さんたちが困ると思うから、もう少し待ったほうがいいよ」

「どれくらい？」

これに京子が答える前に、びっくりしたような大桐の声が響いた。

「あっ！　あなたは……」

奈永たちが反射的に目を向けると、小山に登る細い道の近くの藪から、ぬっとラジオ小母さんが出てきた。

「あの人、いたんだ」

気勢をそがれた咲美が意外そうにつぶやき、

「ずっと気づかなかった」

それに京子も同調したあと、奈永たちは自然に身を寄せ合う恰好になった。

「……ここで可怪しなことが起きてる」

珍しく葵衣が口にした台詞が、このときの五人の気持ちを代弁していた。だから全員で押しくら饅頭をするように、思わず固まったのだろう。

「さぁ、こっちへ」

大桐は労るような仕草で、ラジオ小母さんをベンチに座らせている。

「それにしても、ここまで重なるとは……」

彼は虚空を見つめるような眼差しをしたあと、ふっと奈永たちに視線を向けた。

目と目が合った瞬間、ぞおぉぉっとする悪寒が彼女の背筋を走った。大桐には何の脅威もないはずなのに、ぺろっと顔の皮がまくれて、その下から悍《おぞ》ましい化物の容貌《ようぼう》が現れる。そんな妄想に囚われてしまう。

おそらく彼が先程から「奇遇」や「まだら模様」や「ここまで重なる」など、かなり意味深長な発言を繰り返しているからだろう。それらが何を意味しているのか、もちろん奈永には見当もつかない。

しかし大桐と北越と三根たちには、ここで起きている可怪しなことに、どうやら心当たりがあるらしい。

そこへ三根が走って戻ってきた。彼は小公園の出入り口から現れたので、小山から大公園側に下りたあと、大公園の東の出入り口から緑道に出て、そのまま小公園まで駆けてきたのだと分かる。

「大公園側の四阿に、犬の散歩中の人がいたので、小山から誰か来なかったか訊いたのですが、そんな人は見ていないと言われました」

「小山を通る細道から外れて斜面を下って、どちらかの道路に出たのかもしれんな」

三根の報告に、そう大桐は返しつつも、ちらっと奈永を見やったので、

……嘘だと思われてる。

たちまち彼女の顔が熱くなった。

とはいえ奈永も、今となっては自信をなくしかけていた。変な人を目にしたのは間違いないが、あれが人間だったとは限らない。でも、そんなことを言ったら、ますます疑われてしまう。子どもの悪戯《いたずら》か見間違いか、そう見なされるのがオチである。

「この方は……」

ラジオ小母さんに気づいた三根が、大桐に問いかけると、老人は二言、三言を返しただけなのに、

「あぁ、あの……」

すぐに三根は察したようで、痛ましそうな視線を女性に向けた。

「それよりも先生は、北越さんの手伝いを。私は公園内を確かめるので」

雑木林と雑草の群れを指差す大桐に、三根は力強くうなずいてから、さっそく小学校の金網がある方向に足を向けた。北越の姿が雑木林の中に見えたためだろう。

三人が分担して行なったため、妃菜の捜索はすぐに終わった。互いに成果のなさを報告し合ったあと、これは一刻も早く警察に連絡するべきだ——という意見の一致をみた。ただし大きな問題があった。

「あっ、携帯は職員室です」

「私も車の中に置いてきてしまって……」

三根と北越が携帯電話を持っていないと言い出したところ、

「……すみません。充電を忘れていて……」

葵衣の母親が使用できない携帯を取り出して見せた。

「会長さんは？」

北越の問いかけに、大桐は申し訳なさそうに、

「そもそも持っていない」

一瞬その場に、とほうに暮れた雰囲気が漂ったあと、

「私の車が、向こうの住宅地に停めてあります。警察署まで走れば――」

「元警官の北越さんに説明していただくと、確かに話は早いかもしれませんが、やはり電話を使ったほうが――」

二人のやり取りに、大桐が割って入った。

「この際、どっちもやろう。その間に私は奈永ちゃんの家に行って、電話を貸して欲しいと頼んでみる――」

と言いながらも、ちらっと不安そうな眼差しを葵衣の母親に向けた。この場に子どもたちと絹子だけを残して、果たして大丈夫だろうか……と、きっと大桐は大いに不安を覚えたに違いない。

「とにかく私は、警察まで走ります」

あとは大桐と三根に任せたと言わんばかりに、北越は小公園の出入り口から外へ、北側の住

宅地を目指して駆け出していった。

「私は小学校で、職員室の電話を使います」

三根も応えるや否《いな》や雑草の群れに飛びこんだ。再び金網をよじ登るつもりらしい。それが一番の近道だからだろう。

大桐は結局、その場に留まった。二人の大人に守られながら、奈永たち五人は小公園に残った。しかし、それ以降の彼女の記憶は、かなり曖昧《あいまい》になっている。細部まで覚えている出来事と、ぽっかり穴が開いたように欠落している部分があって、まさに混沌《こんとん》の極みだった。

長じてからふり返るに、警察や保護者や近所の人たちなど多くの大人に囲まれ、いきなり質問攻めに遭って、それに必死に応えようとしているうちに、もう訳が分からなくなったせいではないか。

ちなみに警察は早い段階で、第三者による連れ去りを疑ったらしい。もちろん笛吹き公園の捜索も行なったが、大桐たちが一通り調べても見つけられなかったことから、すでに妃菜は公園内にいないと見なしたのだろう。そのため市内全域に検問が張られたという。

小公園で友だちと身を寄せ合っていた場面の次の記憶は、笛吹き公園の近くにある町立センターの大きな部屋で、みんなが方々《ほうぼう》に分かれる恰好で、机と椅子《いす》に座っている光景だった。それぞれの横には母親が付き添い、全員が女性の警察官に事情を聞かれている。

もっとも葵衣と絹子の母娘だけは少し違っていることに、奈永は目敏《めざと》く気づいた。なぜなら絹子は娘に付き添いながらも、本人もまた事情聴取を受けているように見えたからだ。母親の担当だけ女性ではなく、年配の男性警察官だった。彼は時おり葵衣にも優しそうな顔を向けて微笑んでいる。そういう人が葵衣の母親に質問していたので、奈永としても安心感を覚えた記憶がある。

ただし一方で違和感にも囚われていた。葵衣と絹子の机にだけ重苦しい空気が漂っていたのは、どうしてなのか。その部屋の中で二人のいる場所のみ、ぐるっと見えない壁で囲まれている。あるいは目に映らない亀裂が床にあって切れ離されている。そんな気が強くしてならなかった。

しかも友だちの母親たちがチラチラと、葵衣の母親を頻繁に窺う様子が、奈永の視界に入ってくる。そのたびに彼女は葵衣を気の毒に思った。友だちの母親に自分の母親が見られるたびに、葵衣の腹がキュッと痛むのではないかと心配した。

町立センターの大きな部屋に、妃菜の母親である秋菜の姿はなかった。別室で話を聞かれていたのか、または小公園で捜索に立ち会っていたのか、あるいはショックで倒れて病院に連れていかれたのか。

妃菜の安否《あんぴ》を気遣いながらも、このとき子どもたちが受けた七つの質問に対して、たちまち奈永自身も頭を絞る羽目になった。


一つ、妃菜を最後に見たのは、いつ、どこでだったか。

二つ、妃菜が隠れた場所を知っているか。あるいは一番隠れそうな場所はどこか。

三つ、妃菜が一時的に小公園から離れるとしたら、どこに行くと思うか。

四つ、最後の隠れんぼうで、自分が隠れていたのはどこか。

五つ、今日の遊びの最中に、誰か見かけなかったか。

六つ、普段の遊びの最中に、誰か見かけたことはあるか。

七つ、何でもいいから気になること、話したいことはないか。

この七つのうち一つ目から六つ目までの答えは、ほぼ五人とも同じだった。

一つ、隠れんぼうがはじまって、奈永が公園の出入り口に立って両目を閉じたあと、五人がバラバラになる直前が、妃菜の姿を見た最後になった。

二つ、妃菜が隠れた場所は知らない。彼女がもっとも隠れそうなのは、石板、ベンチ、滑り台、四阿、石のオブジェである。

三つ、妃菜が誰にも黙って小公園から離れるとは思えない。仮に公園を出たとして、その行先は見当もつかない。

四つ、葵衣は垣根の後ろ、咲美は雑木林の太い樹の陰、萌子は滑り台の裏、京子は背の高い雑草の中、そして奈永は鬼役だった。

五つ、五人とも誰も見ていない。奈永が三根に、京子が北越に会ったのが最初で、そのあと大桐が現れて、さらにラジオ小母さんが出てきた。

六つ、今回の質問で五人とも、はじめてラジオ小母さんの存在を口にした。

七つ、四人は何もないと答えたが、奈永は小山の細道にいた何者かについて話した。また奇妙な笛の音を聞いたことも。

奈永の証言は重要視されて、すぐさま他の女性警察官に伝えられた。そして四人の子どもたちに確認が取られたが、生憎そんな人物を目にした子は誰もいなかった。そのため奈永の目撃談は、とたんに信憑性《しんぴょうせい》が疑われ出したのだが……。

ただ、この変な笛の音に関しては、四人とも「聞こえたような……」と言い出した。その中でも葵衣の発言が、他の子どもに比べると一番しっかりしていた。彼女の無口は慎重な性格の裏返しだと、葵衣の母親が保証したこともあり、再び奈永の証言が問題にされ出した。

奈永がいた小公園の出入り口は、園全体を俯瞰《ふかん》した場合ほぼ小山側に当たる。葵衣が隠れていた垣根は、小山の斜面と砂場を隔てる役目があった。つまり二箇所とも小山の近くと言えた。そうなると小山の細道にいた何者かが、その笛の音の主ではないのか……という推測に辿り着くまで、ほとんど時間はかからなかった。

この後押しを結果的にしたのが、妃菜の捜索隊には加わらずに町立センターに来ていた大桐の一言だった。

「奈永ちゃんが見たという不審者は、まだら男ではないか」

ただし彼の発言に、即座に反応できた警察官はひとりしかいなかった。葵衣の母親から話を聞いていた年配の男性である。

その警察官は「まだら男」という言葉を耳にするや否や、大桐の側まで行って確かめた。

「あの笛吹き男ですか」

「そ、そうです」

とたんに大桐が興奮した。ようやく自分の話を理解してくれる者が、目の前に現れたと喜んだからだろう。

この町立センターのあとの奈永の記憶も、また混沌としている。

部分的に覚えているのは、もう小公園では遊ばなくなったこと、チャイルドタレントには通っていたこと、そこで葵衣を見かけなかったこと、そこでは奈永だけ浮いているように感じたこと、でも母親の教育ママぶりは変わらなかったこと、しばらく咲美と萌子と顔を合わせた覚えがないこと、いくつも習い事をしていた祖母がずっと家にいて庭いじりをしていたこと、京子と二人だけで隠れて遊んだこと、そして妃菜は神隠しに遭ったかのように消えて二度と戻ってこなかったこと――などである。

このとき、いったい何が起きていたのか。松島妃菜の神隠し事件は、その後どのような展開を見せたのか。

もちろん奈永は、ほとんど何も知らなかった。

ただ、葵衣が再びチャイルドタレントに姿を見せはじめて数日が経ったころ、彼女が何者かに襲われかけた……という新たな事件の発生は、家を訪ねてきた警察官と母親の会話を盗み聞きしたせいで知った。

妃菜が消えてしまったあと、葵衣の母親である絹子に対する疑惑と誹謗中傷は酷かったらしい。彼女の四阿での居眠りは演技で、隙《すき》を見て妃菜を攫《さら》ったのではないか、というのが前者の疑いである。彼女が居眠りさえしなければ、妃菜も無事だったに違いない、というのが後者の誹《そし》りになる。この誹りには、ただでさえ視力に障害があって子どもたちの見守りには不向きなのに、居眠りをするなど言語道断である、という強い差別的な非難も含まれていたらしい。

しかし今度は絹子の娘が狙われた。そのため彼女に向けられていた攻撃が完全に逸れたかというと、残念ながら違う。まったく予想外の新たな疑いに、この母娘はさらされる羽目になった。とはいえ以前に比べると、絹子を追及する声が弱まったのも事実である。

こういうとき世間は、別の生贄《いけにえ》を探して狙いを定める。そうして選ばれたのが、奈永の母親だった。

妃菜の事件当日、利恵は小公園には行かなかったと、ちゃんと大桐が証言している。にもかかわらず疑われたのは、現場の近くにいた事実が、何よりも重要視されたからだ。絹子と同じく妃菜の友だちの母親という立場も、きっと不利に働いたに違いない。

警察は第三者による連れ去りと判断して捜査を進めているのに、世間の反応は違った。いつまで経っても狭いコミュニティの中に、この事件の犯人を求めようとした。

葵衣の襲撃未遂事件が起きたとき、奈永の家にも警察が一応は来た。母親のアリバイを検《あらた》めるためだったのか。葵衣が襲われた時間帯に、幸いにも利恵は別の場所にいたことが確認された。それでも彼女に向けられた世間の疑いの眼差しは、そう簡単にはなくならなかったようである。

母親の外出が急に減りはじめた。次第に家の中に籠《こも》るようになる。買物などは祖母が代わりにやっていたので、日常生活に困ることはなかったが、家内の雰囲気が暗く重苦しくなったのは間違いない。

そんな話を奈永は当時、祖母から聞いた覚えがある。当然それは幼い子どもにも理解できるように、優しくかみ砕いた内容だった。このとき彼女は、ようやく事件における「母親の立場」を察したのかもしれない。

だからママは出かけなくなった……。

その理由が分かったと思った。葵衣の事件が起きたことで、この「母親の立場」が絹子から利恵に移ったのである。

あーちゃんも、こんな思いしたの……。

母親に対する世間の反応に、奈永は小さな心を痛めた。どうか元通りになりますようにと必死に願った。

だが、いったん色眼鏡で見られると、そうそう疑いなど晴れない。

そんな世間の冷たさと恐ろしさを、自分の母親の背中を通して、子ども心に奈永は学んだような気がする。

この母親に対する理不尽な風当たりが、ある事件を境に変わった。なぜなら三番目に襲われたのが、奈永だったからだ。

第四章　まだら男

その日の夕刻、砂渡奈永はチャイルドタレントからの帰り道として、笛吹き公園の大公園を突っ切っていた。

家の庭いじりに一時だけ熱心だった祖母も、ようやく習い事を再開したらしく出かけており、本当なら母親が迎えにくるはずだった。しかし当日は、朝から弟の永司の具合が良くなかった。そのため母親が心配して、もしも定時に迎えに行けなかったら、ひとりで帰るようにと言われたのである。

ひなちゃんやあーちゃんの事件があったのに……。

奈永の不安が顔に出たのだろう。

「悪い人はね、ちゃんと警察が捕まえたの。だから大丈夫よ」

きっぱりと母親が断言した。

奈永は知らなかったが、のちに分かったところでは、ある人物が警察の任意聴取を受けていた。とはいえ逮捕されたわけではない。

「その悪い人が、ひなちゃんとあーちゃんの犯人？」

「きっと間違いないから、安心して帰ってらっしゃい」

よく母親は言い切ったものだと、その後に何度も奈永はふり返る羽目になる。彼女が体験した恐怖を考えれば無理もないわけだが、この怒りと恐れがごちゃ混ぜになった気持ちを、どうしても母親にぶつけられなかった。

永司を心配してたんだから、仕方ないよね。

いつのころからか奈永は、弟を優先する母親の言動に対して、そんな風に認めるようになっていく。それは姉としての自覚の芽生えだったのか、または母親の過度の期待が自分から弟に移ることを期待したのか、本人にも分からなかったけれど。

その日の帰り道、そもそも奈永が公園を通らなければ良かったのではないか。仮にそう母親に言われれば、ぐうの音も出ない。とはいえチャイルドタレントが終わると、すごく疲れる。かなりお腹も空く。早く家に帰りたい気持ちが強くなる。

それには大公園を通り抜けるのが近道で、母親といっしょのときも普通に利用していた。たいていは中学生たちがまだ遊んでおり、人通りの少ない住宅街の側を歩くよりも、むしろ安全かもしれなかった。

しかも今回は、もう怖い人がいない。

これが何よりの安堵感を奈永に与えた。だから彼女はためらうことなく、その日の夕間暮れの帰宅時も、まっすぐ笛吹き公園に向かった。

もっともチャイルドタレントを出る際に、講師に「お迎えは？」と訊かれた。だから彼女は「ママとスーパーの前で待ち合わせです」と嘘をついた。ひとりで帰ると答えたら、きっと家に電話される。それは絶対に避けたい。

ママは辛い思いをしている……。

だから母親の手をわずらわせずにひとりで帰って、少しでも楽をさせてあげたい。永司の世話に専念できるように。

そういう想いが奈永には強くあった。ただし、それも笛吹き公園の大公園に足をふみ入れてすぐに、たちまち弱まった。いいや、実はもっと手前から、早くも彼女は後悔していたのかもしれない。

チャイルドタレントから通い慣れた道を帰ってくると、摩館市立第二小学校の向かい側に出る。信号機のない横断歩道を渡ったあと、そのまま小学校の敷地を突っ切ることができれば、家へは最短の近道になる。だが無理なので歩道を左手に進む。しばらく右手には小学校の校庭が続いて、やがて雑木林が現れる。その向こうに小公園があるわけだが、こちらからは少しも見えない。

ずっと歩いていても、雑木林そのものに目立った変化は見られない。しかし途中で小公園から小山へと地勢は移り変わっている。それに気づく前に、ぱっと右手が開けて大公園が出現する。雑木林と車道にはさまれた狭い歩道を進んでいるせいか、この空間の突然の広がりには思わず目を見張る。ちょっとした開放感まで覚えてしまう。

とはいえ今、奈永の気持ちは開放どころか閉鎖される寸前だった。確かに目の前は一気に広がったが、そこに映っている光景が問題だった。赤茶けた逢魔ヶ刻《おうまがとき》の残照と早くも点灯している街灯《がいとう》によって、ぼおっと全体が薄暗く浮かびあがっている、そんな大公園の姿だったのだから……。

なんか暗くない？

予想ではもっと明るいはずだった。背後から射し込む西日と街灯の二つがあるのに、むしろ暗さが強調されている。そんな風に見える。あたかも自然と人工の二つの明かりが、互いの光を打ち消してでもいるかのように。

それに……。

大公園の向こうに広がる赤黒く濁《にご》ったような東の空を一心に眺めていると、どろんでろん、どんどん、でろんどろん、どんどん……。

今にも何かおどろおどろした音が聞こえてきそうで、とにかく空恐ろしい。そんな音色が辺りに響いたあと、とてつもない怖いことが起こりそうに思えてならない。

それなのに頼みの綱である中学生の人数が、予想よりも異様に少なかった。しかも彼らは芝生の西側にいて、そこでサッカーボールを蹴っている。

大公園の西の出入り口から入った奈永は、芝生の周囲を回る遊歩道を反時計回りに歩かなければならない。つまり進むにしたがい、どんどん中学生たちから遠離ってしまう。芝生を突っ切るルートもあったが、それでは靴が汚れる。チャイルドタレントには、いつもよそ行きの靴をはいて行く。だから芝生は避けたい。

大公園の北側の高台には、ずらっと家が建っている。遊歩道を時計回りに歩くと、それらの家の下を通ることになるわけだが、だからと言って心強くも何ともない。遊歩道と家々は離れているうえに、その間には樹木も繁っており、さらに高低差もかなりある。とても家の側を歩いている気がしない。しかも遠回りになるため、こちらのルートを選ぶなど、はなから考えられなかった。

いつも通り奈永は、遊歩道を反時計回りに進んだ。やがて南西の隅にあるトイレの前に差しかかる。そこを通り過ぎたところで、右手から雑木林がのしかかってくるような圧迫感を覚えた。枝葉が遊歩道に食み出して、行く手を塞いでいるわけでもないのに、その存在感がものすごい。もはや無害な雑木林などではなく、怖くて無気味な森にしか見えない。

奈永は遊歩道を足早に進みながら、何度もふり向いた。彼女が大声で叫べば、きっと中学生たちは気づいてくれる。

どうして叫ぶ必要があるのか。

肝心なことは想像せずに、とにかく先を急ぐ。このとき頭を過ったのは、今後は何があってもひとりでここを通らない……という決心だけだった。

どんなにママやお祖母ちゃんが忙しくても、絶対に迎えにきてもらう。

お迎えが無理だった場合、その日はチャイルドタレントに行かない。

そこまで考えたものの、いかなる理由があろうと母親が欠席を認めるはずがないと、彼女も承知していた。母親は赤ん坊の弟に夢中だったが、奈永に対する期待がなくなったわけでは決してない。

だったら次は遠回りして帰ろう。

摩館市立第二小学校の前まで来たら、左へは行かずに右へ進む。そうして学校をぐるっと迂《う》回《かい》しながら住宅地に入り、その中の道をジグザグに辿って家に帰る。笛吹き公園を抜けるルートの約二倍の道程になるが、背に腹はかえられない。

この安全な遠回りを、まったく考慮しなかった自分に、どれだけ奈永が今、後悔の念を覚えたことか。

まだいるよね。

左肩越しに何度もふり返り、ちらちらと中学生たちを見やる。その仕草が止められない。おかげで歩みが遅くなる。そのとき右手の暗い森の中から、何か聞こえた気がした。

……笛？

ギョッとして両足の動きが止まりそうになる。

あのときの……？

松島妃菜が小公園から消える前に、奈永が耳にした妙な笛の音だろうか。

……ただの風？

それとも雑木林の中を吹き抜ける風が、そんな音を出しただけなのか。

どちらにしても奈永は、暗くて怖い森の側から離れたくなった。このまま遊歩道をそれずに辿っていけば、雑木林とは自然に距離が開いて、西側の出入り口に着く。でも出入り口まで行ったのでは、かえって家からは遠離ってしまう。

そのとき右手の森が切れて、ぽつんと四阿が姿を現した。この前を通り過ぎて、左手に曲線を描く遊歩道からも外れて直進すると、緩い傾斜の雑木林の中に入る。そこには何人もが通ったせいで細い筋のような道ができていた。それを下りると緑道に出られて、しかも車道をはさんだ目の前が彼女の家だった。子どもたちしか知らない隠れた近道である。

前方に見える雑木林には、これまで小山にも小公園にも属していない無害の場所という意識を持っていた。けれど今は違う。

ずっと続いてる……。

公園内に林立する樹木は連続しており、よく見ると途切れている箇所がない。つまり全部つながっていると言えるのではないか。そんな場所に足をふみ入れて大丈夫なのか。

行きも通った……。

自分に言い聞かせると、自身が答えた。

まだ明るかったから……。

ますます辺りは薄暗くなっている。きっと雑木林の中は、もっと暗いだろう。真っ暗かもしれない。

でも……。

あの中の緩い斜面を、それも短い距離を下るだけで、すぐに我が家を目にできる。そういう安心感もあった。

決心がつかないまま奈永が四阿の前を通り過ぎたとき、ばあぁっと化物が出てきた。四阿の陰から、訳の分からないお化けが現れた。

それは頭の天辺から足下まで、まだら模様の布のようなものを被っている。ただ当時の彼女は「まだら」という言葉をよく知らなかった。そのため「気色の悪い見た目の人の形をした毛布のお化け」として、その異形のものは映った。

とっさに家のほうへ逃げかけたが、さっと化物に先回りされる。

慌てて方向転換したところで、先ほどまで遊んでいたはずの中学生たちの姿がないことに気づき、たちまち絶望感に囚われた。

に、逃げなきゃ……。

遊歩道を戻ろうとしたが、またしてもお化けに回りこまれ、そうなると逃げる先はひとつしか残っていない。

四阿の横から延びている小山に続く細い土道《つちみち》に、とっさに奈永は駆けこんだ。逃げる場所としては最悪だったが、ここ以外に進めないのだから仕方ない。

とたんに真っ暗闇に包まれる。少し走ったものの怖くなって、反射的に立ち止まってふり返ると、お化けが追いかけてきた。ぶわっと気味の悪い布をはためかせながら、したしたしたしたっと向かってくる。

ぞわわわっと彼女の全身に鳥肌が立った。これほどの恐怖を覚えるのは生まれてはじめてで、まったく身体が動かない。

こっちに、こ、こ、来ないで……。

半泣きになりながら心の中で叫ぶが、なおもお化けは近づいてくる。

「うわーん」

気がつくと泣きながら細い道を駆けていた。生存本能が無意識に働いて、それで身体が動いたのかもしれない。

相変わらず辺りは真っ暗だったが、少しは目が慣れたのか、ぼんやりと細道だけは見えている。地表に頭を出した大きめの石や木の根につまずかないように、注意しつつも全速力で逃げ続ける。そのうち土道が左手に曲がりはじめた。もう小道の半分以上は走っているため、さすがに疲れてくる。がくんっと速度の落ちた足取りのままふり向くと、すぐ後ろにお化けが迫っていた。

そこからは死《し》に物狂《ものぐる》いで、わずかに傾斜の増した坂道を駆けあがる。おかげで小山の天辺に着いたときには、もう一歩たりとも進めなかった。

ここに、お化けが来たら……。

もう逃げられない。今から大声をあげて助けを求め、仮に誰かが駆けつけたとしても、そのころには化物に攫われている。

ひなちゃんみたいに……。

しゃがみこんだ奈永は、登ってきた細道に背中を向けたまま、じっと固まった。完全に現実逃避の状態で、ずっと腰を下ろしていた。

ところが、いつまで経ってもお化けはやって来ない。

しゃがんだまま彼女は、恐る恐る後ろを向いた。ゆっくりとふり返った。

……何もいない。

そっと立ちあがりながら、完全に小道のほうを見下ろす。

やっぱり何も見えない。

今にも細道の先の曲がり角から、ばぁっと化物が顔を出しそうな気がして、とっさに彼女は怯えた。

しかし先ほどは、すぐ背後にいたではないか。それが消えたのなら、この小道を戻ったことになる。理由は分からない。でも、わざわざ戻っておいて、あの細道の角に隠れるなど、どう考えても変だろう。

ただ、これで奈永も小道を引き返すことができなくなった。そっちにお化けがいる可能性が高いからだ。待ち伏せはしていないにしても大公園側にいるのなら、また出会すかもしれない。それは絶対に厭だ。何としても避けたい。

……小さな祠の中に隠れる。

という案も浮かんだが、いつまで身を潜めていれば良いのか。もしも見つかれば逃げ場がないことも、彼女をためらわせた。

奈永は反対側の細い土道を下りることにした。その先は小公園で、できれば近づきたくはない。とはいえ戻るか進むか、どちらかを選ぶのなら、この場合は後者だろう。

てくてくと真っ暗な細道を下る。本当は走りたいが転びそうで怖い。そのため足取りが慎重になる。そのうち小道が右手に曲がり出す。そこを過ぎると樹木の群れ越しに、ぼんやりと光る小公園の街灯の明かりが目に入る。どう見ても気味の悪い眺めだが、今の彼女にとっては救いの灯とも言えた。

自然に足が速まる。少しでも早く真っ暗な森を抜け出したい。小公園に入ったら、もちろん一目散《いちもくさん》に園内から外へ出る。わずかな間でも、あそこに留まるつもりはない。

ともすれば明かりに目を向けたいのを我慢して、奈永は足下に視線を落とし続けた。一刻も無駄にせず家へ帰るためには、ここで転ぶわけにはいかない。もしも転けて動けなくなったら、あの化物が再び追いかけてくる。そんな気がしてならない。そうなったら絶対に逃げられないだろう。

細い道の下りが終盤に差しかかったところで、ようやく奈永が顔をあげると、目の前に化物が立っていた。

反射的にものすごい悲鳴が口から出た。それは幼い子ども特有の、ガラスを引っかくような叫び声だった。その鋭い調べが彼女自身の鼓膜を破るかという勢いで、小公園内に大きく響き渡った。

「どうしたぁー」

左手の緑道のほうから声が聞こえた。

すると化物の姿が、すうっと近くの藪に消えた。そこに身を隠しただけに過ぎないのに、あたかも消失したように見えた。化物自身が神隠しに遭ったかのように。

奈永が茫然自失の状態で突っ立っていると、いきなり大桐謙作《けんさく》が現れた。たまたま近くを歩いていて、彼女の悲鳴が聞こえたらしい。

「……な、奈永ちゃんか。こんなところで、何してるの？」

彼はかなり驚いたようだが、はっと身体を強張《こわば》らせたあと、

「な、何があった？　何か出たのか」

しかし彼女が口を開かずに、ふぬけのごとく立っているのに気づいて、これはまずいと思ったのだろう。

「よし、お家に帰ろう」

優しく奈永を導きながら、大桐は砂渡家まで送ってくれた。

すると家には意外にも、葵衣の母親の絹子がいた。妃菜の事件後いつの間にか疎遠《そえん》になっていたのが、また仲良くなったのだろうか。普通なら奈永も喜ぶのだが、今はそれどころではない。

母親は娘の心配を大いにしながらも、何があったのかを知りたがった。大桐が「今はそっとしておいたほうが……」と言っても聞かない。「私が迎えに行かなかったから……」と半狂乱《はんきょうらん》になっている。絹子も「気持ちは分かるけど」と必死になだめるのだが、まったく母親には通じない。

あまりにも怖い思いをした奈永が静かなのに、母親と絹子と大桐が騒がしい。そんなチグハグな状態がしばらく続いたあと、

「ひなちゃんを攫った、あのお化けが出た……」

この彼女の発言でピタッと止んだ。

そこからは冷静になった母親に、とにかく「何があったのか」を説明するように求められた。最初は止めていた大桐も、今では母親に加担している。

ぽつりぽつりと奈永が話す中で、母親と絹子は何度か顔を見合わせた。彼女が嘘をついているとまでは疑っていないが、かといって全部を信じるべきかどうか、その判断に迷ったからだろう。

最終的には大桐が決めて、彼が警察に連絡した。奈永は母親に付き添われて事情聴取を受けた。いつどこで不審者に出会い、どんな恰好をその者はしていて、そこから何が起きて、いつ相手がどういう状況でいなくなったか。この四点を何度も訊かれた。

奈永は時間とともに落ち着きを取り戻した。もちろん恐怖が霧散したわけではなく、しばらくは酷い悪夢に苛まれた。家の前に車道と緑道をはさんで問題の小山が見えることも、彼女にとっては厭《いと》うべき眺めになった。

ただ一方で彼女は、ある希望を抱いていた。これほど恐ろしい目に遭ったのは辛いが、そのおかげでチャイルドタレントには、もう通わなくてすむのではないか。だとしたら少しは救いがあるかもしれない。

ところが、母親の教育ママぶりは変わらなかった。送り迎えを自分がやることで、何の問題もないふりをした。本当は何ら終わっていなかったのに……。

この利恵の動じない態度が、絹子に影響を与えた。妃菜の事件で誰よりも非難されたのは彼女だったが、そのあと利恵も少なからず誹謗されている。にもかかわらず今度は二人の娘が連続して襲われた。その最中に、図らずも絹子は利恵を訪ねていた。自分たちが似た境遇にあると、きっと彼女も思ったのだろう。元々は妃菜の母親もふくめて三人の仲は良かったため、利恵と絹子の関係が復活した。

やがて葵衣と奈永の送り迎えを、双方の母親が交代で行なうようになる。これで安心できると、二人の母親は思ったことだろう。

だが絹子が迎えにきた晩冬のその日、本人の母親と奈永がいるにもかかわらず、葵衣は消えてしまう。あたかも神隠しに遭ったかのように。

第五章　神隠し再び

妃菜が消えた直後、葵衣が一度目に襲われたときは、どんな状況だったのか。それをチャイルドタレントの短い休憩時間のうちに、奈永が本人から聞き出せたのは、彼女自身が例の化物に追いかけられたあとだった。

普段から口数の少ない葵衣を喋らせるのは大変だったが、同じ目に奈永も遭っているせいか、珍しく積極的に話してくれた。ただ「襲われた」というのは大げさで、実際は訳の分からないものに、あとを尾けられたらしい。

奈永よりは遅れたものの、葵衣も再びチャイルドタレントに通うようになった数日後、彼女は迎えにきた母親といっしょに帰っていた。奈永たち母娘とは疎遠なままで、まだ別行動をしていたときである。

その帰路の途中〈御屋敷町《おやしき》〉と呼ばれる昔からの住宅地を、いつも二人は通っていた。ここが新興の住宅街と比べて大きく違うのは、どの家の敷地も広くて、それを囲む塀が立派なことである。ただ主要な道路をのぞくと、隣家との塀の距離が近いせいで、やたらと路地が多かった。古くからの住宅地のため、まったく区画整理はされておらず、おかげで路地が半ば迷路と化していた。

そういう路地のひとつに、その奥の暗がりに、葵衣はお化けを見たという。どんな恰好だったのか、もちろん奈永は尋ねた。葵衣は苦労しながらも、何とか表現しようとしたが、正直よく分からなかった。にもかかわらず奈永は、ぶるっと震えた。妃菜が消えたときに自分が小公園で感じた、あの「化物がやって来る」という感覚と同じやつだと、とっさに察したからである。

これだけなら子どもの勘違いと、警察も見なしたかもしれない。しかし母親の絹子も、それを目撃していた。ただし彼女は視力に問題があるためか、眼鏡はかけていたのに、相手の姿をはっきりと目にしていない。葵衣の証言より、もっと曖昧だった。

それでも何者かが二人のあとを、身を隠すように尾けていたのは間違いないらしい。最初は娘の勘違いだろうと思ったが、そのうち絹子も背後の異様な気配を、ひしひしと肌で感じるようになる。週刊誌の記者かもしれない。そう考えかけたものの、あまりにも様子が可怪しかった。これまでうるさくつきまとう記者たちから、彼女は悪意に似た嫌な感情を覚えていたが、後ろの何かからは本物の悪意しか伝わってこない。

「……た、助けて。……助けて下さい！」

反射的に絹子は声をあげていた。

たまたま近くを歩いていた会社帰りの男性が、すぐに駆けつけてくれた。しかし彼は、まったく何も見ておらず、何かの気配を感じたわけでもなかった。

母娘によると、いつの間にか後ろの忌まわしい気配は消えていたらしい。絹子の叫びのすぐあとと推測されるが、実際は不明である。助けに駆けつけた男性も、いくつかの路地を覗いたようだが誰もいなかったという。

この件を絹子は、もちろん警察に訴えた。それまで彼女は半ば犯人扱いされていたかもしれないが、これで疑いが晴れる。そんな風にも、きっと思ったのではないか。

ところが、世間の反応は違った。

娘の葵衣が襲われかけたというのに、母親である絹子に対する悪意ある非難は、完全には治まらなかった。むしろ何とも妙な、新たなる炎上《えんじょう》を見せた。

このままでは母親が逮捕されると懼《おそ》れた娘の、きっと狂言に違いない。

どうやら母親の犯罪者気質を、しっかりと娘も受け継いでいるようである。

――という風に、今度は葵衣が犯人扱いされる羽目になった。

いったん疑われてしまったら、それをくつがえすのは並大抵のことではない。そんな世間に対する恐怖を、のちに奈永は嫌というほど知った。

それでも橘絹子に対する世間の反応は、まだ理解できたかもしれない。もっと酷かったのは、その後に奈永の母親の利恵が受けた中傷である。

利恵が目をつけられたのは、妃菜がいなくなったとき小公園の近くに彼女がいたから、という理由だけによる。ただ、そこに利恵の特殊な立場が加わることで、世間の疑いの目が一気に向けられてしまった。

奈永の母親である利恵は、裕福な妃菜と葵衣の母親たち――松島秋菜と橘絹子――の世話になっていた。この貧富の格差を彼女は逆恨みしたのではないか。

チャイルドタレントで妃菜と葵衣は優秀だったが、つねに奈永は二人に負けていた。それを利恵は許せなかったのではないか。

赤ん坊の具合が悪くなって家に帰ったというが、現場の近くにいたのは事実なのだから、妃菜に対して何とでもできたのではないか。

――という悪意に満ちた非難は、ほぼ絹子に対する内容と似ていた。とはいえ現場にいたわけでもないのに、ここまで誹謗されるのは理不尽ではないか。利恵が外出しなくなったのも無理はない。

あとから騒動の詳細を知ったとき、奈永は憤った。母親には複雑な感情を持っていたが、これぱかりは同情した。

葵衣の未遂事件について警察が母親のアリバイを確かめても、一向に中傷が治まらない。しかも三人目に奈永が狙われたことで、葵衣のときと完全に同じ炎上が起きた。

松島妃菜が行方不明になって、次に橘葵衣が襲われかけたのに、奈永をひとりで帰宅させるなど絶対に可怪しい。

このままでは自分が逮捕されると懼れた利恵が、娘に狂言させたに違いない。

どうやら母親の犯罪者気質を、しっかりと娘も受け継いでいるようである。

絹子と葵衣が受けた誹謗と、ほぼ同じような内容だった。攻撃ができる相手さえいれば、要は誰でもよいのかもしれない。

奈永は空恐ろしい気持ちになりつつも、少しだけ可笑しかった。なぜなら葵衣は母親を助けるために自ら嘘をついたと見なされたのに、自分の場合は母親の指示があったと考えられたからだ。この背景には、二人のチャイルドタレントでの成績の差があったことは、まず間違いないだろう。

ところが、絹子と葵衣、利恵と奈永という二組の母娘に向けられた疑惑が、急に薄れ出す事件が起きる。

橘葵衣の失踪《しっそう》である。一度目のように未遂ではなく、今度は完全に消えてしまったのだから、世間の反応にも変化が表れた。

とはいえ奈永は、また母親が犯人扱いされる……と大いに怯えた。そうなったら二度と、その疑いが晴れない気がした。だけど予想は見事に外れたので、彼女は安堵した。ただ、すぐに分かったその理由には、あまり納得できなかった。

被害者である三人の少女の母親たちは全員に軽い障害があり、そのため結びつきが強かった。ひょっとすると犯人は、はじめから三人を狙っていたのではないか。三人で一組として。それも本人ではなく、その娘たちを。

――という突飛な推理が登場して、これまでの非難の流れが変わりはじめた。本当に世間とはいい加減なものだと、つくづく奈永は呆れた。

これらの事件後、しばしば彼女は悪夢を見て魘《うな》された。一番臨場感に満ちていて怖かったのは、もちろん自分の体験である。お化けに追いかけられたのだから当然だろう。そんな恐怖よりも不可解さが強いのが、妃菜の神隠し事件だった。この二つと比べた場合、葵衣の失踪は恐怖と不可思議さの両方があった。何が起きたのか少しも分からないという点では、妃菜の事件よりも上だったかもしれない。

奈永が笛吹き公園で襲われたとき、橘絹子は砂渡家を訪れていた。つまり母親同士の交流が、少しだけ復活の兆《きざ》しをみせていたとも見なせる。砂渡家の狂言ではないのか……という噂《うわさ》が広まり出すことで、皮肉にも後押しされる形になった。

「本当にいい方ね」

もっとも先に橘絹子を認めたのは、奈永の祖母である。

「妃菜ちゃんのママさんも、お前を決して責めないんだろ。このお二人は前々から、お前と奈永に良くして下さった。ただ……妃菜ちゃんのママさんは、こうなったら当分そっとしておくしかないよ。起きたことは元へ戻せないからね。けど葵衣ちゃんのママさんには、しっかりとお応えしないといけない」

引き籠りがちだった利恵が、祖母に説得される恰好で、葵衣の母親との付き合いを再びはじめた。ただしチャイルドタレントの送り迎えを交代で行なうくらいで、以前のような親しい間柄に戻れたわけではない。それでも当時の利恵には、まさに地獄《じごく》で仏に会ったようなうれしさだったのではないか。

もっとも世間の見方は違った。そんなに悪いほうによく考えられるな、というほど再び悪意に満ちた眼差しが二人に向けられた。

脛に傷を持つ同士が結びついた。

という風に色眼鏡で見られたのである。どこまでも酷い誹謗中傷が、二人の母親にはつきまとった。

ただ、あとからふり返ってみると、これが橘絹子と砂渡利恵に向けられた、最後の誹りだったことになる。

初冬の肌寒さが感じられる夕間暮れ、奈永はチャイルドタレントの帰り道を、葵衣と並んで歩いていた。絹子は二人の後ろにいて、曲がり角に差しかかったとき、また車道に出るときなどに、子どもたちに「走っちゃ駄目よ」とか「車に気をつけてね」とか注意をしていた。

あれは摩館市立第二小学校の前を通る車道の、かなり手前に昔からある御屋敷町の中を歩いている最中だった。

……変な笛が鳴ってる。

実際には何も聞こえていないのに、突然そんな風に奈永は感じた。いや、より正確な表現を

すると、

……変な笛が鳴ろうとしてる。

という感覚と言うべきか。しかし、いくら待っても何も響かない。小学校前の車道のほうからトラックらしい走行音がかすかに聞こえるくらいで、あとは静かなものである。

「なえちゃん？」

葵衣に声をかけられ、奈永は自分が立ち止まっていることに、ようやく気づいた。

「あら、大変」

すると後ろで、葵衣の母親の焦ったような声がした。

「……眼鏡を落としたみたい」

奈永がふり向くと、絹子は必死に地面を見つめている。

普段通りにかけている眼鏡が、そう簡単に外れるとは思えない。しかし葵衣の母親の顔には、いつもの眼鏡が確かに見当たらない。

……どおおおぉん。

そのとき太鼓のような音が、遠くのほうで響いた。

……どおぉん、どおぉんっ。

しかも変な物音は少しずつ、こちらへと近づいてくる。

「……何の音？」

葵衣に尋ねるが、きょとんとした顔をしている。どうやら聞こえていないらしい。

「どうしたの？」

逆に訊かれて奈永は困った。

……ごろろろっ、ごろろろっ、ごろろっ。

いつしか太鼓が雷鳴のような物音に変わっている。葵衣にはこの響きも聞こえていないようで、相変わらず奈永を見つめたままである。

……ごろろっ、ごろろっ。

その間にも不吉に感じられる物音が、どんどん迫ってくる。

……こっち？

奈永が視線を向けたのは、葵衣のすぐ横に見える薄暗い路地だった。

……ごろっ、ごろろ。

その路地の先で物音が響いていた。あの暗がりの中から、こちらへ何かがやって来ようとしている。

……これ、駄目なやつだ。

遅まきながら奈永が悟ったのと同時に、すうっと辺りの薄暗さが増して、ずんっと空気が重くなった。

あっ、駄目……。

……化物がやって来る。

彼女が恐ろしさのあまり身をすくめていると、

「葵衣ちゃん、ママの眼鏡を捜して――」

かなり混乱しているらしい絹子の声がした。

「急に暗くなったみたいで、これじゃ何も見えないわ。奈永ちゃんもお願い」

この声かけのおかげで、奈永は身体を動かすことができた。

しかし再び背後をふり返った次の瞬間、ざわっとした空気のゆらぎを真横で覚えたすぐあと、肝心の葵衣の返事が何もないことに気づいて、ぎくっとした。

横に目をやると、さっきまで確かにいた友だちの姿が消えている。

……ここに吸いこまれた？

今や真っ暗にしか映らない路地の中に、すうっと消える何かの姿が目に入った。まだらお化けのようなものが、さっさと逃げていく後ろ姿が見えた。

そういう風に目に入ったところで、はっと奈永は耳をすませた。

……変な笛が鳴ってる。

このときは確かに、それが聞こえた。ただし妃菜が小公園で消えたときに、奈永が耳にした音色とは違っていた。

以前が甲高いピーッだとすると、今度は軋《きし》むようなキーッという音だった。

娘からの返事が一切なく、その姿も見えないことを察した彼女の母親が、

「葵衣ちゃん？」

「葵衣？　あおいーっ！」

娘の名前を必死に何度も呼びながら、辺りを捜し出した。

「奈永ちゃん、葵衣はどこ？」

それでも見つからないと分かると、最初は半ばすがるように、

「あの子はどこに行ったの？」

ついで詰問するような強い口調になった。

いかに視力に問題があって、さらに眼鏡を外している状態とはいえ、母親の目の前で子ども

ひとりが急に消えるわけがない。そんな思いが絹子には間違いなくあっただろう。とはいえ実際に娘はいなくなっている。

子を持つ親にとって、これほどの恐怖はないかもしれない。

「葵衣はどこ？　奈永ちゃんは知ってるんでしょ？」

彼女の母親は奈永の両肩をつかみながら、ぶるぶると激しくゆさぶり出した。

「ねぇ教えて！　あの子はどこなの？」

この場には自分の他に奈永しかいない。だから何か見ているに違いない。妃菜が消えたときも奈永は現場にいた。絶対に何か知っているはずだ。それを聞き出して一刻も早く娘を助ける。葵衣の母親の心の声を読むとすれば、こんな感じだろうか。

あっち……。

奈永は路地の奥を指差そうとしたが、それが無駄な行為であることを、なぜか悟っていたような記憶がある。

この事件が起きたあと、世間の非難の矛先《ほこさき》は警察に向かった。松島妃菜が失踪して、橘葵衣と砂渡奈永が一度ずつ狙われた。にもかかわらず橘葵衣を、むざむざ犯人の魔の手に落としてしまった。警察が責められたのも無理はない。

それまでの橘絹子と砂渡利恵に対する攻撃のすべてが、いきなり警察に集中しはじめた。これにマスコミも完全に同調した。

このころから事件の犯人の呼称が、それまでの「まだら男」から「笛吹き鬼」に変わりはじめる。前者だとある人物ひとりに容疑が絞られてしまうからだろう。後者の呼び名は、もちろん奈永たちの遊びが元になっていた。

葵衣の失踪から数日後に、ある週刊誌が特ダネ記事を載せた。それは橘絹子と葵衣がチャイルドタレントを行き帰りするとき、複数の刑事が見張りについていた、という驚くべき事実だった。砂渡利恵と奈永も同じ扱いだったらしい。これには警護だけでなく容疑者を監視する意味もあったのではないか、と当の記事には書かれていた。

刑事たちは目の前で、むざむざ犯行を許したのか。

世間の反応は激しく強烈だった。それなのに警察の説明が、どうにも要領を得ない。仮に言い逃れをするにしても、もう少し上手くやるはずである。だが警察の態度は、あまりにも変だった。とほうに暮れているとしか思えない。

そんなとき別の週刊誌が、何とも奇妙な記事を載せた。刑事たちは確かに橘の母娘を見張っており、ちゃんと尾行もしていた。事件当日の夜は、砂渡奈永の存在も認めていた。しかし御屋敷町の路地のひとつで、なぜか急に三人が見えなくなった。慌てて付近を捜したが、どこにもいない。

上司に連絡しようとしたところで、絹子と奈永の二人が、ある路地の角で佇む姿が、ふっと目に入ってきた。彼女たちは本当に突然、ぽっと現れたかのように映った。まったく人知を超えた現象が、あの夜に起きたとしか考えられない。

そんな突拍子もない記事だったのに、このオカルトめいた内容を受け入れる者は意外にも多かった。なぜなら笛吹き公園では、過去にも不可解な事件が起きていたからだ。それを掘り出して記事にする週刊誌も、すぐさま出た。

こうして二人の少女の神隠し事件は、いきなりオカルト色に染まってしまう。彼女たちが二度と帰ってこなかった事実も、それを後押しする恰好になった。

ある信仰（一）

目の前に気味の悪い石段が延びている。

今は夕刻のため日の光も弱まり、両側を鬱蒼と生い茂った樹木にはさまれた石段は、かなり薄暗く映った。慎重に一段ずつ登らないと、たちまち足をふみ外しそうな眺めは、ただ見上げているだけでも恐ろしく感じられる。

でも、この山を訪れるのにふさわしい時間帯は、この夕間暮れだという。

なぜなら逢魔ヶ刻に射しこむ毒々しいまでに赤く濁った残照と、あれの持つ朱色が似ているから……。

そんな風に〈笛吹き鬼〉は、ある人から聞かされた。その人は願掛けをした結果、ちゃんと叶ったらしい。その内容は教えてくれなかったけれど。だから、わざわざ夕間暮れを待ってここへ来た。

あれに祈願するために……。

第六章　ホラー作家

背教《せいきょう》聖衣子《せいこ》は十月の某日《ぼう》の月曜に、摩館駅近くの喫茶店で珈琲《コーヒー》を飲みながら、ジェフリイ・コンヴィッツ『悪魔の見張り』を再読していた。

本作は映画「センチネル」の原作ながら、正直どちらもあまり面白いとは思えない。にもかかわらず折に触れ再読または再鑑賞したくなるのは、日本的な表現をすれば作中で「地獄の釜《かま》の蓋が開く」からだろうか。

聖衣子が「悪魔」に惹かれるのは、どう考えても育った環境によっている。母親の逸子は熱心なというよりも、度の過ぎたキリスト教の信者だった。決して家は裕福でなかったのに、他人に対する施《ほどこ》しばかりをした。それは称賛される行為だったかもしれないが、そのせいで家族が飢《う》えてしまうのだから、やっぱり違うだろう。自分たちの衣食住さえほとんど満たされていないのに、他人を援助してどうするのか。

逸子はキリスト教関係の本を、彼女が幼いときから与えた。その中に隠れ切支丹《きりしたん》の話があった。もちろん子ども向きに書かれた本である。きっと母親は外国ではなく日本が舞台の、信徒たちが信仰をつらぬいた受難の実話を読ませることで、娘を神の教えに目覚めさせたいと願ったに違いない。

だが聖衣子にとって幸いにも、これが完全な裏目に出た。親の信仰のとばっちりを受けて殺される子どもたちが、彼女には我が事のように感じられたからだ。その子たちの不憫《ふびん》さに同情をよせる前に、何よりも親たちに強い怒りを覚えた。

子どもを勝手に巻きこんで死なすな！

天国があると思うなら自分だけ行け！

聖衣子は絶対に母親の信仰には関わらないようにした。しかし一方で宗教の本は好んで読んだ。もっともどんな宗教であれ感化はされなかった。ただ皮肉にも悪魔の存在には大いに興味を持った。かといって実在すると考えたわけではない。彼女にとって悪魔の話は、ホラー映画を観る楽しみに近かったと言える。そのため就学するころには、図書館にあった子ども向けの本とはいえ、欧米《おうべい》の怪奇幻想文学に親しみはじめていた。

読書に没頭できたおかげで、母親の信仰からは距離をとって逃れられた。と同時に欧米の小説の中に出てくるキリスト教と、母親が信心している宗教とが、果たして本当に同じものなのか……という疑問が芽生えた。

もっとも逸子の信仰には大きな変化があった。最初に信仰心を持ったのは、間違いなくキリスト教だった。だが、いつしか彼女の信心は別の何かへと、次第に心変わりしていった。そしてキリスト教とは似ても似つかぬ何かを、心から信じるようになる。

京子が小学生になったあたりから……。

いったい母親は何を信仰していたのか……。

まだ幼かったうえに、できるだけ関わらないようにしていたので、実際のところはよく分からない。母親が籠って祈りを捧げる仏間――キリスト教の信仰も、この部屋で行なわれた――には絶対に入らず、仮に襖《ふすま》が開いていても目を向けなかった。

そこまで避けていたのに、仏間から漂う何かの気配をふっと感じることがあって、しばしば

彼女は身震いした。そのときイメージするのが、

　真っ赤な……。

　真っ黒の……。

という毒々しい色合いである。ただし何の色なのか見当もつかない。もちろん分かりたくもないが、ふいに思い出しそうになって慄《おのの》く。

　つまり自分は知っているのか。

　そういう疑惑と懼れを抱いた己《おのれ》を、いつも聖衣子は嫌悪した。とにかく母親にも宗教にも決して接したくなかった。やがて彼女が創作に手を染めはじめたのも、もっと没入できる趣味が欲しかったからかもしれない。

　最初は洋風のホラーばかりを書いていたが、そのうち自作が借り物のようにしか感じられなくなってくる。所詮は欧米小説の真似に過ぎないと、いつしか卑下《ひげ》するようになる。だから雑誌の新人賞にいくら応募しても、つねに候補作止まりなのではないか。

　大学を出て一般企業に就職して、気がつくと創作からすっかり遠離っていた。大いなる焦りを覚えていたころ、たまたま某作家の作品を読んだ。それは民俗学的な怪異と謎解きミステリを組み合わせた長篇で、ここに自分の進むべき道があると彼女は確信した。とはいえ問題もあった。同じ傾向の作品では単なる真似になるうえに、彼女が苦手とするミステリ要素も半分は入っている。そういう論理性はできるだけ敬遠したい。

　聖衣子は民俗学的な怪異のみに特化したホラー長篇『案山子《かかし》村の惨殺《ざんさつ》』を書き上げ、それを今から五年前に日本ホラー小説大賞に応募した。その結果、見事に大賞を射止めて作家デビューを果たす。その後に長篇『鳥赤目《とりあかめ》町の鏖殺《おうさつ》』、『首狩り峠《とうげ》の呪殺《じゅさつ》』、『神隠し山の殺戮《さつりく》』、短篇

集『密閉屋敷の故殺《こさつ》』と、年に一作ずつ上梓《じょうし》して現在にいたっている。

ペンネームの西洋的イメージと日本の土着的ホラーの作風が、まったく合っていないとデビュー当時はよく言われた。とはいえ今のところ、作品の売れ行きには何の影響もない。それに近い将来どんな内容の小説を書くか、本人にも未知数だった。

昨年の刊行は、それまで雑誌に発表した作品を編んだ短篇集のため、他の年に比べると時間の余裕が結構あった。そこで海外をふくめた小旅行を何度もした。目的の一番は気分転換だったが、新作のネタでも探せればという思惑も持っていた。

しかし海外旅行では、ほぼ観光を満喫して終わった。いや、それを言うなら国内旅行も似たようなものである。無理に創作のことは考えないと決めたのが、ひょっとすると裏目に出たのかもしれない。

皮肉にも新作のヒントは、最後の旅行を終えたあとの、日課である散歩の途中に転がっていた。それは近所の小さな公園で目にした、幼い子どもたちの鬼ごっこの様子と、その隅で縦笛の練習をしていた小学生の吹く笛の音だった。

その遊びが視界に入っただけでなく、その笛の音が耳朶を打った瞬間、長年にわたって脳裏の奥の奥の底に埋もれていた、あの笛吹き鬼の記憶が一気にぶわっと蘇った。

ホラー作家の創作の根っ子には、子ども時代のトラウマがある――。

と同時に先輩作家である速水晃一《はやみこういち》の言葉が、ふいに彼女の記憶に重なった。彼とは出版社のパーティで何度か会っているうちに親しくなった。この意味深長な言葉もパーティの席で聞いた覚えがある。

いよいよ今回の調査で、私もホラー作家らしく、子ども時代のトラウマに触れることになるのか。

いつしか聖衣子は読書も忘れて、そんなふり返りをしていた。

「……京子ちゃん？」

名前を呼ばれて顔をあげると、目の前に同年くらいの女性が立っている。

「えっ……」

しかし戸惑ったのは一瞬で、

「奈永ちゃん！」

すぐに懐かしい呼び名が口をついて出たのは、相手の容姿に砂渡奈永の面影《おもかげ》をはっきりと認めたからだ。その後ろには五、六歳くらいの愛らしい女の子がいて、ひょこっと顔だけを出している。人見知りをしながらも、好奇心は大いにあるらしい。

「娘の貴奈子《きなこ》よ」

まず奈永は自分の娘を京子に紹介してから、

「ママの友だちの、作家の京子先生よ」

そう言って娘を前に出そうとするのだが、貴奈子は尻ごみをしている。その恥ずかしがる様子が、たまらなく可愛くて微笑ましい。

「この子ね、京子ちゃんが本を書く作家だって言ったら、ものすごく興味を持ったのよ」

「ご本を読むのが、好き？」

聖衣子が尋ねると、母親の背後に隠れながらも、ちらっと顔を覗かせつつ、こっくりと貴奈子がうなずいた。その様が、なんとも愛らしくてたまらない。

「本のお土産《みやげ》を持ってくれば良かった」

二人に椅子をすすめながら、思わず聖衣子は後悔した。

「京子ちゃんの本は、いくら何でもまだ無理でしょ。私にも難し過ぎたもの」

「えっ、読んでくれた？」

「本屋さんでパラパラ見て、それで棚に戻した」

奈永の正直な返しに、聖衣子が心から笑っていると、貴奈子が何か喋ったように見えた。

「自分が大きくなったら、あなたの本を読む――って言ってるよ」

その小声の内容を、奈永が誇らしそうに教えてくれて、聖衣子は嬉《うれ》しくなった。

「この子なら小学生の高学年くらいで、京子ちゃんの本を読みはじめるかもね」

「頭いいんだ」

「母親には少しも似ずに、その点は感謝してる。これで引っこみ思案が治ったら、もう言うことないんだけどな」

幼稚園には通っていないの？――と訊きかけて、聖衣子は止めた。貴奈子の人見知りが原因で、もしかすると行けなかった可能性もある。万一そうならデリケートな問題なので、安易に尋ねないほうがよい。

聖衣子が珈琲のお代わりを頼むと、奈永は紅茶を注文した。二人とも好みは昔のままである。貴奈子はクリームソーダを選んだ。

「久しぶり。元気にしてた？」

「うん。そっちは偉《えら》い作家の先生になったって、最初はお母さんから聞いて、もうびっくりした」

本心から感心している奈永の言葉に、聖衣子は素で照れた。

「別に偉くはないよ」

「何を言ってるの。ものすごいことでしょ」

奈永は真剣な口調で返してから、ふと思い出したように、

「ペンネームってやつ？　あの背教聖衣子って名前は？」

改めて昔の友だちに訊かれて、聖衣子は急に恥ずかしくなった。やはり変な筆名なのだと今さらながら思いつつ、

「あれは本名の『成瀬京子』を、まず『瀬京』と『成子』の組み合わせに分けて――」

メモ帳を取り出して説明した。

「最初の『瀬』と『京』を『背』と『教』にしたわけ。つまり『背教』ね。次の『成』は『聖衣』に、『子』はそのままにした。それで『背教聖衣子』になったのよ」

「へえぇっ、やっぱり作家って、こういう風に変な考え方するんだ」

「それは多分に誤解があると思うけどなぁ」

苦笑する聖衣子に合わせるように、奈永も少しだけ微笑んだが、そこから悲痛そうな表情を浮かべると、

「こんなこと言うと、京子ちゃんに悪いけど……」

「いいよ、何？」

「こういう漢字をペンネームに当てたのは、もしかしたら小母さんの影響が……って、ちょっと感じたの」

「うん、それは大いにある。わざわざ『背教』という名字にしているのに、下の名前が『聖なる衣の子』だからね。かなり皮肉がきいてるでしょ」

「ホラー作家にふさわしい？」

「それもある。私の作品は日本の田舎が舞台で、どのお話も土俗的な信仰がテーマになってるから、この名前が活きる気がする。もちろん『背教』も『聖なる衣』もキリスト教のイメージが強いわけだけど、あえてミスマッチを狙ったところもあってね」

「小説のテーマが信仰なら、そのうちキリスト教を扱うことも……」

「そうね、あるかもしれない」

少し間が開いてから、やや言いにくそうに奈永が、

「小母さんは？」

「相変わらずみたい。私は大学に行くのに家を出てから、ほとんど帰らなくなったから、よくは知らないんだけど」

「子どものころの体験って、その後も絶対に引きずるよね」

奈永が口にすると説得力があると感じるのは、あの事件の記憶を共有しているからだろうか――と聖衣子は考えつつ、今回の用件をどう切り出したものかと、この期《ご》に及んで迷う自分がいることに気づく。

……貴奈子ちゃんもいるしね。

まさか奈永が娘を連れてくるとは思わなかった。ひょっとすると昔の話はしたくない、という意思表示なのか。

ちなみに貴奈子はクリームソーダを楽しみながら、ふじたしんさく『ちいさなまち』を熱心に眺めている。彼女が愛読する絵本の一冊で、奈永が何度も読み聞かせをしているので、ちゃんと平仮名の文章も読めるらしい。

　こうして本に熱中し出すと、ほぼ回りは見えなくなると聞いて、子どものころの自分のようだと聖衣子は感じた。

「京子ちゃんは偉いよ。奨学金《しょうがくきん》とアルバイトで、ちゃんと大学を卒業したんでしょ」

「母親のお兄さん、伯父《おじ》さんにも世話になってるから、別に偉くはない」

　そう応えながらも聖衣子は、まだ貴奈子を気に掛けていたが、奈永は何の心配もしていない様子だった。他にも絵本は持ってきたので大丈夫だと言わんばかりに、そのまま普通に会話を続けた。

「ううん、ほんとに立派だわ」

「奈永ちゃんも短大に行ったあと、ほとんど自活してたんじゃないの」

「うちの母が、そう言ったの？」

「今回の件で電話したとき、奈永ちゃんは留守で、小母さんと色々と喋ってるうちに、お互いの高校卒業後の話になって――」

「京子、もう『ちゃん』づけは止めようよ」

　この奈永の唐突な申し出に、ふと聖衣子は危惧《きぐ》を覚えた。これは彼女の目的にとって、決して良い兆候《ちょうこう》ではない気がした。

「うん、そうしよう。それで奈永も、短大進学と同時に家を出たんでしょ」

「そこは京子といっしょだけど、私は家から仕送りがあった」

「奈永の小母さん、教育熱心だったからね」

「ううん、仕送りをしてくれたのは、お祖母ちゃん」

「奈永のお祖母ちゃんは、なかなか財産家だったんだよね」

「そのおかげで母は、私を抱えたうえに、永司を身籠ったままでも、実家に帰れて生活できたわけだよ」

聖衣子ほどではないが、奈永の母親に対する思いには、かなり複雑な心理がやはり依然としてあるらしい。

「それでも小母さん、奈永には期待してたでしょ」

「私が国公立に受からず、短大に進んだ時点で、完全に見離されてたと思う」

そう言う奈永の口調は、さばさばしている。

「中学も高校も大学も、とにかく受験にはうるさかった癖に、そもそも母の教育熱は、とっくに弟の永司に移ってたしね」

「永司くんも成績が良かったんだ」

「姉のできが悪いんだから、弟も似たものだよ」

彼女の自嘲《じちょうてき》的な物言いを耳にして、ますます聖衣子は希望がしぼむのを感じながら、

「でも通ってたチャイルドタレントで、奈永は良い成績だったよね」

「妃菜と葵衣には、いつも負けてたよ」

二人の名前が出た今こそ、あの事件について切り出すチャンスだと聖衣子は思った。それなのに躊躇《ちゅうちょ》したのは、きっと奈永には歓迎されないだろうと、ここまでのやり取りで察したせいなのかもしれない。

さすがに思春期とは違うか。

聖衣子の知る限りでは、あの事件に関連する新たな情報に奈永が触れる機会は、過去に三回あった。

砂渡奈永の話をまとめると、次のようになる。

一回目は奈永が小学三年生のときで、ある日クラスメイトの男子が休み時間に、怪談話として笛吹き男の事件をみんなに話した。ただし彼も詳細は知らないようで、かつて笛吹き公園でハーメルンの笛吹き男に似た事件が起きた……という程度しか話せなかった。

このとき奈永の遊び場は、とっくに大公園に移っていた。にもかかわらず怖気《おじけ》に襲われたのは、幼いころに小公園で折にふれ感じた奇妙な予兆を思い出したからだ。

小山から何かが下りてくる。

笛を吹きながら下ってくる。

隠れんぼうでひとり物陰に隠れているとき、ブランコや滑り台の順番を待っているとき、鬼ごっこの鬼役になって自分の周囲に誰もいないとき、ふいに彼女はそんな感覚に囚われることがあった。

小山から何かが……。

もちろん好ましいものではない。悪いというよりも怖い何かである。それが小山の上から奈永たちを眺めているのだが、見ているだけでは飽き足らなくなるのか下りてくる。しかも笛を吹きながら下ってくる。彼女たちと遊ぶためか、笛の演奏を聞いて欲しいのか、他に目的があるのか、まったく分からない。

でも見たら駄目。

また聞いても駄目……。

そう思うのだが気がつくと小山を見上げて、そっと耳をすませていることが、しばしばあった。とはいえ彼女自身には自覚がなくて、京子たちに「なえちゃん、また小山を見て、小首をかしげてる」と言われて、ようやく我に返って気づく。

厭な予兆は記憶にあるのに、小山を見上げて耳をかたむけた覚えが少しもない。

このアンバランスな気持ち悪さを小学三年生のころ、奈永は久しぶりに思い出した。そのときは教室にいたのに、とっさに小山を見やるような恰好をして、しかも聞き耳を立てる仕草までしてしまい、自分でも大いに狼狽《うろた》えた。

それでも奈永がここで興味を持っていたら、また別だったかもしれない。しかし、とっさに彼女は避けようとした。

……触れては駄目。

強く警告する自分がいた。だから彼女は近づかないと決めた。そんな風に奈永から、のちに京子は聞いている。

二回目は奈永が小学六年生のときで、本人が「事件の関係者」にもかかわらず何の知識もないことに驚いた友だちが、面白半分に色々と教えてくれたという。

このとき奈永は大いに興味を引かれた。なおも「近づくな」と訴える心の声は存在していたが、好奇心が旺盛な年頃だったため、自分を抑えるのに苦労した。それでも我慢したのは「藪をつついて蛇を出す」という諺《ことわざ》を、何かの本で読んでいたせいだ。

友だちは「事件の関係者」という表現をしたが、実際は「事件の当事者」だったのではないか。そういう恐ろしい思いが、実は胸の奥底にずっと棲みついていたらしい。だから再び避けたという。

奈永が自ら松島妃菜の事件を調べてみたいと思ったとき、中学二年生になっていた。切っかけは弟の永司が小学校で、笛吹き公園に出るという〈笛吹きお化け〉の怪談を聞いて、それを彼女に教えたからである。

小山のほうから笛の音が響いてきたら、すぐさま両耳をふさいで「あーあー」と声を出さなければならない。そうやって笛の音を聞かないようにする。もしも耳にしてしまったら、そのまま小山の上まで連れていかれる。そして別の世界に誘いこまれて、二度と戻ってこられなくなる。

そんな話だった。これは奈永が小学生のときに友だちから教えられた、妃菜たちの事件に関わっているかもしれない、もっと過去の別の事件から派生した怪談ではないか。

そう察した彼女は、一気に当時へと引き戻されるような気分を覚えた。

いったい自分はあのとき何を体験したのか……。

かつて起きた笛吹き男の事件とは何なのか……。

ようやく冷静に過去をふり返れる年齢になっていることに、ふと彼女は気づいた。こうなると当事者だっただけに、たちまち好奇心にかられた。

とはいえ調べるといっても、おのずと中学生には限界がある。当時はインターネットを使える当てもなく、頼りになるのは図書館くらいしかなかった。それも摩館市の図書館の場合、過去の新聞を閲覧《えつらん》するのが関の山で、それでは事件の表面的なことしか分からない。すでに知っている情報を再確認できる程度である。

――という風に、奈永の様子が可怪しいと、いち早く気づいたのが京子だった。ストレートに訊くとあっさり答えたので、彼女は協力を申し出た。

あのとき何が起きたのか。

その疑問をわざわざ口に出すことはなかったが、ずっと京子の心の奥底で蟠《わだかま》っていたのは確かである。

　妃菜と葵衣と奈永の三人に比べると、あの事件における京子の関わりは、それほど強いとは言えない。妃菜は最初の事件の被害者で、そのときの鬼役が奈永である。気味の悪い笛の音のようなものは全員が耳にしたものの、よりはっきりと聞いたのは葵衣と奈永の二人になる。しかも奈永は小山で、まだら男らしき人物を目撃した。さらに奈永は二人目の被害者に危うくなりかけ、そして葵衣は不幸にも消えてしまう。

　この三人の濃厚な体験を前にすると、京子だけでなく咲美と萌子も確実に霞《かす》む。そもそも妃菜と葵衣は被害者なのだから当然としても、奈永の巻きこまれ方には、彼女の母親の言動も関わっているため同情せずにいられない。

　だからこそ京子は、奈永と友だちであり続けながらも、あの事件については口を閉ざしていた。それが今、奈永自身が事件を調べたいという。しかも自分たちが巻きこまれた事件の前に起きた、笛吹き男の事件についても知りたいらしい。

　当時の京子にとって、これは願ってもない機会だった。また彼女には当てがあったため、奈永は素直に感謝してくれた。

　京子の伯父は出版社に勤めており、おまけに週刊誌の編集者だった。伯父は中学生の姪《めい》っ子《こ》が、過去の出来事とはいえ子どもの行方不明事件に首を突っこむことに、かなりの懸念を示しつつも協力してくれた。自分の妹の狂信的な言動について以前から心を痛めており、できるだけ姪を手助けしたいと思っていたからだろう。

　伯父から提供された複数の新聞と週刊誌の大量のコピーに、どこで目を通すか。それが問題だった。京子と奈永の家はまっ先に除外した。地元のファミリーレストランではお金がかかるうえに、他人の耳目もある。笛吹き公園の四阿を使う度胸はない。色々と探し回った結果、灯台下暗しで学校の図書室に辿り着く。

放課後の図書室ほど人気がなくて静かで少しの邪魔も入らない場所は、そうそう見当たらない。数日ここに通うことで二人は、妃菜と葵衣と奈永に降りかかった事件の、おおよその内容をようやく理解できたのだが……。

京子が気づいたとき、奈永はあらぬ方を向いていた。

ふいに彼女の脳裏に、あの小公園で小山を見上げている幼い奈永の姿がぱっと浮かんで、ぞっとした。

「……な、奈永？」

恐る恐る京子が呼びかけると、

「よ、よく分からないけど、な、何かが、やって来るような……」

「……悪い予感がする？」

うんうんと彼女はうなずいている。

「記事を読むの、もう止めよう」

この京子の提案を、あっさり奈永は受け入れた。そのため彼女たちの事件に関係あるらしい過去の笛吹き男事件に関する情報については、ほとんど知らぬままに終わった。

奈永が記事を遠ざけたのは、きっと怖くなったからだろう。それは京子も同じだったが、実はもうひとつ理由があった。これまで誰にも話していない訳が……。

奈永に比べると少なかったが、この幼なじみと同じ仕草を、幼いころから京子もすることがあったからである。

第七章　二人で探偵を

背教聖衣子は幼なじみの様子を探りながら、松島妃菜と橘葵衣の神隠し事件、そして奈永自身の事件を簡単にふり返りつつ、さらに二人が中学生のときに過去の事件を調べかけて止めた件にまで触れてから、おもむろに尋ねた。

「……思い出すこと、ある？」

「それは……やっぱり、ね」

ためらいつつも奈永はうなずいたが、

「例の笛吹き男事件を、あれから調べたことは？」

次の問いかけには、あっさりと首をふった。

「気にならなかった？」

「ある程度の話は、嫌でも耳に入ってきたでしょ。それで充分というか、それ以上は聞きたくなかったから……」

そこで今度は奈永のほうが、かつての成瀬京子で今は背教聖衣子となった友人を、明らかに疑うような眼差しで見つめたあと、

「あの過去に関しては、正直もう封印したいの」

「ごめん」

とりあえず聖衣子は謝った。

「母から聞いてるよね。私が今年の春、家へ戻ったのは、離婚したからだって……」

「寿《ことぶき》退社したあと専業主婦だったから、離婚後に仕事を見つけようとしても、なかなか決まらなくって、それで実家に帰るしかなかった――という事情だよね」

貴奈子に配慮して一応は声を落としたものの、当人は相変わらず愛読書に没入しているようで、まったく何の反応も示さない。

「やっぱり喋ってるのか」

奈永は苦笑いしたが、それから険しい表情になって、

「きっと母は、出戻り娘みたいに、私のこと言ったでしょ？　でも母も、まったく同じだった。ううん、私と永司と二人も子どもを連れて戻ったんだから、今の私より酷かったんじゃないかな」

「奈永は……」

「この子だけ。私たちが知り合ったころと、ちょうど同じ歳だよ」

「五歳かぁ。ほんとに可愛いね」

貴奈子をほめた言葉は本心だったが、子どもを連れて実家に戻った事実は――いくら人数の違いがあるとはいえ――ほとんど変わらないのではないか、と聖衣子は思った。

やはり母親と娘は、どこかで似るものなのか。

「うん、とっても愛《いと》おしい」

しかしながら聖衣子の見立ては、次の奈永の言葉を聞いて霧散した。

「私と母の親子関係って、正直あまり良くなかったでしょ。ずっと過度の期待をかけていたくせに、私が応えられないと分かって……、そして弟が生まれてから、母の愛情はすべて永司に

向けられた。しかも私にした高望みを、彼には決して求めなかった。ひたすら甘やかして溺愛《できあい》した。母と私、母と弟、それぞれの関係は、正反対だった。だから自分が母親になるとき、かなり不安だった。母と同じようなこと、自分の子どもにしてしまうんじゃないかって……。でも貴奈子を授かって、ここまで育てる中で、この子だけは絶対に守りたい、何が何でも幸せになって欲しい——という気持ちが、ほんとに自然にあふれ出してきて、ちょっと安心したんだ」

「ほんとに良かったね」

聖衣子は心底そう感じたので、その想いをもっと伝えようとしたのだが、

「ところが——」

奈永は突然スイッチが入ったかのように、実家について話し出した。

「母が私にすっかり期待しなくなって、その代わりに猫可愛がりした弟の永司は、なんと今では立派な引き籠りになってる。そうなったのは何年も前からか。祖母の遺産が結構あるらしいから、まだ何とか生活はできてるみたいだけど、そのうち私が働きに出ないといけなくなるでしょうね。つまりは出戻り娘の世話に、母も弟もなるわけだ」

「大変だね」

「だから探偵ごっこには、悪いけど付き合えない」

「バレてたか」

その表現には少し気分を害したが、作家の取材だと考えているのは自分だけで、世間的には確かに探偵ごっこと映るのかもしれない。そう聖衣子は冷静に受け取った。

「だけど、どうして今になって？」

奈永は疑問を口にしつつも、すぐさま察したらしく、

「まさか、小説の題材にするため？」

「まだ自分でも、はっきりとは分からない。ただ、これまでの作風を変えるべきだと、ちょっと考えていて――」

聖衣子はデビュー作の『案山子村の惨殺』から、その後に発表した四冊の説明を簡単にしたあと、

「六冊目の『水没集落の連殺』は、今年中に刊行する予定になってる。ただし七冊目は、このシリーズ以外の作品にしたい。これまでは虚構性の強いホラーだったから、次は現実的なお話にするべきかな――って思ったところで、あの事件が脳裏を過った」

「……ノンフィクションを書くってこと？」

「それはない。あくまでも小説のつもりだよ」

すぐに否定したのだが、奈永は珍しく鋭かった。

「でも改めて調べはじめたら、色々と気になるんじゃない？　妃菜と葵衣はどこへ消えたのか。笛吹き鬼とも呼ばれた犯人は誰だったのか。動機は何か――って、いーっぱい疑問が出てくるでしょ」

「ほら、私はミステリ作家じゃないから……」

「なんか京子、誤魔化そうとしてない？」

奈永に見つめられ、聖衣子は本心を口にした。

「もし事件の真相に――いえ、それに近いものにでも辿り着けたら、ひょっとしてノンフィクションに近い小説を書くかもしれない可能性は、確かにあると思う」

「やっぱり」

「とはいえ題材として扱うという意味で、事件そのものを小説化するわけではない」

「うーんと、同じじゃないの？」

聖衣子はノンフィクションと現実の事件をモデルにした小説の違いを説明した。それで奈永が納得したようには見えなかったが、すでに興味は他に移ったらしい。

「だから私は、ごめんね。それには付き合えないけど——」

「うん、分かった」

「そもそも今になって、どうやって調べるの？」

奈永が一番肝心な問題を話題にした。

「私の伯父さんに協力してもらって集めた、当時の新聞や週刊誌の記事があったでしょ」

「えっ、まだ持ってるの？」

「なんとなく捨てられなくて。あれが基礎資料になるのは間違いないから、まず充分に読みこむつもり。そのうえで、ちゃんとした取材をしようと思う。今は大人になっていて、おまけに作家なんだから。当時の関係者に話を聞くのが一番でしょ」

「亡くなってる人がいるとか、生きてても高齢でちゃんと喋れないとか、そもそも摩館市にもう住んでないとか……」

「うん、色々と大変かもしれないけど、まずは動こうと思う」

「……そうよね」

「奈永は家を出てたから、当時の関係者の現在については、もちろん知らないか」

ただでさえ気乗り薄なため、当然うなずくと思っていたのに、どことなく奈永の様子が可怪しい。

「……あれ、違うの？」

「さすが京子ね。相変わらず鋭い」

　奈永は大きく溜息《ためいき》をつくと、

「私は聞いてもいないのに、母がペラペラと喋るのよ」

「小母さん……みんなのその後が、やっぱり気になってたのかな」

　聖衣子は特に意味もなく口にしたのだが、奈永はぎょっとしたようで、

「だ、だからと言って母が、あの事件に関係していたなんて……」

「もちろんだよ。そんな風には思ってないから」

　慌てて否定しながらも聖衣子は、関係者への聞き取りの難しさを、この奈永の反応で早くも思い知った気がした。

「そんなに事件と関わってない人でも、こうやって昔のことを訊かれると、どうしても嫌な気持ちになるか」

「……どうかなぁ。もう二十三年も前の事件だからね。それに作家の取材と分かれば、逆に喜んで喋る人もいそうかも」

「問題は奈永の言う通り、どれほど話を聞ける人が残っているかね」

「私が教えなくても、京子なら関係者の居所を調べられるでしょ」

　聖衣子がにんまり微笑みながらも、両手を合わせて拝む仕草をすると、

「うちの母から聞いた限りだけど――」

　奈永は関係者のその後について、しぶしぶながらも話し出した。

妃菜の松島家も葵衣の橘家も、事件から数年後に摩館市から引っ越しをした。どちらも奈永たちが小学生の間の出来事である。当時は全員が別のクラスだったため、二人の引っ越しを聖衣子は覚えていない。奈永も同じらしい。あとは牧村咲美と清水萌子の二人だが、おそらく知らなかったのではないか。

ただし母親同士では、その後も細々としたつながりがあった。奈永の母親の利恵が、妃菜の母親である秋菜と、葵衣の母親である絹子に、ずっと暑中見舞いと寒中見舞いを出し続けたからだという。

「もっとも秋菜小母さんとは、妃菜の失踪後から……。そして絹子小母さんとは、葵衣の失踪後から……。うちの母も会っていないはずだから、年に二枚だけの葉書の付き合いが、ずっと続いたことになる」

「それが年賀状でなかったのは、よく分かる」

「さすがに母も、年賀は出せなかったんだろうね」

少しだけ二人の間に、いたたまれない空気が流れたあと、

「引っ越したときも、うちの母は小母さんたちに会っていないみたい。ただ、ずいぶんと境遇が異なっていたに違いない……って、そう言ってた」

「秋菜小母さんと絹子小母さんの？」

「娘の行方が分からなくなって失意のあまり……という点は同じだけど、ほら、秋菜小母さんて旦那さんと、複数の会社を経営してたでしょ」

「そう言えば妃菜の家って、本当のお金持ちだったよね」

「うん。妃菜が神隠しに遭ったあと、皮肉なことに会社の業績が飛躍的に上向いたらしく、秋

菜小母さんも大いに忙しくなったみたいで、そのおかげで娘をなくした悲しみが、少しは紛《まぎ》れたんじゃないかっていうのが、うちの母親の意見なの」

　だからといって単純に喜べるかというと、もちろん違うだろう。ただ葵衣の母親の絹子と比べた場合、仕事で多忙を極めるような状況が、ある程度は救いになっていたと確かに見なせるかもしれない。

「秋菜小母さんと絹子小母さん、二人に続けて会うのは考えものか。片方が大成功してるのに、もう片方が暗いままだったら……」

　聖衣子のリアルな想像を聞いて、奈永が慌てたように、

「それがね、絹子小母さんは、もう亡くなってるの」

「……えっ？　まだ六十歳くらいでしょ」

「五十前後で……癌《がん》になったらしい」

　とことん秋菜とは差がついた人生だったのだろうか――と聖衣子は考えかけて、二人を比べること自体、意味がないと気づいた。そもそも絹子に失礼だろう。

「そっか。葵衣がいたら、もっと長生きできたかもしれないね」

「うちの母も、同じこと言ってた」

「でも困ったな。妃菜が消えたときに現場にいた、唯一の大人が絹子小母さんだから、ぜひとも取材したかったのに」

「けど結局、絹子小母さんて何も見てないし、何も聞いてないよね。あのとき小公園でも、ほとんど役に立たなかったような……」

「警察の事情聴取でも、特に有益な証言はできてなかったみたい」

「秋菜小母さんは、おそらく二十三区内に住んでると思うんだけど、会う？」

自分なら尻込みしてしまう……とでも言いたげな奈永の顔を前にして、やや困惑した口調で聖衣子は答えた。

「当時の話を色々と訊くために、秋菜小母さんや奈永の小母さんに会う必要は、確かにあるかもしれない。ただし二人とも、あのとき小公園にはいなかった。奈永の小母さんは赤ちゃんの永司くんといっしょに、まだ近くにいたとも言えるから、何かを目撃してる可能性はある。だけど秋菜小母さんは違う。そうなると面談の優先順位が、どうしても低くなる」

「こういうときって、まず被害者の周辺を探るんだって思ってたけど、テレビのミステリドラマの見過ぎかな」

自信がなさそうな奈永の問いかけに、ふっと聖衣子は笑みを見せて、

「普通はそこに動機が潜んでいるからだけど、まさか妃菜も葵衣も本人のせいで、あんな風に消えたとは思えないよね。あの年齢の子ども自身に攫われる動機があったとは、とても考えられないもの」

「そのことなんだけど……」

奈永が言いにくそうな様子で、

「幼い女の子が連続で狙われたりしたら、普通は性的な動機が出てこない？　要は変質者の犯行ってやつ……」

「うん、まっ先に考えられるかも」

「……なのに当時は、うちの母が疑われたように、また絹子小母さんが非難されたように、なぜか母親たちが注目されたよね。母親同士の確執に子どもが巻きこまれる事件って、もちろん

多いのかもしれないけど、それにしても偏ってなかった？」

「きっとチャイルドタレントのせいだと思う」

　聖衣子の即答に、あっという顔を奈永が見せた。

「あの塾って、かなり特殊だったでしょ。ある程度は裕福な家の子どもでないと、ちょっと通えない」

「うちの家が、そうだった」

　奈永が皮肉っぽく苦笑している。

「とはいえ子どもの家の経済力のみで、あそこが判断していたわけでもない」

「そうなの？」

「チャイルドタレントの言わば校風に、当の子どもが適当かどうか、そこもしっかりと見ていた気がする」

「京子は通ってなかったのに、よく分かるね」

　決して嫌味ではなく、純粋に奈永は感心しているらしい。

「咲美っていう落第の例が、ちゃんとあったからね」

「……ええっ⁉」

「あの子の協調性のなさが、おそらくチャイルドタレントの基準に合わなかったのよ。そう考えると、かなり厳しい――」

「ちょっと……待って。ほんとに咲美は、チャイルドタレントを受けたの？　どうして京子は、そのこと知ってるの？」

　奈永の顔中に「？」マークが浮かんでいる。

「うちの母親は布教活動のために、どこにでも顔を出してた。だから意外にも事情通だったみたいで、こっちが聞きたくもない話をよく喋ってた。子どものころは、それが恥ずかしくて仕方なかったけど、今こうして当時をふり返る必要が出てくると、それが役立つかもしれないって気づいて、なかなか複雑な気持ちになる」

「京子の小母さんがねぇ。それで咲美の件は？」

「妃菜や葵衣の家に比べたら、咲美のとこは普通でしょ。もちろん我が家よりは、はるかに裕福だったわけだけど、チャイルドタレントに通わせるのは、なかなか大変だったんじゃないかなぁ」

「うちよりは裕福だったけど、チャイルドタレントは高嶺《たかね》の花だったかもね」

「ちょっと訊いていい？」

ここで肝心な質問を思い出した聖衣子は、そう奈永に尋ねた。

「な、何？　改まって……怖いじゃない」

「奈永はチャイルドタレントに、いつまで行ってた？　あの当時さ、特に訊かなかったと思うんだよね」

「あっ、そうか」

彼女は思い出す素ぶりを見せながら、

「葵衣がいなくなったあと、さすがに私も行くのが嫌になった。でも母が許してくれなかった。妃菜と葵衣の分まで頑張らないといけない……とか、無茶苦茶なこと言ってたなぁ。それで仕方なく嫌々、しばらく通っていたはずなんだ……けど、いつの間にか行かなくなっていたのも確かだと思う。あれ、いつからだろ？　でもね、きっと理由はお金の問題なのは間違いない。

そのうち月謝が払えなくなって、自然に行けなくなったんだろうね」

「なるほど。じゃあ話を戻そう」

　聖衣子は仕切り直すように、

「行方不明になった女の子の母親も、それをお守りする役目だった別の子の母親も、そのとき現場近くを通りかかった別の子の母親も、三人とも娘をチャイルドタレントに通わせていた。だから警察はともかくとして、マスコミも世間も、そこに動機を求めようとした。そういうことだと思う」

「しかも二番目に葵衣が、三番目に私が狙われた。ますますチャイルドタレントのつながりに意味があると、誰でも考えるよね」

「そのため変質者の犯行とか、とっさの連れ去りとか、ほとんど他の可能性の検討がなされなかった。警察はやっていたに違いないけど」

「京子は今回、どう考えるつもり？」

「動機に関しては、ひとまず白紙に戻す。最初から先入観を持つのは良くないし、まだまだ知らない事実が多いからね。母親同士の関係については、本人に尋ねるしかないかな。でも、わざわざ引っ越し先まで押しかけて――っていうほどでもないか。かなりの色眼鏡が入ってるものの、それこそ週刊誌の記事で充分かもしれない」

「それは言えてる」

「でも絹子小母さんは妃菜だけでなく、自分の娘である葵衣の失踪時にも現場にいたわけだから、本当は絶対に無視できないんだけど……」

「亡くなってるからね。けどさ、仮に元気だったとしても、小公園では居眠りしてたし、葵衣が消える前には眼鏡を落としてたし、どっちも役に立つ何かを見聞きしたとは、あんまり思えないよ」

「そうかもね。いずれにせよ先に話を聞くのは、摩館市の在住者になる」

「秋菜小母さんの現住所、京子のお母さんは知ってそう？」

「おそらく……。ただ、できれば尋ねたくない」

「うちの母に訊いておいて欲しい？」

まったく気乗りのしない奈永の物言いに、聖衣子は悪いと感じながらも拝み倒してお願いした結果、不承不承ながらも引き受けてもらえた。

「どうして私は、こんな協力をしてるんだか」

奈永は暗い表情でぼやきつつも、

「あとの人たちは？」

という聖衣子の問いかけに、

「牧村咲美は――」

と言いかけたところで、ぱっと顔色が明るくなった。

「長いのに短し、覚えてる？」

「えーっと、小学校でいっしょだった、電器屋の長井《ながい》くん」

「そう。名字が『長井』なのに背が低かったから、誰ともなく『長いのに短し』って言われるようになって、あだ名も『ヒクシ』だった。下の名前が『高い低い』の『高』に『志』の『高《たか》志《し》』と書くから、その『高』を『低』にして『低志《ひくし》』にした。おまけに少し太ってたから、男子なんか『ヒクマル』って呼んでた」

「子どもは残酷だからなぁ」

「咲美なんて、しょっちゅう苛めてたよね」

「……えっ、まさか」

話の展開から意外な予想を聖衣子がしていると、それが当たった。

「あの二人が、なんと結婚したのよ」

「長井くんは分かるけど、よく咲美が……」

「母によると彼女、お見合いで玉《たま》の輿《こし》に乗る寸前だったらしいよ。それで原因は不明だけど破談になって、それから半年もしないうちに長井くんと婚約したんだって」

そこで奈永は肝心なことを思い出したという風に、

「長井くん、低かったのは小学校までで、私立の中学に行くころから背が伸び出して、大学を出て実家に帰って店を継いだときは、すっかりスマートになってたみたい。それに電器屋さんと言っても、あそこの『長井電器』は完全に地域密着型だから、なかなか繁盛してるようで、摩館市の本店の他に、西東京内に数店の支店を持ってる。お見合いの相手よりは落ちるかもしれないけど、ある意味この結婚も玉の輿と言えそうな気がする」

「なんか咲美らしいというか……」

「うんうん分かる」

お互い咲美とは幼いころの付き合いしかないはずなのに、この感覚を共有できることに二人は笑った。

「幸せそうで良かった」

「別に彼女も長井家で普段、ふんぞり返ってるわけではなくて、地域のお年寄りの家に出入りして、ちょっとした電気機器に関する相談に乗ることで、それを上手く商売につなげているみたいよ」

「そのたくましさも、なんか咲美らしいね」

聖衣子は素直に感心したが、ある点がすぐさま気になった。

「だとしたら奈永の家にも、小母さんを訪ねてきてるとか」

「私が実家に戻る前は、そうだったらしい」

「奈永は会ってないの？」

「うん。私が帰ってきてからは、どうも遠慮してるみたい」

「そこは咲美らしくないね」

「彼女なら前から私が家にいたかのように、きっと図々しく出入りすると思う」

その意見に、聖衣子もうなずきつつ、

「奈永と顔を合わせたくない理由が、何かある？」

「離婚して幼い娘を連れて出戻った昔の友だちに、地元で結婚して上手く暮らしている自分が会いにいくのはどうか――って、普通なら気を遣うかもしれないけど、それは咲美に当てはまらないでしょ」

「むしろ喜んで会いにくるよね」

またしても二人は笑った。

「萌子は？」

「母によると、都内でひとり暮らしをしながら会社勤めしてたけど、そこを去年で辞めて実家に戻ったたって聞いた。退社の理由は訳ありらしいけど、さすがに母も知らないようで、勝手な憶測の相手をさせられて、本当にうんざりした」

　聖衣子は同情を示しながらも、素で覚えた感想を口にした。

「咲美と萌子、逆のような気がしない？」

「するする。咲美が都内へ出て、萌子は地元に残る。そういうイメージでしょ。でも実際は反対だった。もっとも萌子は戻ってきたわけだから、そこは彼女らしいよね」

「こっちで仕事は？」

「それが面白いことに、咲美の店で働いてるみたい。主に老人関係の施設やホームを担当してるって」

「地元ならではの縁故《えんこ》か」

　聖衣子は納得したが、ふと目の前の幼なじみを見つめつつ、

「……妃菜と葵衣、咲美と萌子、そして奈永と私という昔からの関係が、ずっと変わらずに続いているような気がするな」

「なんか京子の言い方、ちょっと怖いんだけど……」

　その理由は分からないながらも、聖衣子の口調に不穏な気配を感じとったのか、

「そもそも妃菜と葵衣は行方不明のままで、萌子は去年の春に戻ってきて咲美の店で働きはじめて、私は今年の春に出戻って、そして今、こうして京子が連絡してきた……。なんか重なってる？　これって偶然だよね？」

「六人の少女たちから消えた二人をのぞく、残りの四人が摩館に集まった。後づけになるけど、私が調べはじめる好機とも言えるでしょ」

「……どうかなぁ。やっぱり怖い気がするなぁ」

そこで奈永の表情に、急に変化が表れた。本気で恐怖を感じているような、そんな顔つきを見せている。

「ちょっと大丈夫？　かつての同級生が地元に戻ってくるなんて、よくあることでしょ。ただの偶然だよ。それを私が利用しようとしてるだけで――」

「ううん、その偶然を気味悪く感じたのも間違いないんだけど、今ふっと思い出した厭な記憶があって……」

「事件について？」

奈永は首をふったあと、すぐに今度は自信なげにかしげつつ、

「……夢だからね」

「いつの、どんな夢？」

改めて訊かれて、問題の夢の話を口にしたことを、奈永は後悔しているようである。だが聖衣子は、どうしても聞きたかった。

「もしかして今まで、私にも話してない？」

奈永が後ろめたそうに、首を縦にふる。

「怖かったから……だよね。でも今は大人になってる。きっと平気だよ」

子どものころの夢だと決めつけたが、特に否定もされなかったので、どうやら合っているらしい。ただし奈永は、相変わらず口ごもっている。

「ためらってる理由は何？」

「あのことを喋ったら、また来そうだから……」

「誰が、どこに？」

「……妃菜と葵衣が、うちの家に……」

予想外の答えに、思わず聖衣子が黙ってしまうと、

「中学二年生の、秋の終わりごろだった。学校から帰って、つい一階の居間で、うとうとしてたら……誰かが訪ねてきた」

抑揚《よくよう》のない口調で奈永が話し出した。

「インターホンが鳴ったわけでも、玄関から声が聞こえたわけでもないのに、なぜか分かって、それで玄関戸を開けたら、外に二人が立ってた。昔のままの姿で、向かって右に妃菜、左に葵衣がいた。妃菜の右手と葵衣の左手がつながれてるのを見てたら、妃菜の左手がすっと伸びて、私の右手をとったの。葵衣も同じように右手で、私の左手をとってね。三人で輪を作る恰好になったけど、私だけが中学生だからバランスは悪かった。申し訳ないような気になってると、ぐいぐいと庭のほうに引っ張られて、よろよろと行きかけたところで、庭の先には笛吹き公園の小山があると気づいて、ぐいっと両足を踏ん張った。それでも強く引っ張るので、二人の手を強引に離して、大急ぎで家の中に逃げこんだ。そこで目覚めて、夢だったのか……って思って、まだ怖かったけど一応は安心した。でもね、両の掌が汚れてた」

「二人を見た記憶は、リアルに残ってる？」

「……うん」

「夢とは思えない？」

「……目覚めたとき居間にいたから、きっと夢なんだろうけど、玄関まで行って、外にも出た実感もあって……どっちだったのか、ほんとに分かんない」

「二人を目にしたのは、そのときだけだった？」

奈永はうなずきながら、

「だからさ、京子に訊きたいんだよ。あれが夢だったとしても、どうして何年も経ってるのに、私の前に現れたのか」

「中学二年生の晩秋……ってことは、妃菜と葵衣が神隠しに遭ってから、ちょうど七年目になるわけか」

「えっ、七年が問題になるの？」

「現代の日本人にとっては、ラッキーセブン程度の意味しかないかな。でも昔は、決して縁起《えんぎ》の良い数字ではなかったんだ」

聖衣子が「七」のつく怪異として、七人みさき、七人童子《どうじ》、七本足、七人同行《どうぎょう》、七尋《ななひろ》女房、七つ小僧などを簡単に説明すると、奈永の顔色が明らかに変わったので、彼女は慌てて補足した。

「だからといって夢の七年に、悪い意味があるとは決めつけられない。その後、何か変事が起きたとか、そういうこともないんでしょ？」

「……そうだね。特になかったと思う」

「なら大丈夫だよ」

しかし奈永は疑わしそうな眼差しで、

「聖衣子の今度の取材が引き金になってさ、あの子たちがまた出てくる……なんてことがあったら、ほんとに勘弁だよ」

「そういう夢を再び見てしまったら……ごめん」

早くも謝る聖衣子を前にして、奈永は相変わらず気乗りしない様子のまま、

「どうしても京子は、やっぱり取材するわけだ」

「手はじめにまず、例の笛吹き男事件とは何だったのか、そこから取りかかるつもり。具体的に分かったら、奈永にも教えようか」

知りたいけど知りたくない……という矛盾《むじゅん》する表情が、奈永の顔には浮かんでいる。その気持ちが理解できるだけに、それ以上は聖衣子も訊かなかった。

「とにかく京子、気をつけて……」

この幼なじみの憧れが、やがて現実のものになろうとは、いかに作家とはいえ聖衣子も予想だにできなかった。

第八章　実家にて

その日の夕方、砂渡奈永と娘の貴奈子と摩館駅近くの喫茶店で別れてから、背教聖衣子は煮え切らない足取りで歩きはじめた。

彼女は奈永たち母娘を夕食に誘ったのだが、

「母と弟の食事の準備を、私がしないといけないの。やらなかったら、またうるさいこと言われるからね」

いかに母親の扱いが大変か――を再び奈永に聞かされる羽目になっただけである。

うちの母に比べたら、奈永の小母さんは充分に普通だけど……。

もっとも聖衣子の母の逸子を引き合いに出した場合、たいてい相手の母親のほうが増しだという結論になる。どれほど娘や息子が「うちの母親は本当に酷い」と主張しても、彼女は負ける気がしたことがない。

……ただ、暴力《ぼうりょく》はなかった。

親に殴られる子どもは多いと聞く。とはいえ我が子を飢えさせてまで他人に施しをするのも、今になって考えると立派な虐待ではないかと思う。

駄目な男に寄生される心配もなかったな。

男が寄ってこなかったわけではない。むしろ金を搾《しぼ》り取るカモとして、逸子はよく狙われていた気がする。でも彼女の狂信を目の当たりにすると、どんな男でも逃げ出していった。特に母親が訳の分からない信心をはじめてからは……。

聖衣子は久しぶりに過去を回想して、今すぐ三鷹《みたか》で借りているマンションの部屋に帰りたくなった。しかし例の資料は、よりによって実家に置いてある。同じものを集め直すことは不可能ではないが、どうしても手間暇がかかってしまう。

やっぱり実家に戻りたくない――という気持ちは強くあった。それでも踵《きびす》を返さなかったのは、これが仕事の一部だと認めていたからだろう。

聖衣子は心の中で葛藤を繰り返しながらも、駅前のロータリーから広い道を渡った先にある前中町《まえなか》の商店街を歩き続けた。

商店街には懐かしい店も、はじめて目にする店も、どちらも交ざっている。そういう眺めから、それなりの歳月の流れを嫌でも覚える。ただ幸いなのは、シャッターの閉じた空き店舗《てんぽ》が一軒も見当たらないことだ。地元に対する愛情など少しも持ち合わせていないが、寂《さび》れた光景を見せられるのは、やはり気持ちの好いものではない。

商店街を通り抜けると、民家の建ち並ぶ前河町《まえか》になる。ここに数軒ある古本屋には、よく聖衣子も通っていた。今でも残っていてうれしくなり、とっさに入りたくなる気持ちを抑えるのに苦労する。

前河町を過ぎると夜見川《やみがわ》があり、舟木橋《ふなきばし》が架かっている。お盆には供え物を積んだ精霊舟《しょうりょう》が流され、観光客もふくめた多くの人出が見こまれる。そういう客のおかげで、前中町の商店街が成り立っているのは間違いない。

橋を渡った先には、市が整備した伝統的建造物群保存地区が広がる。ここが観光の目玉となって、本来なら衰退《すいたい》の危機を迎えていた摩館市を盛り返した。夜見川の精霊舟も、新たな観光事業に合わせて復活させたらしい。

この保存地区と隣り合わせに位置する川角町《かわすみちょう》の端に、聖衣子の実家はあった。地区内に建つ家屋と成瀬家は、ともに「古さ」という共通点を持っていた。ただ、それが前者では「伝統的建造物群」と見なされるのに、後者は単に「ガタの来た家」に過ぎないという大きな差異がある。また地区内の家は建て替えさえしなければ、家屋の補修に市の補助金が出た。一方の成瀬家は仮に雨漏りがしても、満足に修理するお金が昔からなかった。

この辺りの家の子どもたちは、摩館市立第三小学校に通う。それなのに聖衣子の家は、摩館市立第二小学校の校区にギリギリ入っていた。普通なら近所の子どもたちと別の学校に行くことを嘆《なげ》くところだが、彼女は違った。なぜなら子どものころから、保存地区も、夜見川も、舟木橋も、精霊舟流しも、すべてに興味がなかったからだ。いや、この辺り一帯が嫌いだったというのが正解か。

あの小公園で遊んでいなかったら、ずっと私は友だちもいないままで、ひとりだったかもしれない……。

そうやって過去を回想していたせいか、ごく自然に実家の前を通り過ぎていた。思わず足を止めてから戻ったものの、
えっ……？

我が家の前で、しばし呆然《ぼうぜん》としてしまう。

この家を目にした観光客の多くが、きちんとした保存と整備がなされなかった昔の民家のひとつ、という風に勘違いするかもしれない。

……ここまでボロかった？

それほど廃墟《はいきょ》然とした家屋が、聖衣子の目の前にあった。

とっくに磨《す》り硝子《ガラス》の役目を果たしていない汚れた引き戸に手をかけると、何の抵抗もなく横にすべる。逸子の「来る者は拒《こば》まず」の精神によって、成瀬家では玄関に鍵《かぎ》をかけたことがない。もっとも昔から貧乏臭さは十二分に漂っていたため、空巣でさえも避けて通っただろうと思われる。

ただいま……という台詞が口から出そうになり、彼女は驚いた。祖母がいた時代ならまだしも、母親だけが暮らす家など、とても我が家ではない。

そっと静かに玄関に足を踏み入れて、音を立てずに引き戸を閉めたとたん、じわじわと厭な感覚に囚われる。まるで偶然にも入った家が実は幽霊屋敷だったと察して、とてつもない後悔を覚えるような気持ちとでも言えばよいか。

いくら何でも馬鹿《ばか》な……。

仮にも実家なんだから……。

そう自分に言い聞かせるものの、ほとんど効果はない。そもそも彼女が住んでいたときから、この家に愛着など持っていなかった。特に祖母が亡くなってからは、むしろ嫌いな場所になったのではないか。

けど、ここまで酷くなかった？

子どものころは、とにかく薄暗くて貧乏臭くて気分の滅入る家だったが、そこに今では空恐ろしさが加わっている。

この空気感は、いったい何……？

いや、かすかにだが子どものころにも、これと同じ気配に接した覚えがある。それも何度か、この家の中で、そこの部屋で……。

聖衣子が目にしているのは、玄関から廊下にあがって、すぐ右手に見える襖だった。

……仏間。

祖母も母も二人とも、その部屋をそう呼んでいた。

仏間という空間は日本家屋において、普通は奥にある。家の中心に位置することも多い。それが表に面しているのは、この家の一階には二間しかないからだ。もう一室は廊下の正面の襖の向こうで、祖母と母は茶の間と言っていた。あとは台所と風呂場と厠《かわや》があるだけの、本当に小さな家である。

もし母親が家にいるのなら、ほぼ間違いなく仏間の仏壇の前に座っているだろう。二階にあがる階段は茶の間の左手を通っているので、このまま足音を忍ばせて廊下を歩けば、母親に気づかれる懼れは多分ない。

とはいうものの、どうか外出してますように。

祈るような気持ちで靴を脱いで廊下に足を下ろしたとたん、じゃりっとした違和感をその裏に覚えた。ちゃんと掃除ができていないらしい。

足裏の感触だけで、別に物音を立てたわけでもないのに、聖衣子は右手の仏間に対して耳をすませていた。自分の気配が伝わったのではないか、と大いに懼れたからだが、どうやら杞憂《きゆう》だったようである。

それにしてもキリスト教を仏間で信仰するなど、どう考えても逸子くらいではないか。その後の別の信仰については、未だによく分からないけれど……。

まったく覗きたくないのに、なぜか仏間に興味を引かれつつも、忍び足で廊下を歩く。どこが軋むのか分かっているため、その箇所を避けながら進んでいく。階段に達してからは、ひたすら足音を殺して上りはじめる。

にもかかわらず、ぶわっと埃が舞いあがった。くしゃみが出そうになり、必死に我慢して治める。でも今度は涙と鼻水が出てきたので、急いでハンカチを取り出してふく。

階段をあがると薄暗い廊下が短く延びており、左右にひとつずつ襖が見える。左手は三畳間で、何人もの見知らぬ男たちの部屋になっていた。

よく性的な虐待を受けなかったものだ。

今ふり返ってみると、ほとんど奇跡のように思える。別の意味で可怪しな男が多かったからか。その点については母親に感謝すべきか。

いや、それはないな。

右手の襖を開けて昔の部屋に入るが、少しも懐かしさなど感じない。そこは彼女の部屋だったはずなのに、懐古《かいこ》的な感情がまったく湧《わ》いてこない。ほぼ皆無である。

出ていくべき場所だったから……。

そんな空間に愛着など持てるわけがない。それに今は成瀬京子ではなく、背教聖衣子としてこの部屋に立っている。だから彼女は何の感傷にも浸らずに、さっさと資料を捜しはじめた。

あるとしたら押入の段ボール箱か。

すぐに押入を開けてみると、上段には各種の蒲団《ふとん》が、下段には大小の段ボール箱が仕舞われていた。手前のものから取り出して室内に並べていくだけで、たちまち狭い空間が段ボール箱で埋まってしまった。

足の踏み場に苦労しつつ、ひとつずつ開けていく。小中学校の教科書やアルバムなど、本来なら心動かされるものが次々と現れるが、もちろん見向きもしない。

大量に舞う埃に悩まされながらも、ようやく四つ目の段ボール箱から、伯父の手をわずらわせた資料が一気に出てきた。

……あって良かった。

仕舞った覚えはあるものの、絶対の自信があったわけではない。母親によって処分されていた憧れも、完全になくはなかったのだから。

いつも取材時に持ち歩く鞄《かばん》の中に、それらの資料を喜び勇んで入れようとして、うっかり半分ほど落とした。

……ばさばさばさっ。

予想以上に大きな物音が立って、聖衣子はどきっとした。

……気づかれた？

とっさに身体の動きを止めて、じっと耳をすます。

今にもざぁーっと仏間の襖が開いて、みしみしっと廊下を歩き、ぎしぎしっと階段をあがってくる、そんな母親の気配がするのではないか……と、もう気が気ではない。

だが幸いにも階下は、しーんとしている。いくら聴き耳を立てても、まったく何も聞こえてこない。

……留守なのか。

それでも彼女は物音を立てないように、落とした資料を鞄に入れてから、一応は部屋の中を見回した。他にも持ち帰りたいものがあるかもしれない。そう思ったのだが、いくら眺めても何もなさそうである。ここに残っているのは完全に捨て去ったものばかりだと、改めて認めただけだった。

　そのまま部屋を出ようとして、やはり元通りに片づけておこうと考え直す。もう二度と戻らないのは、ほぼ間違いない。だったら放置しておいても別に良いはずなのだが、こればかりは性格の問題だろうか。

　段ボール箱を押入に仕舞って、かつての自分の部屋を出て襖を閉め、ゆっくりと階段を下りる。玄関で靴をはきかけたところで、

　……仏間を覗く？

　ふと好奇心にかられた。今なら母親がいったい何を信仰していたのか、それが理解できるかもしれない。別に知りたいわけではないが、ちらっと目にするだけで分かるのなら、まったくやぶさかではない。

　ためらいつつも聖衣子は再び廊下にあがると、右手の襖に手をかけた。

　本当に覗くのか。

　この期に及んでもなお、躊躇する自分がいる。仏間を見たからといって、何か得があるでもない。むしろ不快な気持ちになるのがオチではないか。しかし、ちらっと目にしたいという好奇心も確かにある。これも作家の業か。

　ぱっと覗いて、さっと帰ろう。

　そう考えて襖を開けたのに、薄暗がりの仏間に置かれた仏壇を目にしたとたん、彼女は身動きができなくなった。

　……何だ、あれ？

　仏壇には灯明が点っている。両脇の二つの明かりに照らされて、その真ん中に鎮座《ちんざ》していた

のは、どう見ても達磨《だるま》だった。

……けど、どこか可怪しくないか。

聖衣子は気がつくと、仏壇の前まで進んでいた。

この目は……。

達磨の両の目は普通、白い丸で表現される。そして祈願が成就したとき、そこに墨で黒目が描かれる。そうして黒目と白目がそろい、ようやく両の眼《まなこ》ができあがる。

ところが、目の前の達磨は違った。白い丸の隅々まで真っ黒に塗りつぶされており、まったく白目の部分がない。これでは眼には見えない。

えっ……違う？

いつの間にか達磨に近づいていた彼女は、ようやく真っ黒な両目の正体を悟った。

……空洞《くうどう》だ。

両方の白い丸の部分がくり貫かれて、ぽっかりと穴が空いている。達磨の用途を完全に無視した有り得ない造形である。

何なの、これ？

聖衣子は呆然としたが、次の瞬間、はっと身体が強張った。

真っ赤な……。

真っ黒の……。

子どものとき覚えたイメージは、この達磨ではなかったか。実際は赤ではなく朱色に近いが、幼い自分に見分けがついたとは思えない。それとも昔は赤かったのが、年月を経て薄まったのだろうか。

つまり自分は仏壇の前で、この達磨と対峙《たいじ》したことがある……？

そんな記憶は一切ないはずなのに、今こうして気味の悪い達磨を目の前にすると、そうとしか考えられなくなってくる。

どういうこと……。

自分の記憶が信じられなくなりそうで、ぞわっと項《うなじ》が粟立《あわだ》ったとき、

「だれま様に、お祈りしなさい」

ふいに後ろから声をかけられ、跳びあがるほど怯えた。

しまった……という思いと共にふり返ると、襖の向こうの廊下に母親が立っている。もっとも外で会ったとしても、すぐには分からなかったかもしれない。それほど逸子は老けていた。

ただし加齢による老いではなく、何か別に原因がある。

あたかも精気を吸いとられたような……。

そんな有り得ない疑いを抱くほど、母親の容姿は異様だった。かといって無気力な感じは少しも受けない。逆に落ちくぼんだ眼窩など鬼気迫っていた。

ちなみに逸子が見つめているのは娘ではなく、仏壇の達磨らしい。

「だれま様って、この達磨のこと？」

母親と会話するな――と己に対して心の中で強く怒りながらも、つい口から出た質問の答えを待っている自分がいる。それが不思議でならない。

「信仰心のない者は、口を閉じよ」

ただし母親の返しを耳にして、少しでも会話の成立を期待した自分が馬鹿だった……と素直に彼女は反省した。

「うん、そうね」

聖衣子は気のない返事をすると、もうひとつの襖を開けて隣り合う茶の間に入った。逸子が立っている襖のほうが玄関には近いが、母親の側は通りたくない。

ところが、茶の間に入ったのは失敗だった。そこには生活臭が満ち満ちていた。この家で今もなお逸子が暮らしている証拠が、嫌でも目についた。その歴然たる事実が、聖衣子をいたたまれなくさせた。母親の生々しい暮らしを目撃したせいで、反射的に吐き気をもよおしたほどである。

急いで廊下に面したほうの襖を開けると、目の前に母親がいた。しかも今度は、じっと聖衣子を見つめている。

「……か、帰る」

思わず口をついて出たが、母親は微動だにしない。ひたすら木偶《でく》のように、ただ突っ立っている。

「もう、帰るから……」

まったく動かないのであれば、あとは押しのけるしかない。だが、できれば母親には触れたくなかった。

素早く仏間に戻って、そこから玄関まで駆けるか。

しかし廊下にいる母親のほうが、どう考えても早く動ける。茶の間の襖の前から仏間の襖の前へ、移動距離も非常に短い。先回りなど余裕である。

厄介なことになったなぁ。

聖衣子が困りきっていると、母親が妙な台詞をはいた。

「だれま様の、お邪魔をする気か」

　はなから相手をするつもりはないが、その言葉がどうも引っかかる。どこかで聞いたような覚えが、ふっとした。それも昔ではない。ここ最近かもしれない。

「だれま様って、どこの誰なの？」

　無駄だと知りつつも尋ねると、意外にも身ぶりで仏間に誘われた。

　逃げるのよ……と囁《ささや》く自分を無視して、茶の間から仏間に戻る。母親は廊下を移動したので、自然と聖衣子の後ろに座る恰好になった。

「あなたも、ちゃんと座りなさい」

　その口調がまともに聞こえたため、聖衣子は驚きつつも自然に従った。

　薄暗くて陰気な仏間において、正体不明の達磨を祀《まつ》る仏壇の前に娘が腰を下ろし、その後ろに母親が座っている。あまりにも異様な達磨を除きさえすれば、この光景は普通の家庭に見えたかもしれない。

　ただし聖衣子は、既視感を覚えていた。幼き日のどこかで似た体験をしたような記憶が、ふっと蘇りそうになっている。それを思い出したら、いったい自分はどうなるのか。と想像しただけで、ぶるっと身体が震えた。

「だれま様はなぁ――」

　そのため母親の言葉など、まったく頭に入ってこない。

「いくつものお堂の――」

　仮に耳をかたむけたとしても、何を言っているのか理解できなかっただろう。

「願いを叶えて――」

にもかかわらず突然、ある疑惑がむくむくと頭をもたげた。これまでに一度も、そんな疑いなど抱いたことがないのに。

がばっと聖衣子は座ったまま後ろをふり返ると、

「……まさか母さん、妃菜と葵衣と奈永の身に起きた事件に、何らかの形で関わってるなんてことないよね？」

そう訊くと信じられないことに、ぐらっと母親の身体がゆらいだように見えた。

「いったい――」

問い詰めようとして、今が逃げるチャンスだと気づく。母親の口を割らせたいと強く思う一方で、それが無理なことも分かっていた。だから迷ったのは一瞬だった。

いきなり聖衣子は立ちあがると、石像のように固まった母親の横をすり抜け、一気に玄関に下りて靴をはき、引き戸を開けて表に飛び出した。

とっさに逸子が追いかけてくるかと身構えたが、そんな気配は一切ない。後ろを確かめたい気持ちを封じて、彼女は玄関の引き戸を後ろ手で閉めたあと、できるだけ足早に実家の前から立ち去った。

幼き日の自分は、あの仏壇の前で何をしていたのか。

いや、いったい何をやらされていたのだろうか……。

それが幼なじみたちの事件に関係しているのかどうか、実際のところは何も分からない。けれど先程、そんな疑いを唐突に覚えたということは、おそらく何かあるのだ。あの場の異様な雰囲気が、きっと彼女の記憶を刺激したに違いない。

そもそも母親は、娘の友だちやその親について、どう思っていたのか。

妃菜と葵衣の母親たちは仲が良く、そこに奈永の母親が入りこんだ。そんな三人を咲美と萌子の母親たちは、ちょっと距離を置いて眺めていた。そこにはチャイルドタレントに対する嫉《しっ》妬《と》も、おそらくあっただろう。

うちの母親は……？

と続けて考えそうになって、できれば今は避けたいと切実に感じた。ただでさえ母親と顔を合わせてしまって動揺しているというのに。

それよりも――。

伯父が集めてくれた資料を読む前に、念のためにハーメルンの笛吹き男について調べておく必要があったことを、遅まきながら彼女は思い出した。過去の笛吹き男事件に関連して、あの有名な伝説も資料の中に出てきた記憶があったからだ。

そのとき聖衣子は前河町まで戻ってきており、ちょうど古本屋の一軒に差しかかるところだった。

一軒目も二軒目も収穫はなかったが、三軒目の古本屋で阿部謹也《あべきんや》『ハーメルンの笛吹き男伝説とその世界』（平凡社／一九七四）を幸いにも購入できた。その場でパラパラと目を通した限りでは、とりあえず本書があれば事足りそうである。

摩館駅から三鷹駅までの間も、三鷹の駅前で夕食をとっているときも、マンションの部屋に帰ってからも、ずっと聖衣子は本を読み続けた。それほどハーメルンで起きた出来事に興味を引かれたからである。

ある信仰（二）

石段を登りきったところから、石畳《いしだたみ》の参道が延びている。石段と同じく全体が凸《でこ》凹《ぼこ》しており、非常に歩きにくい。

参道を進みながら前方を見やると、全身が苔まみれの狛犬《こまいぬ》らしき二体の像が目に入り、その間にお堂のように映る古びた建物が鎮座している。

……あれが？

とっさに疑ったのは、あまりにも朽《く》ちていたからだ。その疑惑は近づくにつれて、どんどん膨れあがっていく。

これが家なら廃墟と思うだろう。

堂の前に立った笛吹き鬼は、そう感じて失望した。しかしながら、それも堂の中を覗くまでだった。

……これは、いったい何？

第九章　ハーメルンの伝説

背教聖衣子は阿部謹也『ハーメルンの笛吹き男　伝説とその世界』を読んで、あの有名なハーメルンの笛吹き男の伝承にも、いくつかのバージョンがあると知った。

ただ、もっとも人口に膾炙《かいしゃ》しているのは、どうやらグリム兄弟が著した『ドイツ伝説集』の話らしい。

調べ物をするとき彼女は、最低でも三種類の異なった資料を参考にするように、と自分に課している。一種類だけでは、そこに間違った記述や偏った考察があっても気づけないからだ。二種類では偶然の一致も有り得るため、どうしても三種類は必要になる。

今回もその心配はあったが、いくらインターネットで検索しても、本書に匹敵する参考文献が一冊も見当たらない。しかも読んだ限り、非常にしっかりした内容である。それでも一応、ネット上で公開されているハーメルンの伝承のいくつかに、彼女は目を通した。だが本書を凌駕するものには、やはり出会えなかった。

聖衣子がまとめた「ハーメルンの笛吹き男」の伝説が、以下になる。

一二八四年、ハーメルンの町に〈まだら男〉が現れた。いくつもの色の混ざった布地で作られた上衣を着ており、自らを鼠捕《ねずみと》りだと称した。金さえ払えば鼠を退治するという。市民たちは定額の報酬《ほうしゅう》を約束して、彼に仕事を依頼した。

男は笛を取り出すと、やにわに吹き鳴らしはじめた。しばらく笛を吹いていると、たくさんの鼠たちが方々の家から出てきて、彼の周りに集まり出した。もう一匹も残っていないと思われたところで、男は鼠の群れを引き連れて町から出ていった。そしてヴェーゼル河まで進み、そこで彼は服をからげて水に入った。そのあとを追って鼠たちも次々に続き、とうとう一匹残らず溺《おぼ》れ死んでしまった。

市民たちは鼠の脅威が去ったとたん、約束の報酬を惜しみ出した。色々と口実を並べ立てては、支払いを渋る様子を見せた。

この仕打ちに男は怒った。烈火のごとく腹を立てて町を去った。

その年の六月二十六日、ヨハネとパウロの日、まだら男が再び町に現れる。このとき彼は赤い奇妙な帽子をかぶり、恐ろしい狩人《かりゅうど》の出で立ちをしていた。そのまま小路に入ると、男は笛を取り出して吹きはじめた。

すると家々から鼠ではなく四歳以上の少年少女たちが、男を目がけて走り寄ってきた。その中には市長の成人した娘もいた。彼が笛を吹きながら町を出ていくと、子どもたち全員があとに続いた。

そうして近郊の山に着いたところで、まだら男と子どもたちは洞窟《どうくつ》の中に消えた。

この出来事の一部始終を目撃した者がいた。幼児を抱いた状態で、男から遠く距離をとっていた子守り娘である。やがて彼女は引き返して、何が起きたかを町中に伝えた。連れていかれた子どもの親たちは、半狂乱になって我が子を捜した。また方々に使者が派遣され、行方不明の子どもたちの探索が行なわれた。しかし、すべては徒労に終わった。

こうして百三十人の子どもが消えてしまう。

間一髪で助かった少年もいた。彼はシャツのまま小路に飛び出したため、いったん上着を取りに帰ったらしい。そして戻ると、もう誰もいなかったという。

また目の見えない子と口のきけない子の二人だけが、あとから戻ってきたとも伝わる。前者は子どもたちが連れていかれた場所を示せなかったが、男がどんな風に誘ったのか、その説明はできた。後者は子どもたちと男が消えた山を伝えることはできたが、自分が見聞きした出来事を何ひとつ語れなかった。

子どもたちが市門まで通り抜けた道は、十八世紀の中葉においても〈舞楽禁制通り《ブンゲローゼ》〉と呼ばれた。この小路では舞踏も楽器の演奏も禁じられた。教会から出た花嫁《はなよめ》行列が音楽の伴奏を受けながら町中を進むときも、ここに差しかかると静かになった。

子どもたちが消えたポッペンベルクの山の麓《ふもと》の左右に、二つの石が十字形に立てられた。この山の洞窟に入った子どもたちは、ジーベンビュルゲン（ハンガリー東部の山地）で再び地上に現れたともいう。

この出来事を市民たちは、市の記録簿に書き留めた。そして子どもたちの失踪の日を起点にして年月を数えた。市参事会堂には、こんな文章が刻まれている。

キリスト生誕後の一二八四年に
ハーメルンの町から連れ去られた
それは当市生まれの百三十人の子どもたち
笛吹き男に導かれ、コッペンで消え失せた

また新門にはラテン語の碑文《ひぶん》が刻まれている。
マグス（魔王）が百三十人の子どもを町から攫って行ってから、二七二年ののちこの門は建てられた。

一五七二年に市長は、この話を教会の窓に描かせた。それに必要な讃もふしたが、今では大部分が判読不能である。そこにはメダルもひとつ彫られている。

以上がグリム兄弟『ドイツ伝説集』に記された話だが、彼らが編集する以前に、いくつもの異伝がすでに存在していた。そこで彼らは十点に及ぶ参考文献を基に、この話を書いた。単なる昔話ではなく伝説の厳密な再録を意図したからだろう。

子どものころに童話の本で読んだきりで、改めてハーメルンの笛吹き男の話を知った聖衣子は、かなりの衝撃を受けた。

まさか実際にあった出来事だったとは……。

とはいえ「笛の音で鼠を呼び寄せる」また同様に「子どもたちを集める」ことが現実にできたとは思えない。これは何かの暗喩なのではないか。

そう聖衣子が考えながら読み進めると、元の話は「百三十人の子どもたちが行方不明になった」とだけあって、そもそも「笛吹き男」は存在していなかったと分かる。要は年月と共にお話が膨らんでいったらしい。

では、なぜ子どもたちは消えたのか。

これには植民地への移住説、舞踏病説、少年十字軍説、誘拐による児童売買説、山崩れに巻きこまれた説、流行病《はやりやまい》などの疾病《しっぺい》説など、いくつもの仮説がある。

しかし彼女には、どの説も「帯に短し襷《たすき》に長し」に感じられた。いや、そもそも笛吹き男がいなかった……と知った時点で、この伝説は役に立たない気がした。少なくとも自分が調べようとしている幼なじみの事件にとって、何の参考にもならないと思う。

ただ、もしも笛吹き男が存在していたとしたら、その能力は人知を超えていると言わざるを得ない。それに近い何かが、彼女たちの事件にも潜んでいたのではないだろうか。つまりは超常的なものが……。

幼なじみに再会したとき、あえて聖衣子が触れなかったのが、この問題だった。二人で話し合おうにも、あまりにも漠然とし過ぎている。

まるで笛吹き公園の小山を見上げるような仕草を、お互いすることがあった。

というだけでは、まったく何も分からない。それに聖衣子は、この素ぶりをする奈永に気づいていたが、その逆はなさそうだった。つまり奈永に今さら指摘しても、単に驚くだけで終わるかもしれない。

いや、あれがあった……。

奈永の気味の悪い目撃談を、聖衣子は唐突に思い出した。

「……変な服の人が、小山にいる」

妃菜が小公園で消えたとき、小山に登る細い道の途中に立っている不審な人物を目にしたと、あのとき奈永は証言している。

これに関して大桐が「まだら模様」という言葉を口にしたが、当時の彼女たちには分からなかった。その意味を理解できかけたのは、聖衣子の伯父が集めてくれた資料に目を通した中学生のときである。ただ、その最中に二人とも怖くなった。だから途中から資料を放り出してしまった。

奈永が目撃したまだら模様の変な服の人は、過去の笛吹き男事件と関係している。

そういう認識は互いにあったように思う。だが、それ以上はどちらも突っこまずに、資料を読むのを止めた。

「よ、よく分からないけど、な、何かが、やって来るような……」

「……悪い予感がする？」

そういう会話を二人でしたが、奈永の口から出た「何か」とは、まだら模様の変な服の人だったのではないか。

それに、あれもあった……。

葵衣の神隠し事件のとき、見張っていた刑事たちは御屋敷町の路地のひとつで、橘の母娘と奈永の姿を急に見失っている。慌てて付近を捜したが、どうしても見つけられない。にもかかわらずその後、絹子と奈永の二人の姿が、ふいに目に入ったという。今までいなかったのに、いきなり現れたかのような現象だったらしい。

この事実をすっぱ抜いた記事が出てから、妃菜と葵衣と奈永の事件には、オカルト色が滲むようになる。もちろん真面目な報道も多かったが、いったん色眼鏡で見られてしまうと、なかなか元に戻すのは難しい。

事件が迷宮入りした原因のひとつに、このオカルト騒動があったのかも……。

笛吹き男事件の資料を読む前に、三人少女事件——と便宜上まとめて名づける——に関する記事を熟読した聖衣子は、そんな風に感じた。

やっぱり奈永は無関係ではいられないか。

本人が聞いたら「厭だ」と叫びそうな現実を、聖衣子は察した。どれほど本人が足掻《あが》こうと、これは避けられないのではないか。

いざとなったら奈永にも覚悟を決めてもらおう。

そのうえで彼女の協力を再び求めてみよう。

そんな心積もりをしたからこそ、聖衣子はパソコンに向かって、ハーメルンの笛吹き男の話をテキストデータにした。そして簡単なメモといっしょに、奈永の携帯電話に送った。気持ちと時間の余裕のあるときに、できれば読んで欲しいと記して。

このとき迷ったのは、実家での出来事を知らせるかどうかである。報告するほどの内容が具体的にないと判断しつつも、あの異様な達磨の存在こそ教えるべきではないのか……と思う自分もいて、彼女は大いに混乱した。

けど……。

実家での体験を上手くまとめられる自信が、作家のくせに少しもない。母親が関係しているからか。だから客観的に記せないのか。それとも相手が得体の知れぬものだからか。そんな対象を文章で表現するのは、とうてい不可能なのかもしれない。

いずれにしろ――。

あの件は、次に奈永と会ったときに話そうと決めた。こういう伝えにくい内容は、お喋りの中に潜ませるに限る。

この時点で、もう夜も遅い時間だった。しかし聖衣子は精力的に、伯父が集めてくれた資料に目を通しはじめた。

その中に妙なものを見つけて、彼女は首をかしげた。昔は見逃していたらしい。それは伯父による手書きのメモで、摩館市の旧家である垂麻《たれま》家に関して記されていた。しかも同家について書かれた内容が、どうにも無気味だった。

……垂麻家。

だれま様……。

実家で母親が口にした謎の言葉が、ふいに結びついたような気分を覚えて、とたんに彼女は興奮した。

急いで伯父のメモに目を通すと、おおよそ次のようなことが記されていた。

垂麻家は戦前、今の摩館市に広大な地所を有した財産家で、市政にも大きな影響力を持っていた。しかし敗戦後の農地改革で多くの土地を失ったのを切っかけに、その勢力も一気に減じて斜陽族《しゃようぞく》になってしまう。

ところが、日本が戦争に負けて数年が経ったころ、満洲《まんしゅう》で戦死の知らせがあった同家の長男が復員してから、その流れが変わりはじめる。彼は大陸より奇妙で不可解な達磨像を持ち帰っており、それを先祖代々にわたり祀っている屋敷神に合祀《ごうし》したのである。

とても素人《しろうと》が勝手にできる行為ではなく、また合祀の正当性にも大いに問題があったと思われる。だが以降、同家の運気が確実にあがり出した。手を出す事業はどれも当たり、再び大変な羽ぶりになった。一時は摩館の市政どころか都政にまでおよぶほど、その勢力を盛り返した。

ただし栄華《えいが》を極めたのは、約二十年ほどだった。その後は、ぴたっと風向きが変わる。今度はやることなすこと、すべてが裏目に出はじめた。しかも一族の中から、精神的な変調をきたす者、いきなり奇行に走る者、ふいに行方不明になる者が、次々に現れた。

まるで今までの奇跡的な成功のツケを、ここに来て一度に払わされているような……そんな不運と不幸が同家を襲った。

自業自得。

垂麻家の傍若無人《ぼうじゃくぶじん》な振る舞いを目の当たりにしてきた摩館市の年配者の多くが、そうとらえて長年の溜飲《りゅういん》を下げた。だが、それだけで終わらなかった。同家から出た問題のある人物たちの奇行に、町の人たちは悩まされる羽目になる。零落《おちぶ》れた一族とはいえ、まだ少なからぬ権力は持っていた。同族の不始末を握り潰すくらい、同家にとっては容易《たやす》いことだった。

垂麻家の大きな屋敷は、布引町《ぬのびきちょう》の北に位置する低山の上にある。この山は二つの頂を持っており、低いほうに同家が、高いほうに達磨神社が建っている。同家の屋敷神と謎めいた達磨像を合祀した結果が、この祠らしい。ちなみに後者の山は、瓢簞山《ひょうたんやま》と呼ばれている。

垂麻家は謎の達磨像を祀っている。

この事実を知って、ようやく聖衣子は合点した。母親が信仰しているのも、同じ達磨なのではないか。その尊称が「だれま様」なのかもしれない。

それにしても――。

キリスト教とは似ても似つかない信仰のように思える。いったい何があって、母親は宗旨《しゅうし》替《が》えをしたのか。そこが気になって彼女は考えこみそうになったが、すぐに馬鹿らしくなって止めた。

あの母親のことだから、おそらく信仰の対象なんて、結局は何でもいいに違いない。

それよりも今は、この達磨の正体である。

聖衣子は本棚に急いだ。ここにはホラーやミステリなどの小説の他に、創作の資料とするための書籍も多く並んでいる。その中でも特に目立つのは、文化人類学と民族学と宗教学と民俗学関係の本だろうか。そこからアジアの宗教と禅宗に関する書籍を何冊か抜き出し、達磨に言及している箇所を拾い読みした。

……可怪しいな。

垂麻家が祀った達磨像に該当《がいとう》するような記述が、どの本にも載っていない。そもそも伯父のメモにあった「奇妙で不可解な達磨像」など、どこにも出てこない。

実際の達磨とは違うのか。

達磨に似た姿をしているものの、実は別の何かだとしたら……。そういう得体の知れぬものを、垂麻家の長男が持ち帰ったのだとしたら……。

念のためにパソコンでインターネット検索もしたが、少しでも手がかりになりそうなヒットはゼロ件だった。仕方なく達磨に関する参考文献を新たに探したものの、役立ちそうな本は一冊も見つからない。

当時の中国で一時的に流行った民間信仰だった……。

という解釈《かいしゃく》くらいしか、今のところ彼女には思い浮かばなかった。

これ以上うちで調べるのは無理だと判断して、当初予定していた笛吹き男事件の資料に、ようやく取り組むことにした。

それを彼女なりにまとめたのが、次の話になる。

第十章　笛吹き男事件

笛吹き公園の大公園側には、東西にひとつずつ出入り口がある。もっとも東側は真東ではなく、公園全体から見ると北東方向になる。その東の出入り口を入ったところに、日引町出身の彫刻家の作品〈笛吹き像〉が建っていた。横笛を吹く青年の周囲で六人の子どもたちが踊る。そんな光景のブロンズ像に、まず来園者は出迎えられる。笛吹き公園の名称は、この像からつけられた。

この笛吹き像の前で、同じく日引町出身の作曲家である遠見奏次郎《とおみそうじろう》が、まだら模様の特徴的な衣服を着て、たびたびオカリナの演奏を行なった。オカリナは彼の趣味で、別に仕事とは関係ない。そのため気が向けば吹く程度で、演奏の日時も決まっていない。そもそも聴衆の有無など、彼は気にしなかった。それでも五、六人くらいの観客がつねにいた。その多くが母親と子どもで、あとは老人たちである。

聖衣子の記憶にある小公園の事件から遡《さかのぼ》ること十年、ある晩秋の日曜日の夕間暮れ、奏次郎は笛吹き像の前でオカリナを吹いた。いつもと違っていたのは休日のため子どもの観客が異様に多く、彼が普段よりも演奏に熱中したことだろう。

やがて奏次郎がオカリナを吹きながら歩き出すと、ごく自然に子どもたちも続いた。まるでオカリナの音色に導かれるように、彼のあとを追いはじめた。

この奇妙な行列が大公園の芝生内をジグザグに進む様を眺める者の中に、十年後に町内会のたまたま散歩の途中で通りかかった彼は、行列を見てつぶやいた。

「ハーメルンの笛吹き男みたいだな」

会長になる大桐謙作がいた。

大桐に悪気があったわけではは、もちろんないだろう。ただ目にした光景から、ふと連想したものを口にしただけである。

第一このときの大桐に、ハーメルンの笛吹き男の伝説の知識が、正確にあったかどうか。オカリナを吹いて歩く奏次郎のあとに、無邪気に続く子どもたちの列を目にして、単純に笛吹き男の伝説を連想した。そこには彼が着ていた、まだら模様の衣服の影響もあったかもしれない。ところが気味の悪いことに、この彼の言葉が一部とはいえ当たってしまう。

奏次郎は芝生の広場を巡ったあと、大公園と小公園の間にある小山に登り出した。山とは呼ばれているが、こんもりと盛りあがった丘に近い。ただ鬱蒼とした雑木におおわれているため、日中でも薄暗さが感じられ、怖がりの子どもなら足をふみ入れるのを厭がるような、そんな雰囲気があった。

小山の天辺にいたる細い土道は四阿の側からはじまり、ぐるっと山を半周する形になっている。そのため勾配《こうばい》も緩やかで、小さな子どもでも難なく登れた。それと同等の細道が山の反対側にもあって、そちらを辿ると小公園に出る。

子どもたちを集められるほど頂上は広くないため、奏次郎も立ち止まらずに、そのまま小公園まで進んでいる。そして小さな公園に着いたところで演奏を止めた。子どもの親たちは大公園から先回りして待っていた。

笛吹き公園内で大公園から小公園へ行くためには、いったん小山に登って下る細い土道しかルートはない。そのため親たちは公園の東の出入り口から出て、その東側を通る緑道を歩いて小公園に向かった。緑道のさらに東には車道が走っているが、空家の目立つ住宅地のせいか車の姿はほとんど見かけない。逆に公園の西側を走る車道はある程度の交通量が認められるのに、摩館市立第二小学校の正門が面しており、かつ信号がないことから、親たちの心配の種になっていた。

この移動のおかげで狭い小公園はたちまちごった返したが、すぐさま一瞬で静まり返る出来事が起きた。

「仁美《ひとみ》、どこ？　ひとみぃぃ、どこにいるの？」

ひとりの女性が我が子を捜しはじめたのだが、肝心の子どもが見つからないらしい。彼女の声には次第に焦りが交ざり出した。

状況を察した大人と子どもの全員が、ぴたっと口を閉じた。母親の声が仁美に届き、かつ子どもの返答が聞こえるように、誰もが気をつかった。

だが、いつまで経っても何の応答もない。

しばしの静寂のあと、いっせいに全員が喋って動きはじめた。当の母親に話しかける者、我が子に仁美を知っているか尋ねる者、同じように名前を呼んで捜す者、緑道へ出る者、小山に登り出す者、大公園まで戻る者、奏次郎に詰め寄る者まで現れた。

その結果、六歳の畠山《はたけやま》仁美は確かに子どもたちの列に入っており、みんなと小山へいっしょに登ったと分かった。にもかかわらず小公園には、彼女だけ下りてきていない。

「まだ小山にいるんだ」

母親である畠山夏那子《かなこ》をはじめ数人の大人たちが、大公園側と小公園側に分かれて、小山に登る二つの細道を進んだ。だが天辺で互いが出会しただけで、肝心の仁美は見つからない。

男たちが雑木におおわれた山の斜面に足をふみ入れたものの、やはり発見できなかった。いくら見通しが悪いとはいえ、小さな丘のような場所である。これだけ大人が捜し回ってもいないのは、どう考えても可怪しい。

警察に連絡した者がいて、男性の巡査部長と女性の後藤《ごとう》巡査が到着したあと、もう一度そのときの状況が確かめられた。

遠見奏次郎が先頭をつとめる行列に、このとき参加した子どもは五歳から七歳までの十四人で、その中間あたりに畠山仁美は確かにいた。これは夏那子と彼女の知り合いの――仁美と同じ幼稚園に通う友だちの――母親が二人、ちゃんと認めている。

この行列が小山の細い土道に入ったあと、戻ってきた者は誰もいないと、そのとき四阿にいた三人の老婦人が証言した。そして行列が小公園に着いたところで、我が子の姿が見えないことに、すぐに夏那子は気づいた。だからひとり娘の名前を呼んで捜しはじめた。

もちろん奏次郎も事情は聞かれたが、彼が答えられることは何もなかった。オカリナを吹いていて興に乗ったので公園内を歩き出したら、自然に子どもたちの行列ができた。ぐるぐると芝生の上を歩き回っているうちに、このまま小山まで行ったら面白そうだと思いついた。大公園から登って小公園に下りて、そこで解散する。きっと子どもたちも満足するだろう。

そんな風に考えただけで、まったく他意はないと奏次郎は話した。彼が子どもたちを目にできたのは、大公園の芝生内をジグザグに進んでいたときで、それも行列の後ろのほうだけだった。小山の一本道に入ってからは、ほぼ見えていない。全員が彼の後ろにいたのだから当然だろう。仮に数人が途中から抜け出して、小山の斜面を滑り下りたとしても、少しも気づけなかったに違いない。

この奏次郎の言い分には、誰もが納得せざるを得なかった。にもかかわらず彼に向けられた眼差しの多くに、すでに疑惑と偏見と恐怖が入り交じっていたという。

行列をした子どもたちの証言は、まったく役に立たなかった。仁美をよく知る友だちは、彼女の前にも後ろにもおらず離れていた。全員がバラバラの状態だった。仁美の後ろにいたと思《おぼ》しき子は見つかったものの、なぜか三人もいた。夏那子が説明した服装《ふくそう》の子どもが、自分の前を歩いていたと、三人ともが主張した。しかも、いつの間にかいなくなっていたという証言も同じだった。

仁美は歩きながら列の中を移動したのか。でも行列はずっと一列のままだったと、どの子も答えた。途中で追い抜いたり、または後ろに下がったり、そんな動きをした子はひとりもいなかったらしい。

二人の警察官は当初、単純に考えていた節がある。仁美は小山の一本道を外れたどこかにいる。悪戯で隠れているか、斜面から落ちて怪我《けが》をしているか、いずれかだろう。そこで大公園側と小公園側の二手に分かれて、天辺への細道を辿りながら雑木の中に目を凝らした。しかし一向に見つからない。

二人は応援を要請したが、痺《しび》れを切らした子どもたちの保護者が小山の麓に散らばり、周囲を探索しながら斜面を登る試みをした。それなりの人数で行なったので、まず見落とす場所はないはずなのに、やはり仁美は見つからない。

やがて警察の応援が到着して、大げさ過ぎる「山狩《やまが》り」が実施された。小山の大きさから考えると、滑稽なほど警察官の数が多い。だからこそ斜面の隅々まで、完全に検められたはずだった。

それなのに子どもが発見できない。

公園にいた全員に徹底した事情聴取が行なわれた。特に遠見奏次郎は警察署に同行を求められて、かなり執拗な取り調べを受けたらしい。と同時に再三にわたる小山の捜索に加え、その近辺まで捜査の手を警察は伸ばした。

だが、どうしても子どもが見つからない。

もちろん誘拐も疑われた。だが何者であれ仁美を連れ出せなかった。ある意味あのとき小山は閉じられていた。両側には目撃者となり得る大人たちもいた。いかに相手が幼い子どもとはいえ、誰にも気づかれずに攫うのは不可能だった。

こんもりと盛りあがっただけの小山の中で、なぜか仁美は消えてしまった。

そんな有り得ない状況を受け入れるしかなかったためか、いつしか「神隠し」という言葉が近隣で広まった。

そして事件は迷宮入りする。

公園で遊ぶ子どもが、がくんと減った。目にするにしても中学生くらいで、母親といっしょの幼い子どもは当然として、小学生の姿が完全に見えなくなった。また遊んでいる中学生にしても、まず小山に登る者はいなかった。小公園もまったく人気がなくなり、物寂しい雰囲気が増すばかりだった。

遠見奏次郎は無罪放免で警察署から戻されたが、本来なら世間から白い目で見られて、肩身の狭い思いをしていた可能性が、かなり高かったはずである。しかしながら意外にも、まったく逆の現象が起きて、かなり世間を驚かせた。

魔性の笛を吹く男。

魔笛《まてき》を操る作曲家。

マスコミが奏次郎に与えた呼称は、あっという間に広がった。子どもの行方不明事件があったあとで、何らかの関与が疑われた者に「魔性」の呼び名がついた場合、普通はマイナスに受け取られるだろう。実際にマスコミも最初のうちは、彼を黒に近い灰色の容疑者として取り上げていた。だが、その態度が百八十度ころっと変わる羽目になる出来事が、すぐに起こりはじめる。

それまで三流の作曲家だった奏次郎が「魔笛を操る作曲家」と呼ばれたとたん、なんと有名な歌手やミュージシャンから作曲の依頼が舞いこみ出した。そして「魔性の笛を吹く男」には、オカリナの演奏会の依頼が立て続けにくるようになる。はっと気づけば彼は、すっかり時の人になっていた。

この遠見奏次郎の絶頂は二年ほど続いたのだが、その間に笛吹き公園の子どもの利用者数が普通に戻ったのだから、本当に人間とは現金なものである。

ただし喜んでばかりもいられなかった。やがて幼稚園児から小学校低学年くらいまでの女の子が、奇妙な模様の衣服をまとった怪人物に物陰へと連れこまれて、性的ないたずらをされる……という被害が次々に出はじめた。

この奇妙な模様が「まだら」だと見なされたため、再び奏次郎が疑われる羽目になる。しかしながら売れっ子の彼には、つねに立派なアリバイがあった。犯人が一向に捕まらないせいで、またしても笛吹き公園は寂れはじめる。

公園の人気と呼応するように、奏次郎の活動も三年目あたりから少しずつ下降線を辿り出して、ついに「いったい彼の曲の（または演奏の）どこが良かったのか」という批判ではなく大いなる戸惑いが広がるようになる。その結果、作曲の仕事も演奏の依頼も激減した。と同時に過去の子どもの行方不明事件が再び注目されて、彼の「魔性」が悪い意味でとらえ直される事態まで起きてしまう。

奏次郎は次第に外出しなくなり、やがて終日じっと家に閉じこもる日が続くようになったという。

畠山仁美の奇っ怪な失踪から、ちょうど四年後の晩秋の夕間暮れ、高校二年生の三根翔《かける》は笛吹き公園の芝生で、友だち三人とサッカーボールを蹴《け》っていた。実は誰もが親には内緒で、ここには出入りしている。いつも空いており便利だったからだ。他にもベンチに座る年寄り、犬に散歩をさせる人、ジョギングをする大学生とちらほら人を見かけるものの、公園という場所からすれば、それほど多くはない。もっとも目立つのは翔たちで、他に中学生のグループがいるくらいである。

そんな彼らでも、さすがに暗くなる前には帰宅した。友だちの手前「怖いから」とは誰も言わないが、そういう暗黙の了解があった。ここで日暮れを迎えるなど絶対に厭だと、間違いなく誰もが思っていた。

とはいえ遊びに熱中すると、あっという間に時は経ってしまう。その日も気がつくと、もう辺りは薄暗くなり出していた。

「おい、そろそろ」

帰ろうか——と翔は言いかけて、はっと耳をすました。

……笛の音？

ごくかすかにだが、どこかで笛が鳴っている。それが聞こえた。いや正確には、そんな風に思えた。実際には耳に届かないはずなのに、たまたま何かの拍子に彼の耳朶を打った。そういう気がしてならない。

　翔の異変を目の当たりにした友だちに、どうしたと訊かれたので正直に答えると、最初は冗談だと思われた。

「何も聞こえなかったぞ」

「脅す気かよ」

「そういう怪談めいた話は止めろ」

　しかし翔の態度が少しも変わらないため、三人も不安な様子を見せはじめた。

「どこから聞こえた？」

「……あっち、かな」

　ひとりの問いかけに、彼が小山を指差すと、

「行ってみるか」

「あそこのどこかで前に、子どもが消えたんだろ」

「お前、怖いのか」

「そういう場所にわざわざ近づくなんて、頭の悪い証拠だろ」

　三人とも好奇心は大いに持っているものの、正直なところ怖くもある。それが全員に共通した気持ちだったのだろう。

「ほら、また……」

　その間に翔には、またしても笛の音が聞こえた。しかも今度は三人のうち、ひとりが耳にし

たらしく、

「そんな音が、確かに聞こえたような……」

かなり怯えた眼差しを小山に向けたあと、残りの二人に目をやった。

「お前もか」

「……ぞっとしないな」

こうなると好奇心よりも恐怖心が先に立つのか、三人が尻ごみする様子を見せた。

「ちょっと見てくる」

そう言って翔は歩き出した。完全に友だちの目を意識した歩き方だった。

彼は小学生のころから身体が大きい。そのため仮に怖いと思うことがあっても、友だちの手前つい見栄《みえ》を張ってしまう。このときが、まさにそうだった。

「おい、止めとけ。もうすぐ日が暮れて、小山の中も暗くなるぞ」

「本当に笛の音が聞こえたのなら、むしろ近づくべきじゃないだろ」

「ちらっと耳にしただけだったけど、あれはヤバい気がする。上手く説明できないけど、関わらないほうがいいと思う」

みんなが口々に忠告して、彼を引き留めようとしたが、

「小さな子どもが笛を吹いて、助けを求めているのかもしれない」

このとき翔の脳裏には、そんな光景が浮かんでいた。

「えっ？　何を急に……」

「いくら何でも、それは……」

「お前、大丈夫か。ちょっと可怪しいぞ」

三人がそれぞれ異を唱《とな》えたものの、もう翔は小山に向かって歩き出していた。

「おーい、待てよ」

「どうする？」

「放っておけないだろ」

後ろで三人の声は聞こえていたが、彼は構わずに進んだ。すると自然に三人があとに続いて、四人で小山の細道に入る恰好になった。

しかし少し登ったところで、この列が早くも崩れた。しんがりのひとりがまず脱落する。それから細道が左手に曲がり出した地点で、二人目が立ち止まった。三人目の足が思わず動かなくなったのは、もう少しで天辺に着く手前である。

なぜなら彼の耳にも小山の上で鳴っている気持ちの悪い笛の音が、はっきりと確かに聞こえてきたから……。

あとから友だちがついて来ないことに、まったく翔は気づかなかった。小山に足をふみ入れて以来、ずっと気味の悪い笛の音が彼の耳朶を打っている。かといって細道を進むにしたがい大きくなるわけではない。音の強弱はバラバラだった。ただし次第に吹くのが苦痛であるかのような、そんな感じだけが高まっていく。

小山の天辺に着いたとき、彼の目に飛びこんできたのは、小さなベンチで蠢《うごめ》く奇妙な布の塊《かたまり》だった。様々な色が混ざり合って、まだら模様になっている何かが、たったひとつしかないベンチにいた。

……ホームレスか。

いぶかりながらも翔が近づいたのは、それが笛を吹いていたからだ。まだらの頭部とも言うべきフードの中から、その気色の悪い音が響いている。

いったい何を……。

吹いているのか――と近くまでよって覗いた直後、彼の身体が固まった。ひぃっ……という声にならない悲鳴が喉元《のどもと》で響き、次の瞬間には嘔吐《おうと》しそうになった。

翔が目の当たりにしたもの、それは血塗れになりながらも裂かれた喉をひゅうひゅうと鳴らしている瀕死の男の凄惨な姿だった。

翔が回れ右をして逃げ出すと、各々が立ち止まった場所に留まっていた三人も、彼といっしょに走って大公園まで戻った。その場に三人が残っていたのは、さすがに自分だけ帰るわけにはいかなかったからだ。あとは一番近い家のインターホンを鳴らして、一一九番に連絡してもらった。

まだら男の正体は、遠見奏次郎だった。彼は市内の瓢簞山に自生する足痲《たるま》草から抽出《ちゅうしゅつ》した毒のエキスを飲んだあと、剃刀《かみそり》で喉を掻き切って自殺しようとしたが、奇跡的に一命を取りとめた。毒の抜き出しが中途半端だったため、まず毒死にはいたらなかった。そのうえ毒によって手足が痺れる症状が出たために、剃刀を上手く扱えなかった。という皮肉な結果になったらしい。

この痛ましい自殺騒動は、世間の人々に大きな衝撃と動揺を与えた。ただ、それは大きく二つに分かれた。

作曲家と演奏家という二つの分野で人気が出たものの、それほどの才能が元々なかったため続かなかった。そこに気づいて絶望した本人が自死を選んだ。

子どもの行方不明事件の犯人は、やっぱり奏次郎だった。その後の女の子に対する痴漢《ちかん》も彼ではないか。人気の凋落《ちょうらく》とともに罪と向き合うようになって自死を選んだ。

真相は分からないまま、傷の癒《い》えた奏次郎が精神科病院に入ったらしい……という噂が流れたあと、子どもの行方不明と笛吹き男の自殺未遂の二つの事件は、やがて人々の口に少しものぼらなくなっていく。

一応これで諸々の事態は収束したかに思えた。畠山仁美が帰ってきたわけでも、犯人が逮捕されたわけでもなく、まったく何の解決も見ていないのに、そういう空気が少なくとも日引町には広まった。

ところが、笛吹き公園に少しずつ子どもの姿が戻りはじめたころから、何とも無気味な噂が囁かれるようになる。

大公園の四阿で友だちとお喋りをしていたら、小山から笛の音が聞こえた。

まだらの服を着こんだ何かが小山から現れて、大公園の芝生をグルグルと回った。

小公園の砂場で遊んでいると、小山に登る細道に女の子が見えて手招きされた。

小山の天辺に長い間いると耳鳴りがして、やがて何かの調べのように聞こえ出す。

これらの体験談のせいで再び笛吹き公園から人気が消えた。一時「心霊スポット巡り」と称して大学生たちが夜中に訪れていたが、本当に「洒落《しゃれ》にならない目に遭った」という噂が出て下火になったらしい。そういう話があると普通もっと人を集めそうなものだが、この笛吹き公園では違った。

あそこは恐ろしいんじゃなくて忌まわしいんだよ。

小山で肝試しをした大学生のひとりが、インターネットの怪談系のホームページに書きこんだ当時のコメントである。

その後、この小山の天辺——ひとつだけあるベンチの向かい——に祀られている小さな祠が建て替えられた。行方不明の子どもか、自死を試みた容疑者か、いずれかに対する供養のためかと誰もが思った。ただ、それにしては妙だった。

どちらも死んではいない。子どもに関しては「もう生きていないだろう」と考える者も少なからずいたようだが、さすがに「供養」するのは早計だと誰もが感じたらしい。そもそも子どもの家族に対して失礼ではないか。容疑者も自殺未遂で命は助かっている。また仮に自死が成功していたとしても、ああいう事件で疑われた人物のために、果たして祠を建て替えるだろうか。それが有り得るとすれば、いずれかの家族が関わっている場合だろう。

いったい誰が祠を新しくしたのか。

その正体を日引町の人たちが知ったとき、何とも不穏な空気が年配者の間に流れた。みんな口を閉ざしているのに、目だけは物を言っている。自分たちのとっくに成人した息子や娘が、その名前を言い出そうものなら慌てて止める。まさに「触らぬ神に祟《たた》りなし」の態度を老人たちは取ろうとした。

問題の祠を建て替えたのは、あの垂麻家だった。色々と曰《いわ》くに満ちた一族の誰かが、笛吹き公園の小山の天辺にかつて祠を建立しており、それを笛吹き男の事件後にわざわざ建て替えたのだから、昔をよく知る年寄りたちが警戒《けいかい》したのも無理はない。

あの祠にお参りして大丈夫なのか……。

年配者たちの誰もが懸念した。祠の格子の中を覗いた剛《ごう》の者によると、毒々しい朱色が見えたという。それは達磨の赤だったのか。さらに赤っぽい何かの前に、黒くて小さな三つの影が並んでいたらしい。人に似た獣《けもの》のような……。

以上のような笛吹き公園の「歴史」を、もちろん聖衣子は知らなかった。にもかかわらず彼女は、あの小山のほうを見やる仕草を、幼いころに見せていた。そして奈永は、あの小山から何かがやって来る……と幼いころに感じていた。

笛吹き男事件から十年後に、よりによって自分が笛吹き鬼という遊びを考えたのだと分かり、思わず聖衣子はぞっとした。

第十一章　重なる因縁

笛吹き男事件とその後の出来事について、問題の資料を読み進めていた背教聖衣子は、かなりの衝撃を受けた。三十三年前から二十三年前にかけて起きた、これら一連の事件に関わった者たちの奇妙な因縁を知ったせいである。

それをまとめると以下のようになる。

松島妃菜の神隠し事件のとき、摩館市立第二小学校の金網を乗り越えて小公園に現れた教師の三根翔は、笛吹き男の自殺未遂事件で、瀕死の遠見奏次郎を小山の上のベンチで発見した高校生だった。

同事件のとき、西側の道路から雑木林を抜けて小公園に現れた交通安全ボランティアの北越は、笛吹き男事件で現場に駆けつけた警察官のひとり、後藤詢子《じゅんこ》だった。このとき彼女はとうに警察を退職して結婚しており、姓も「北越」になっていた。

同事件のとき、小公園の東側の緑道から現れた日引町の町内会の会長である大桐謙作は、笛吹き男事件で遠見奏次郎のことを「ハーメルンの笛吹き男みたいだな」と口にした散歩中の人物だった。

同事件のとき、小山側の藪の中にいるところを大桐によって見つかったラジオ小母さんの正体は、笛吹き男事件で行方不明になった畠山仁美の母親の夏那子だった。

同事件のとき、奈永が小山の細道にいるのを目撃したまだら男とは、精神科病院から退院していた遠見奏次郎だった。

　つまり笛吹き公園の大公園と小山で発生した過去の笛吹き男事件の関係者たちが、小公園で起きた松島妃菜の神隠し事件の際に奇しくも一堂に会した……ようにしか見えない状況が、あのときの現場にはあったことになる。

　奇遇とも因縁とも運命とも呼べそうな「偶然」の中で、もっとも聖衣子がショックを受けたのは、ラジオ小母さんの正体である。

　妃菜の事件の十年前に、小山で女の子が消えていた……。

　その子のお母さんが、あのラジオ小母さんだった……。

　聖衣子は子どものころから、狂信的な母親とは距離を取っていた。そして独身の今、彼女に子どもはいない。

　だが、ひとり娘を想うあまり可怪しくなったらしい畠山夏那子の姿には、やはり少なからぬ同情の念を覚えずにはいられない。

「……可哀想な人だったんだ」

　しんみりとした口調でつぶやいたあと、

「私たちの遊ぶ姿をラジオ小母さんは、どんな気持ちで見ていたのか」

　そう声に出して思わず自問したのだが、ある記事の一文が目に留まったところで、すうっと肝の冷える気分を味わった。

　……どういうこと？

　ある週刊誌の一文に、夏那子は「いつも持ち歩いていたラジオから、特別な放送を受信していた」と書かれている。しかも、その放送は「消えてしまった仁美ちゃんの居場所を伝える」

内容だとあった。つまり毎日ラジオから「仁美ちゃんは今日、どこそこにいる」と伝えてくれるということらしい。

その「どこそこ」の多くが、小公園の中を指していた。だから夏那子は、聖衣子たちが隠れんぼうで身を隠す場所に、まるで先回りするようにいたのだろう。そこに彼女たちが行ったとたん、あっさりと明け渡してくれたのは、すでに娘の仁美がいないと分かっていたからではなかろうか。

いや、その前に――。

このラジオの特別な放送とは、いったい何なのか。

それを考える必要があると聖衣子は思った。もちろん最大の原因は、夏那子が心を病んでいたことである。それは理解できる。しかし「放送」の内容には、おそらく納得できる説明がつけられるのではないか。

「畠山仁美が消えたのは、あの小山のようだけど……」

彼女は各種の記事をふり返りながら、

「子どもたちの行列は、大公園から小公園に向かった。だから夏那子さんは、消えたひとり娘がいるとしたら、きっと小公園内のどこかだ……と信じた」

自分の考えをまとめるように、

「つまりラジオ放送は、彼女の心の声ってわけか」

一番これが合理的な解釈だろう。だからと言って決してすっきりはしない。どうしても気持ち悪さを覚えてしまう。

あとの四人――遠見奏次郎、大桐謙作、三根翔、北越（後藤）詢子――について書かれた記事の中で、ことさら目につくような情報は見当たらなかった。

妃菜の事件において、もちろん遠見奏次郎は有力な容疑者になったようだが、警察は任意同行を求めただけらしい。その後もすぐ家に帰されているため、おそらく犯人ではないと見なされたのではないか。笛吹き男事件のときは二十七歳、妃菜の事件では三十七歳、今は六十歳になっている。

しかし、どう考えても怪しいのは奏次郎だろう。笛吹き男事件、妃菜の神隠し事件、奈永の襲撃未遂事件と、三つの現場に彼の姿——二番目と三番目は彼と思しきまだら男——があったのだから。畠山仁美と松島妃菜の不可解な失踪の仕方も、気味の悪さがつきまとう笛吹き男すなわちまだら男に合っている。

ただ、そうなると橘葵衣の神隠しはどうなるのか。あの現場には奈永もいた。どうして彼女は、まだら男を目にしなかったのか。なぜ葵衣のときだけ……。

大桐謙作は地元の資産家で、取材にも積極的に応じている節があった。笛吹き男事件のときは四十七歳で、一族が経営している地元の会社の役員をしていた。妃菜の事件では五十七歳ながら、早くも現役から退いて悠々自適《ゆうゆうじてき》の生活だった。この年から向こう十年間、彼は日引町の町内会の会長を務めることになる。今も存命なら八十歳である。

三根翔の父親は市議会議員で、翔自身はオーディオ機器のマニアであると書かれていた。自殺未遂の奏次郎を発見したときは、十七歳の高校生だった。妃菜の事件では二十三歳で、摩館市立第二小学校の教師になっていた。今は四十六歳である。

後藤詢子は笛吹き男事件のとき二十二歳で、警察官だった。二十四歳で結婚して退職したため「北越」の姓に変わり、妃菜の事件では三十二歳となり、交通安全ボランティアをしていた。

車の運転が好きで、たとえ近場でも乗っていく。という事件とは無関係としか思えない情報も載っており、当時の報道の過熱ぶりがうかがえる。今の彼女は五十五歳である。

中学生だった聖衣子と奈永は目を通していないが、笛吹き男事件と妃菜の神隠し事件における関係者の因縁を取り上げた記事もあった。それが葵衣の神隠し事件になると、そこにオカルトの要素が加味されはじめる。

ようやく笛吹き男事件と三人少女事件の全貌を知った彼女は、明日からの活動計画を練らなければ……と思いながらも、さすがに疲れていたようでシャワーを浴びたあと、軽くワインを飲んだら眠ってしまった。

翌日の火曜の朝、聖衣子は起床すると、すぐ奈永にメールを送った。

遠見奏次郎、畠山夏那子、大桐謙作、北越詢子、三根翔、松島秋菜の連絡先について、母親の利恵に尋ねて欲しい――という奈永が嫌がるに違いない頼み事をするために。全員について訊くのが無理そうなら、大桐ひとりでも構わないと、一応の譲歩も見せておく。

これが普通の取材であれば、もちろん彼女も自分で調べたと思う。だが今回は僥倖《ぎょうこう》にも、六人すべての連絡先を知るかもしれない人物が、ごく身近にいる。これを利用しない手はないだろう。

六人の中で特に大桐謙作を選んだのは、八十歳という年齢を考えてである。元気であれば良いが、この高齢は考慮する必要が大いにあるだろう。ちょっと前までは大丈夫だったのに、最近は認知症の兆候が出てきて……などと言われる懼れも想定できるだけに、一日でも早く会うに越したことはない。

朝食のあと、聖衣子はパソコンに向かい、過去の事件を一通りまとめた。こうしてテキスト化することで、より深く理解できる。今回のように人間関係が入り組んでいる場合は、いったん文字に起こしたほうが分かりやすい。

午前中の大半を費やしてパソコンに打ちこんだところで、奈永から返信が届いた。いっさいの挨拶を抜きにして、ただ「私たちの職場体験先だよ」とだけ書かれている。

……職場体験？

聖衣子は首をひねったが、それも束の間だった。すぐさま当時の奈永との会話が、ぶわあっと脳裏に蘇りながら広がった。

あれは高校二年生の夏休み前で、聖衣子は進路について奈永から相談を受けた。

奈永の母親は当時、子どもに対する過度の期待を娘から息子へ、とっくに移していたにもかかわらず、相変わらずの教育ママぶりだけは発揮していた。そのため奈永は大学進学を完全に強要されている状態だった。しかも私立ではなく学費の安い国公立しか認めず、もちろん浪人も許さないと強く言われていた。

「受験した国公立の、すべてに落ちたら？」

聖衣子が念のために尋ねると、

「今から落ちることを考えるなんて、駄目でしょ」

奈永が母親の口真似をしつつ、まったく答えになっていない返答を伝えた。

「つまり小母さんの頭の中には、国公立の大学生になった奈永の姿しか、もう映っていないわけね」

「それ以外の未来は見えていない……。というよりも見たくないんでしょ」

「……重いなぁ」

「受験に失敗したら私、家から追い出されるかも」

「大学に行けと言われるだけ、うらやましいけどね」

つい聖衣子が本心を漏らすと、はっと奈永が身じろいだ。

「……ごめん」

「別に謝る必要はないよ。奈永の立場になったら、それはそれで大変でしょ」

「……うん。どこにも逃げ場がない気がする」

このとき二人は話し合って、学校が実施する「夏休み中の職場体験」に申しこみ、摩館市にある〈特別養護老人ホーム里山《さとやま》〉で数日間の実習を行なうことにした。

奈永は母親に対する反発心から、聖衣子は就職先の候補のひとつとして。

彼女たちは介護の仕事も体験したが、あくまでも介護士の補助としてであり、その役目の多くは老人たちの話し相手だった。ホームとしては技術的なことを学ばせる以上に、きっと入居者とのふれあいを重視したのだろう。

結局は二人とも、この職場体験を活かす道を選ばなかった。奈永は母親の反対を押し切りながらも祖母の手助けで短大に進み、聖衣子は伯父の援助を得て大学に進学した。

それが今、こんな形で関わってくるとは……。

奈永の返信を読み解く限り、大桐謙作は老人ホーム里山に入居しているらしい。これは面会に行くしかない。

ただし問題は「特別養護」の部分にあった。在宅で日常生活を営むのが困難な「要介護3」以上の高齢者が、この施設に入るからだ。高校二年生の夏休み中の職場体験で勉強した知識は、ちゃんと今でも覚えている。つまり大桐謙作と面談できたとしても、まともに会話が成立するのかどうか。それは実際に会ってみないと分からない。

聖衣子はインターネットで、特別養護老人ホーム里山のホームページを開いて、行き方と面会について調べた。もっとも簡単なアクセスは、摩館駅からバスに乗ることらしい。面会時間は午前九時から午後七時まで。家族や身内でない面会者は、できれば事前の予約をして欲しいと書かれている。

さて、面会の理由をどうするか。

とっさに適当な嘘を思いついたのは、やはり作家だからか。だが往々にして、そういう嘘は自分の首を絞める羽目になる。

ここは正直に作家だと名乗って、町内会の会長だった彼に取材をしたいと伝える。子ども時代の思い出を題材に、摩館市を舞台にした新作を書くためだと説明する。別に嘘はついていない。肝心な内容を端折《はしょ》っているだけである。

さっそく聖衣子は里山に電話すると、今日の午後の面会予約をした。特に時間の指定はなく、午後なら何時《なんどき》でも良いらしい。

土産について尋ねたところ、必要はないと遠回しに言われる。それでも取材の謝礼だと伝えると、大桐は和菓子《わがし》が好きだと教えられた。嚥下《えんか》の問題は少しもないが、咀嚼しやすくて呑《の》みこみやすい菓子を薦められる。

礼を述べて電話を切ったあと、はたと聖衣子は悩んだ。

里山で大桐と面会してから、どうするか。

このマンションからJR中央線の三鷹駅まで歩き、そこから武蔵境《むさしさかい》駅まで行って、西武多《せいぶた》摩川《まがわ》線に乗り換えて白糸台《しらいとだい》駅で下車して、京王《けいおう》線の武蔵野台《むさしのだい》駅まで歩いて——という摩館駅までの道程は、決して短いわけではない。だからと言って取材のために摩館で宿泊するほど、別に遠いわけでもない。

普通なら実家を頼るんだろうけど……。

あそこには泊まれない。絶対に泊まりたくない。何が何でも避けるべきである。そういう思いがとにかく強い。

取材のたびに摩館市へ通うとなると、一回の摩館行きで一箇所しか訪問しないのは、いくら何でも効率が悪い。そこからどこかへ回り、誰かと会う予定を立てる必要がある。

いったい誰と？

奈永からのメールはその後ない。幼なじみの好意に頼っている以上、ここは催促《さいそく》するのではなく我慢して待つべきだろう。

その間に聖衣子が調べられそうな人物は、できるだけ連絡先を突き止めておきたい。それは誰だろうかと考えかけて、自分の信じられない見落としに彼女は気づいた。

関係者の住所なら、記事に載っていたではないか。

聖衣子と奈永が小学生のとき、妃菜の松島家と葵衣の橘家は、どちらも摩館市から引っ越しをしている。そのため妃菜の母親である松島秋菜にも、葵衣の母親である橘絹子にも――彼女は亡くなったと今では知っているが――すぐに会って話を聞くことはできない。そういう頭があったため、他の関係者の居所も分からないと、どうやら思いこんでいたらしい。

「まったくマヌケだなぁ」

溜息をつきつつ各種の記事を見直してみると、遠見奏次郎と大桐謙作は日引町の、畠山夏那子は川添《かわぞえ》町の番地まで載っている。後者は聖衣子の実家がある川角町の隣ではないか。とはいえ畠山家のことは何も知らない。母親が近所付き合いを一切しなかったから無理もないが、こんなに近くにいたのかと少しだけショックを受ける。北越詢子と三根翔の住所がないのは、容疑者でも被害者でもないため当然かもしれない。大桐が例外なのは、きっと町内会の会長だったからだろう。

……奏次郎と夏那子か。

大桐謙作のあとは、この二人の家に行くことに決めた。ただ、この組み合わせに少し躊躇を覚えたのは、致し方なかったかもしれない。

どちらも普通の精神状態では……。

そういう人たちに立て続けに会うのは、果たしてどうなのか。そもそも会話が成立するのか。それが可能として、過去の事件について尋ねても大丈夫だろうか。先方の症状が悪化する懼れはないのか。

三十三年前と二十三年前だから……。

さすがに問題はないと思うのだが、当然ながら聖衣子は精神医学に関して素人《しろうと》である。そんな勝手な判断をして良いものかどうか。

けど入院しているわけではなく、もう通院もしていないのだったら……。

おそらく差し障りはない気がする。本人の許可は必要ながら、あとは普通に話ができるのではないか。

とにかく会ってから考えるしかない。

聖衣子は支度をしてからマンションを出た。駅へ行く前に寄り道をして、三つの菓子折を買う。そこそこの値段で、かつ嵩張らない品を選ぶ。

奏次郎と夏那子のあとは、摩館市立第二小学校に行くか。

駅のホームで電車を待ちながら、さらなる予定を聖衣子は立てた。三人との面談が上手くいったとしても、まだ夕方の早い時間かもしれない。そのころには学校の授業も終わって、もう放課後になっているのではないか。

作家になった卒業生が母校を訪れるのだから、まず追い返される心配はないと思う。ただし彼女が卒業してから十八年が経つ。知っている教師が残っている可能性は、ほとんどないと考えるべきだろう。仮に在校していたとしても、三根翔の現住所が分かるかどうか。それが分かったとしても、こちらに教えてくれるかどうか。

教師の個人情報だからなぁ。

そこで聖衣子は、三根翔の父親が市議会議員だったことを思い出した。父親を調べれば実家は突き止められるかもしれない。

ホームに入ってきた電車に乗りながら、聖衣子は思った。

今日の午後は、忙しくなるぞ。

しかしながら彼女は、もちろん知らなかった。この日の行動によって、ずっと眠っていた邪悪な力が、再び目を覚ましてしまうことを……。

ある信仰（三）

そこには毒々しいまでに朱色の丸い何かがあった。

……達磨？

よくよく目をこらして見ると、あの有名な縁起物のように映る。しかし本来はめでたいはずのものが、なぜか忌まわしい存在として、そこに祀られているように思えてならない。

これは違う何か……。

それとも達磨ではないのか。格子越しに目を近づけて、しげしげと眺める。すると遅まきながら、両の目が真っ黒なことに気づいた。

普通の達磨は願い事が叶ったあと、墨で黒目を入れて祝う。だが、あくまでも黒目であって、その周囲の白目部分まで塗りつぶさない。

ところが、この堂に祀られた達磨は、大きな両目自体が真っ黒なのだ。

いいや、違う……。

第十二章　老人ホーム里山

摩館駅前から乗った市営バスは、摩館市の北東を回るようにして、真北の山裾《やますそ》に建つ特別養護老人ホーム里山へ、背教聖衣子を運んだ。

あれ、なんか古くないか。

再会した里山の施設は、ちょっと年季が入っているように見えて、とっさに彼女を戸惑わせた。記憶の中では真新しく綺麗《きれい》だったからだ。しかし高校の夏休み中の職場体験は、もう十三年も前のことになる。建物が少し古びて映るのは当然かもしれない。

改めて目に入る里山の印象は、何らかの公共施設＋病院という感じである。彼女は他の公営の老人ホームを知らないため比較はできないが、地元の資産家である大桐謙作なら、もっと贅を尽くした私立の老人ホームにでも入居できるのではないか。

受付で予約の件を伝えると、面会表に記入を求められた。それを本名で書いているとき、受付の職員に尋ねられた。

「大桐謙作さんは共有スペースにおられますけど、お顔は分かりますか」

「……いいえ、もう何年もお会いししていないので、他の入居者さんがおられる中で、ご本人を見つけるのは無理かもしれません」

最後に見かけたのは、小学校の高学年だったか。とはいえ会話をしたわけではない。あれから少なくとも十八、九年は経っている。

「では、ご案内します」

先導する四十代半ばくらいの職員――名札には「西丘《にしおか》」とある――に礼を述べつつ、聖衣子はあとに続きながら、

「教えていただける範囲で構いませんので、ちょっとお訊きしたいんですが、大桐さんは要介護3でしょうか」

「いいえ、そのご心配はいりません。日常生活に少し支障をきたす認知症なんですが、日や時間によっては、まったく問題ないときも多いんですよ」

「ありがとうございます。安心しました」

そう個人的には思ったのだが、大桐本人の立場になって考えた場合、まったく逆の気持ちになりそうだった。

特別養護老人ホームの入居要件は、基本「要介護3以上」と定められている。自分ひとりでは日常生活における多くのことができず、常時介護が必要とされ、より専門的なケアも求められる。このように介護の負担が大きい場合が、要介護3に当たる。入居者の年齢は八十五歳から九十四歳までがもっとも多い。

要介護の1および2は、部分的な介護があれば日常生活を自分ひとりでも送れる。要介護3に比べると、本人の自立性が高いと言える。よって特別養護老人ホームへの入居は、普通ならできない。

ただし要介護の1および2の場合でも、入居が認められる条件がいくつかある。

認知症のために、日常生活に支障をきたすほどの症状や行動、また意思疎通の困難さなどが頻繁に見られること。

知的障害や精神障害のために、日常生活に支障をきたすほどの症状や行動、また意思疎通の困難さなどが頻繁に見られること。

家族などの深刻な虐待が疑われ、心身の安全と安心の確保が困難であると見られること。

単身世帯のため、または家族が高齢あるいは病弱のため、その支援が期待できず、地域の介護サービスや生活支援の供給も不十分であると見られること。

大桐は認知症のため、この条件に当てはまりそうだが、西丘の話を聞く限り「日常生活に支障をきたすほど」とは思えない。となると「家族などの深刻な虐待」があったのか。しかし資産家である事実を考えると、家族の手をわずらわせる必要などなく、いくらでも介護スタッフを雇えたはずである。

……厄介払《やっかいばら》い。

そんな言葉が聖衣子の脳裏に、ふと浮かんだ。「日や時間によっては、まったく問題ないときも多いんですよ」という大桐にとって、ここでの生活はどう映っているのか。

共有スペースに着いたところで、さっと目を走らせた彼女は、

「あの方が、大桐さんですよね」

少なからぬ自信を持って、ひとりで座って庭を眺めている老人を指し示していた。

「はい、よく分かりましたね」

「あの福耳が、ぱっと目に入って、それで思い出したんです」

「ご立派ですからね」

西丘は微笑みながらも、そのまま先導を続けた。

「お声がけは私がして、最初のご紹介だけしますね」

大桐の反応を間近で見て、ひとまず聖衣子は安堵した。ちゃんと西丘の説明を理解したうえで、かなり興味深そうに彼女を眺めたからだ。

「これ、お口に合うと良いのですが――」

聖衣子が菓子折を差し出すと、大桐が礼を言って受け取り、それを西丘に渡したのは、そういう決まりでもあるからか。

「お話をするなら、外のテラスがいいな。出ても構わんだろう」

前半は聖衣子に対して、後半は西丘に許可を求めるように、大桐が口にした。

「はい、大丈夫ですよ」

彼の受け答えから何ら問題はないと、どうやら西丘は判断したらしい。

「またあとで、ご様子をうかがいに来ます」

それは聖衣子に向けられたが、もちろん大桐を気遣った言葉である。

「藤棚に行こう」

大桐は窓の外のテラスではなく、少し離れた藤棚の下に彼女を誘った。

「場所を変えても大丈夫ですか」

「これくらいなら、まぁ大目に見てくれるだろう」

いたずらっ子のように笑ったあと、

「テラスだとね、思わぬ邪魔が入るかもしれない」

「他の入居者の方とか……」

「うん。ここがイカれた者の乱入もあるけど、まともなヤツでも、みんな暇だからね」

頭を人差し指でたたきながら笑っている大桐の顔には、どこか達観している様子が感じられて、彼女は複雑な気持ちになった。

ここに入れられてしまった自分もふくめて、あくまでも周囲を客観視している。かといって悲観するわけでもなく、持ち前のユーモラスな視点で観察している。そんな風に聖衣子には、大桐謙作という人物が映った。もちろん彼女の勝手な解釈に過ぎないが、当たらずといえども遠からずではないか。

「この時季の藤棚に、わざわざ来るヤツもおらんだろう」

「春になると、さぞ見事なんでしょうね」

「うんまぁ、そうかな」

この返答によって大桐の入居が、今年の春を過ぎたあとらしいと推測したものの、その点にはまったく触れずに、

「職員の西丘さんがお伝えしたのは、私の作家としてのペンネームではなく本名なんですけど、お聞き覚えはないでしょうか」

聖衣子は一抹の希望を胸に、そう尋ねてみた。

「……成瀬京子さん。さて、ここが大分イカれてるのでね。仮に思い出せなくても、勘弁して下さいよ」

自分の頭を指差しながら、大桐が申し訳なさそうにしている。

「いいえ、私の名前など覚えておられなくて、当然かもしれません。それで今度は、私の幼いころの友だちの名前をお伝えしたいのですが――。松島妃菜、橘葵衣、砂渡奈永という名前に、お心当たりはありませんか」

大桐は口の中で小さく、三人の名前を呪文のように何度も発していたが、

「あぁっ……」

急に大きく口を開くと、そのままの顔を彼女に向けた。

「お、覚えておられますか」

「笛吹き公園の、ま、まだら男……。小公園の、神隠し……」

絞り出すような声が、彼の口から漏れた。

「そ、そうです。今から三十三年前に、笛吹き公園の大公園と小山で、畠山仁美の神隠しが起きます。その十年後、小公園で松島妃菜の神隠しがあり、大公園で砂渡奈永がまだら男に襲われそうになり、御屋敷町の住宅地で橘葵衣の神隠しが起こりました。私は松島妃菜の事件のとき、現場となった小公園にいました。彼女たちといっしょに、あそこで笛吹き鬼をして遊んでいたんです」

「……ふ、笛吹き鬼」

「はい。私が考えた遊びで――」

聖衣子は説明しようとしたが、どうやら大桐の興味は別にあるらしい。

「……お、お、鬼」

「鬼がどうかしましたか」

「……お、鬼っ子」

「それは何のことです？」

「……まの鬼っ子」

完全には聞き取れなかったにもかかわらず、彼女の背筋がぞくっとした。なぜなら「鬼っ子」の前の部分を最近どこかで、確かに耳にした覚えがあるような、そんな感覚に囚われたせいだ。

……いったいどこで？

思わず考えこみそうになって、聖衣子は慌てて気を取り直した。それよりも今は、大桐から当時の話を聞き出せるかどうかである。

しかし残念ながら、すっかり彼は変わってしまっていた。彼女を藤棚まで案内した如才のなさなど、まったく見当たらない。まるで認知症の症状が突然、一気に進んだかのような印象を受けるほど、どう見ても普通ではなかった。

「……大桐さん？」

聖衣子の呼びかけにも、ほとんど反応しない。

しまったなぁ。

いきなり妃菜と葵衣と奈永の名前など出さずに、もっと遠回しに事件の話へ持っていくべきだったと反省したが、もはや後の祭りである。

「誰々さんは最近、めっきり目が見えんようになった……」

すると大桐が突然、そう言って入居者の名前をあげた。

「親しいお友だちですか」

聖衣子が戸惑いながらも尋ねたところ、

「誰々さんは最近、めっきり耳が聞こえんようになった……」

別の人の名前を口にして、さらに続けた。

「大桐さんは、そのお二人と仲が良いんですね」

どう対応するべきか分からなかったので、彼女は無難なあいづちを打ったのだが、

「誰々さんは最近、めっきり口をきかんようになった……」

と彼が三人目の名前を口にした直後、あっと声が出そうになった。

大桐が名前をあげた三人は、このホームの実際の入居者だろう。ただし老人の脳裏に本当に浮かんでいるのは、実は別の三人ではないのか。

葵衣と奈永と妃菜の、それぞれの母親たち。

なぜなら葵衣の母親は視力に、奈永の母親は聴力に、妃菜の母親は発語に、それぞれ軽い障害があるから……。葵衣の母親だけは「あったから」の過去形になってしまうけれども。

聖衣子はさり気なく、三人の母親について話題にした。だが相変わらず大桐は、まったく反応しない。

「私と仲良しだった奈永のお母さんは、昔から少し耳が悪くて……。でも、それで妃菜と葵衣のお母さんたちとも、仲良くなれたようなんです」

そこで正面から切りこんだものの、やっぱり同じだった。あとは何を話そうと、老人は遠くを見るような眼差しで黙ったままである。

いったい何が言いたいのか。

彼女は首を大いにかしげながらも、その場で一心に考えた。

あの神隠し事件の犯人の狙いは、実は三人の少女たちではなく、その母親のほうだったのではないか——という推理も当時はあった。それを大桐は蒸し返そうとしているのか。

でも、いったいどうして？

ひょっとして犯人の心当たりがあったとか。

そんな想像が脳裏を過り、まさか……否定しかけて、その可能性が低くないことに、はっと聖衣子は思い当たった。

大桐は日引町の町内会の会長だった。そのため事件の関係者たちの事情に、もっとも通じていたとも言える。

けど、もし犯人を知っていたのなら、なぜ警察に言わなかったのか。

なぜなら問題の犯人とは、親しい間柄だったから……？

そこまで考えを進めて、彼女はぞくっとした。その怯えが伝わったとも思えないのだが、いつしか大桐が不安そうな顔をこちらに向けている。

お年寄りの心を乱してはいけない。

聖衣子は再び反省したが、今の状況からの抜け出し方が少しも分からない。ここを訪ねる前に認知症の人との接し方について、ちょっとでも調べておくべきだったと悔やんだ。

そのとき上品そうな老婦人が、ゆっくりと歩行補助器を使いながら藤棚にやって来た。両手を置く持ち手と車のついた四つの脚を持つ補助具で、その見た目から「老人用手押し車」とも呼ばれている。

大桐が闖入者《ちんにゅうしゃ》を嫌がるかと心配したが、実際は逆だった。にっこりと微笑んで軽く会釈する老婦人を目にして、彼の遠い眼差しが今ここに戻ってきたような感じを、ふっと聖衣子は受けた。

「奈永ちゃんのお母さんの利恵さんも――」

その証拠に大桐の様子は、すっかり元に戻っている。

「実は、まだら男を見てるんですよ」

ただし口にした内容が問題だったため、彼女は急いで尋ねた。

「いつ、どこで、ですか」

「私と出会ったあと、彼女が家に帰る途中で……」

利恵は小公園に行きかけたものの、奈永の弟である永司がぐずるので戻ろうとした。そこで大桐に出会った。という話は聖衣子も知っていたが、そのあとがあったらしい。

「小山の雑木林から利恵さんの目の前に、まだら男がぱっと飛び出してきて、そのまま逃げていった……」

「そ、そのとき、まだら男は――」

肝心の質問をする前に、もう大桐は答えていた。

「うん、ひとりだった」

「妃菜はいっしょではなかった……わけですね」

「もっとも警察は任意で、ちゃんと遠見家も調べたらしい。しかし怪しいところは、どこもなかったと聞いてる」

「まだら男とは、やっぱり遠見奏次郎だった……」

こっくりとうなずく大桐を見ながら、だから遠見奏次郎は警察に引っ張られながらも、結局は釈放されたのだろう、と彼女は考えた。と同時に、こういう調査で資料だけに頼るのは危険かもしれない、と改めて察した。

「奈永ちゃんは、まだら男を見た……」

ここで大桐の口調が、またしても怪しくなった。

「は、はい。あの小公園で、そう言ってました」

「利恵さんも、まだら男を見た……」

「親子で目撃していたわけですね」

しばらく大桐は、あたかも虚空を見つめるような眼差しをしてから、おもむろに虚《うつろ》な表情を彼女に向けたかと思うと、

「……見たのか」

そんな訳の分からない問いかけを、いきなりしてきた。

「えっ、何のことです？」

「…………」

聖衣子が質問の意味を訊いても、何も答えないまま彼女の顔を、じっと相変わらず見つめ続けたあと、

「……見たのか」

「わ、私は、まだら男を見てません」

とっさに返したが、その答えはどうやら間違っていたらしい。

「……見たのか」

「まだら男を奈永が本当に目撃したのか、それとも利恵さんの前に本当に飛び出してきたのか、という意味でしょうか」

大桐の質問の真意を必死に考えて口にしたものの、

「でも当時の奈永に、嘘をつく理由はないと思います。利恵さんも同じです」

という当然の事実に思い当たって、即座に自分で否定した。

「……見たのか」

「いったい何のことを――」

言っているのかと問い質しそうになって、はっと聖衣子はある可能性に気づいた。

「ひょっとして利恵さんが、まだら男をかばった……とか」

「………」

無反応の大桐を見ながら、とはいえこの推理は弱いなと彼女は感じた。

そもそも砂渡利恵と遠見奏次郎に、町内のご近所同士という以上の接点があったのなら、とっくに当時の週刊誌が嗅《か》ぎつけているのではないか。しかも奏次郎は過去に笛吹き男事件を起こしたと見なされている。そんな人物が自分の娘の友だちである松島妃菜の神隠し事件の容疑者になった。かばう要素があるとは、どう考えても思えない。

聖衣子が大いに困惑していると、

「……見たのか」

またしても大桐が同じ台詞を繰り返したのだが、このとき彼女はふいに、彼の口調の微妙なニュアンスに気づいた。

これは……。

その意味があと少しで、どうにかつかめる。もう少しだけヒントをもらえれば、きっと分かる。そう彼女が勢いこんでいると、大桐の顔に新たな変化が見られた。

虚な表情が急に、しっかりとしはじめた。ようやく聖衣子と同じ世界に戻ってきたらしい。そう彼女は喜んだのだが、それも束の間に過ぎなかった。

「……あの変な笛の音が、聞こえる」

耳をすます仕草をしながら、大桐は怯えた顔を向けてくる。

「えっ、今ここで？」

慌てて聖衣子は耳をかたむけたが、何も聞こえない。念のために老婦人の様子も確かめたが、大人しく庭を眺めているだけである。

「いつです？　どこで聞いたんですか」

重ねて問い詰めても、やはり無反応だった。

ただ大桐謙作は、ひたすら彼女を見つめている。まるで彼自身が耳にした笛の音が、あなたにも聞こえるだろう……とでも言うような眼差しで。

今日は、これ以上は無理だろうか。

聖衣子が悩んでいると、案内してくれた職員の西丘が藤棚までやって来た。そして大桐に話しかけながら様子を観察したあと、やんわりと面談の終わりを告げてきたので、彼女も素直に従うことにした。

三人で共同スペースまで戻り、大桐と西丘に礼を述べる。その最中に視線を覚えたので、そっちを見やったところ、ひとりの女性がこちらを凝視していた。ちらっと目をやっただけなので自信はないが、知り合いとも思えない。

聖衣子は改めて二人に一礼してから、玄関へ向かった。そのとき例の女性も同じ方向に動き出したので、どきっとする。背後からは確かに、彼女のあとを尾ける足音がしている。

……誰？

ふり返って尋ねようかと思ったが、ただの勘違いかもしれない。このまま建物を出るべきだろうと考えていると、

「……き、きょ、きょこちゃん？」

後ろから声をかけられて、聖衣子は恐る恐るふり向いた。

たっぷり五秒間は、完全に固まっていたと思う。それから記憶が刺激されて、ためらいながらも呼び名を口にしていた。

「……ひょっとして、もえちゃん？」

相手が激しくうなずく。そこにいたのは確かに「もえちゃん」だった。笛吹き公園の小公園でいっしょに遊んだ、あの清水萌子が目の前にいた。

第十三章　見たけれど見ていない

聖衣子は特別養護老人ホーム里山の敷地内から、清水萌子が運転する古びたバンに同乗して外へ出た。

「ごめんね、ボロい車で」

「ううん、これって社用車？」

自嘲気味に苦笑する萌子に、そう聖衣子が返すと、

「うわっ、やっぱり京子だ。相変わらず鋭い」

大げさに騒ぎながら楽しそうに笑った。

二人で再会を喜んだあと、互いに名前を呼び捨てにしようと聖衣子が提案したのは、もちろん取材のためである。

「咲美の店で働いてるって、奈永に聞いたよ」

「あーっ、そうか。京子は奈永と仲良かったからなぁ。彼女は元気だった？」

「うん。まだ萌子は、奈永と会ってないんだよね」

「そのうち咲美と、二人で訪ねようって、いつも言ってるんだけど……」

あくまでも話だけで終わっている、ということなのだろう。社会人になってしまうと、そんなものかもしれない。

「あそこのファミレスでいい？」

道路の先に見えたファミリーレストランを萌子が示したので、聖衣子はうなずいた。

里山で「時間があったら、ちょっと話したい」と伝えると、「今日の仕事は、ここで終わりだからいいよ」と萌子が応じてくれた。

席に案内されて注文をして、互いの近状を簡単に報告したあと、今回の調査の件を聖衣子が切り出すと、

「すごいね。本物の作家の取材を、私は受けてるんだ」

やはり萌子は大げさな反応を見せてから、

「でも、それで分かった。里山には大桐さんを訪ねたんだね」

「話したことある？」

「直接はない。数人のグループの中に大桐さんがいて、介護士さんも交えて、みんなでお喋りしたことがあるだけ」

「ところで――」

改まった口調に反応したらしく、萌子が反射的に背筋を伸ばしたのは可笑しかったが、もちろん聖衣子は気づかないふりをして、

「私たちの生まれる前から、あの公園では事件が起きていて、その後も怪談めいた話などがあって、やがて妃菜と葵衣と奈永が巻きこまれた事件へと続くわけだけど、どこまで詳しく知ってる？」

「……一通りかな」

と答える彼女の顔には、事件に対する知識があることを決して有り難がっていないのが分かる、そんな表情が浮かんでいた。

「ほとんど咲美から聞かされたんだよね」

「なるほど。聞いたんじゃなくて、聞かされたのか」

申し訳なさそうに萌子は、

「妃菜と葵衣は神隠しに遭って、あの二人とチャイルドタレントに通っていた奈永は未遂に終わって、その奈永と仲良しだったのが京子で……という当時の友だち関係を考えると、そこから咲美と私は、やっぱり少し外れるでしょ。だから小さいころは怖かったけど、小学校の高学年くらいになると、いったい何があったのか、自分たちは何に巻きこまれたのか——って好奇心が出てくる。あっ、特に咲美がね」

「萌子は別に知りたくなかった？」

「怖いもの見たさは——あっ、ごめん。奈永に悪いよね。でも、そういう気持ちは正直あった。ただ、わざわざ自分で調べようなんて、とても思わなかった」

「しかし咲美は違った。そのうえ彼女は新たに知った事件の全貌を、いちいち萌子に教えないことには気がすまなかった。そんな感じかな」

「中学校までは四人ともいっしょだったけど、付き合いがあったと言えるのは、小学校までだよね。なのに咲美の性格、よく理解してるよ」

萌子は楽しそうに笑っていたが、

「今から私が知っている範囲で、あの事件に関わる話を全部するから、そこに含まれない情報がもし何かあったら教えて欲しい」

聖衣子が頼むと、とたんに真剣な顔でうなずいた。

三十三年前の笛吹き公園における笛吹き男事件から小山での遠見奏次郎の自殺未遂とその小

山にまつわる怪談、そして二十三年前の小公園での神隠し事件まで、聖衣子は知り得る限り詳細に話した。

その間、萌子は熱心に聞いてくれたものの、次第に怖がり出して終いには両耳をふさぎたがっているのが伝わってくるほど、かなり怯えた様子を見せた。

「……改めて聞くと、やっぱり気味悪いよね」

「何か見落としてることない？」

「うーん、私が咲美から聞かされた話よりも、むしろ京子の今の説明のほうが、もっと詳しいような気がした……」

「そうかぁ」

がっかりしている聖衣子に、どこか遠慮がちに萌子が、

「プロの作家さんに、こんなこと言うのは失礼だと思うけど、何十年も経った今になって調べて、事件の真相って分かるものなの？」

「いやいや、それは無理でしょ」

ノンフィクションを書くつもりも、事件そのものを小説化するつもりもなく、ただ新作の題材になるのではないか――と考えているだけだと聖衣子は伝えた。

「ふーん、つまり創作のヒントにするってことか」

「なんか萌子、肩透かしを食らったような顔してる」

「あっ、ごめん」

ぺこんと彼女は頭を下げると、

「私たちは幼かったから、あんまり分かってなかったけど、葵衣と奈永の小母さんたちが、ま

るで犯人のように疑われたっていうか、酷い非難を受けたのは、京子も今では知ってるでしょ。確かに妃菜の件については、葵衣の小母さんに責任がなかったとは、ちょっと言えない状況だったわけで……」

「だからと言って葵衣と奈永の小母さんに、妃菜を攫えたとは思えない」

「結局あれって、チャイルドタレントに子どもを通わせていた母親たちに対する、やっかみだったんじゃないかな」

そこには咲美と萌子の母親たちも入っていたのかもしれないが、聖衣子は何も言わずにうなずいた。

「あのとき小公園の近くにいた人物で、もっとも怪しいのは、まだら男……」

「遠見奏次郎か」

ここで聖衣子が里山で大桐から聞いた話――奈永の母親による目撃談――をすると、萌子は素直に驚いたようで、

「えーっ、そうなの。咲美に教えたら、きっと喜ぶよ」

それは奏次郎に対する疑いが薄れるからでは無論なく、単に咲美の好奇心が満たされるために違いないと、聖衣子は心の中で苦笑した。

「でもね、仮に奈永の小母さんの証言がなくても、よーく考えるとまだら男も、あのとき妃菜を攫うのは無理じゃなかったのかな」

萌子が首をかしげている。

「警察が任意とはいえ、ちゃんと遠見家の捜索もしてるしね」

「うん。つまり何が言いたいかっていうと、通り魔って呼び方が合ってるかどうかは分からな

いけど、そういう何者かが私たちの気づかないうちに、あのとき妃菜を攫って、そのまますぐに逃げ去ったんじゃないか……ってことなの。あの子は私たちの中でも、もっとも小柄で小さかったでしょ。ひょいと抱えて走れたんじゃないかと思う」

「おそらく警察も当時、そう判断したから市内全域に検問を張ったんだよ」

「でしょ。けど捕まらなかった。笛吹き鬼の正体は不明のままで、妃菜と葵衣の行方も分からないまま。この状態でいったい、どうやって調べるのかなぁ……って、私としては首をかしげるしかなくて……。どうして京子は今さら、この事件を調べるつもりになったのか」

かなり痛い指摘だったが、実のところ聖衣子にも、その肝心な部分は不透明だった。しかし今、萌子を前にして、思いつくまま彼女は語りはじめた。

「新作の題材に昔の事件を選んだのは、妃菜の神隠し事件に私も関わっていたから――が一番の理由になるかな」

その切っ掛けが先輩作家である速水晃一の言葉「ホラー作家の創作の根っ子には、子ども時代のトラウマがある――」だということも付け加える。

「二番目の理由は、関係者が私の幼なじみや顔見知りのため、きっと取材がしやすいと思ったから。現場の土地勘もあるしね。そして三番目は――」

と続けたところで、聖衣子はためらった。

……奈永にも話してない。

というよりも聖衣子自身が、たった今その理由に気づいたのかもしれない。

「三番目は何？」

しかし萌子は無邪気とも言える口調で、こちらの説明を待っている。

「妃菜が小柄だったから、きっと攫いやすかった……って、さっき萌子は言ったよね」

「う、うん」

「それは合ってる気がする。葵衣も大人しかったから、同じだったかもしれない。少なくとも咲美や私だったら、あの人攫いは失敗してたんじゃないかな」

「あーっ、それは間違いないよ」

萌子は真顔で賛同してから、はっと怯えたような表情になって、

「も、もし私だったら、やっぱり簡単に攫われてた？」

「そうだね。攫いやすい順番は、妃菜と葵衣、萌子、奈永、咲美と私になるかな」

「うん、間違いないよ。それで三番目の理由は？」

有り得たかもしれない過去を想像して怯えるよりも、目の前の幼なじみの話のほうが、やはり気になるらしい。

「二人の攫いやすさは認めるにしても、ちょっと上手くいき過ぎてない？　どちらか一方だけならまだしも、二人ともなんて変じゃない？」

「そう言われると……。けど奈永の場合は、失敗してるよ」

「あの子のときには、ちゃんと働かなかった……とか」

「えっ、何が？」

びっくりするような口調の萌子に、この感覚を説明することの難しさを改めて聖衣子は覚えながら、

「……人知を超えた力」

「それって、超常現象みたいなもの？」

ここで聖衣子は、奈永と自分が時おり感じていた笛吹き公園の小山に覚える恐怖を、萌子に打ち明けた。

「えぇーっ、ちっとも知らなかった」

彼女は大いに驚きながらも、すぐに顔いっぱい「?」マークを浮かべるようにして、

「その恐ろしい力って、あの小山に伝わってる怪談なんかと関係あるのかな」

「まだ何も調べてないいんだけど……」

自分の母親が信仰している怪しげな何かが原因かもしれない――と疑っているとは、さすがに聖衣子も言えないので、

「笛吹き男事件から妃菜たちの神隠し事件まで、十年も間が空いてるよね。仮に遠見奏次郎が犯人だったとしても、十年間も子どもを攫わなかったのは可怪しいでしょ」

「あの人は頭が変になって、その手の病院に入院をしてたんだよね。だったら入院期間が、ちょうど十年だったとか……」

「入院の事実はあるけど、そんなに長くはなかったと思う。それに自分で例にしておいて悪いけど、少なくとも妃菜の事件に関して彼の容疑はかなり薄いよね」

「あっ、そうだった」

萌子は自分が失言したように恥じたあと、明らかに厭がっている口調で、

「それだけ年月が経ってるのは、どちらも犯人が人間じゃなかったから……ということになるの?」

「笛吹き男事件のほうに、そんな印象を特に持ったかな。列になった子どもたちの中から畠山仁美が小山で消えたことで、そういうオカルト的な下地ができあがった。そして十年後、それ

が何かを切っかけにして発動したため、妃菜の神隠しが起きた――。という解釈も成り立ちそうな気がする」

「……私には難しくて、ちゃんと理解できないけど、ひとつ思い出した」

急に萌子は興奮した様子で、

「先々月だったかな、私が里山に行ったとき、大桐さんが共有スペースで女の人と喋ってるのが見えて、別に立ち聞きするつもりはなかったんだけど、その人のことが気になって、こっそり近づいたの。見覚えがないのに、なぜか知ってるように思えて……」

「で、知ってる人だった？」

こっくりと萌子はうなずいてから、とても意外な人物の呼び名を口にした。

「その女性、ラジオ小母さんだったの」

「えっ、彼女も入居者？」

「ううん、まだ六十歳くらいのはずだから、それはない。おそらく見舞いというか、面会者だったんだと思う。それまでも大桐さんを訪ねていたけど、私が目にしたのが、そのときはじめてだったのかもしれない」

「笛吹き男事件で、ひとり娘の仁美が小山で行方不明になって、その母親の畠山夏那子が、あのラジオ小母さんになった……という背景は、もちろん知ってるよね」

「かなり前に、咲美から聞いた。それで今、京子が畠山仁美の名前を出したから、その母親のことを思い出したの」

「よくラジオ小母さんだって分かったね」

するとと萌子は困惑した顔で、

「さすがに顔は覚えてなかったけど、大桐さんに話しかけてる仕草って言うか、その女性の雰囲気っていうか、妙に見覚えがある気がして……。そしたら彼女、手持ちの鞄から小さなラジオを取り出したの」

「……今でも持ってるのか」

その狂信性にぞくっとしながらも、子どもを想う親心にうるっとする、そういう矛盾する感情に聖衣子は囚われた。

「それで、あっラジオ小母さんだ——って分かったわけ」

「いったい大桐さんと何の話をしてたの？」

とたんに恥じ入るような表情を萌子は浮かべると、

「……ごめん。こっそり会話を聞く前に、ラジオ小母さんに見つかってね」

「にらまれて怒られた？」

「ぴたっと口を閉じたきり、じっと私を見つめ出してさ。あれは気味が悪かったなぁ」

ここで聖衣子は、ある疑問を覚えた。

「そもそもラジオ小母さんと、意思の疎通はできるの？」

「大桐さんとは喋ってるように、一応は見えたんだけど……。もっとも口を開いてたのは、もっぱらラジオ小母さんのほうだったかなぁ」

「それでどうした？」

「見つかったからには仕方ないと、二人の側まで行った。でも会話になんかならない。ラジオ小母さんは私を眺めるだけで、少しも喋らないしさ」

「大桐さんは？」

「見た……って一言だけ」

「何を？」

思わず気負いこむ聖衣子に、萌子は申し訳なさそうに、

「……分からない。しかも大桐さん、そのあとすぐ、見てない……って、また一言だけ口にしたからね」

「見た……と、見てない……って、どっちなの？　そもそも何を見たと、あの人は思ったのか。なぜ見ていないと、また否定したのか」

「えーっ、さっぱり分かんないよ」

まるで自分が非難されたように反応する萌子に対して、聖衣子は里山の藤棚の下での大桐とのやり取りを話した。

「京子にも同じようなこと、彼は言ったんだ」

「小公園に行く前だとすると、大桐さんが見たと思えるのは、奈永の母親とまだ赤ん坊だった永司くんになる。それは確かに『見た』だけど、すぐに『見てない』と否定するのは、ちょっと変だよね」

こっくりと萌子がうなずく。

「小公園に行ったあと見たものだとすると、葵衣と絹子小母さん、奈永と咲美と萌子と私、ラジオ小母さんこと畠山夏那子、交通安全ボランティアの北越詢子、摩館市立第二小学校の教師である三根翔になるわけだけど――」

「……人間なのかな」

萌子の突然ながら鋭い指摘に、聖衣子はぎょっとなった。

「大桐さんは実際『見た』ものの、やはり『見てない』と否定せざるを得ない、そんな何かだった……ということ？」

こっくりと萌子はうなずきながら、

「例えば、まだら男だった……とか」

「遠見奏次郎か。やっぱり彼の存在が問題に――」

と言いかけたところで、ゆっくりと萌子が首を横にふっている仕草に、聖衣子は気づいて驚いた。

「まだら男の正体は遠見奏次郎なんだろうけど、奈永が追いかけられた話を聞いたとき、さっきの京子の人知を超えた力みたいなもの……に対する怖さと同じものを、私は覚えたの」

「奈永を襲おうとしたのは、人間の遠見奏次郎じゃなくて、本物のまだら男……」

「そんなやつが本当にいるのか、もちろん私には分からないけどね」

「大桐さんは小公園に行く途中で、雑木林越しに小山にいるまだら男を目にした。でも今そこに遠見奏次郎がいるわけがないと、すぐに思った。過去の事件から十年も経ってる。そのうえ奏次郎は小山の上で自殺未遂まで図ってる。いるわけがない。だから『見た』けど『見てない』という矛盾した台詞となった」

「けど奈永の小母さんは、まだら男が小山から下りてきたのを、ちゃんと見てるんでしょ」

萌子の指摘に、聖衣子は首をふりつつ、

「小母さんは遠見奏次郎を、大桐さんは本物のまだら男を、それぞれ見たとしたら……」

と言った側から彼女は、もっと激しく首をふりながら、

「いやいや、いったい私は何を言ってるのか。それだと超常的なものの存在を、完全に認める

ことになる。第一まだら男なんて存在が、いつどこから、いかなる理由で生まれたのか。さっぱり説明がつかない。ただね、そう思う一方で、これらの事件の背後には、間違いなくオカルト的な何かがあると感じてもいる。だから――」

「……京子」

萌子の呼びかけで、はっと聖衣子が口を閉じると、

「事件のこと調べるの、止めたら？　やっぱり危険じゃないかな」

「三十三年前と二十三年前の出来事だよ」

「……京子に教えるのは、釈迦《しゃか》に説法だっけ？　そうに違いないけど、そんな怖い映画ってあるじゃない。主人公が過去の事件を調べはじめたとたん、眠ってた恐ろしい何かが目覚めて……ってやつ」

「萌子とホラー映画の取り合わせは珍しいから、咲美に付き合わされて観たとか」

こっくりと萌子はうなずきながら、

「だからさ、止めたほうがいいよ」

「いよいよ危なくなったらね。でもそうなる前に、できるだけ考えたい。特に今になって知った話について」

「大桐さんの謎の言葉の意味とか」

「それも無論あるけど、萌子と私と二度も口にする機会があったのに、まったく具体的に話さなかったのは、どうしてなのか。そこも気になる」

「認知症だから……」

「私も最初はそう思った。でも萌子も同じだったと知って、ちょっと都合良くないかって疑問

に感じた」

「その場合の都合って、大桐さんにとって？」

そう訊く萌子の表情には、またしても怖がっている感じが見え隠れしている。

「本当は説明できるのに、わざと話さないのだとしたら……」

「どうして？」

大桐には犯人の心当たりがあるのではないか……という聖衣子の推理を伝えたところ、あからさまに萌子は怖がる様子を見せながら、

「そう言えばあのとき里山で、大桐さんとラジオ小母さんの二人を見ているうちに、なんだか段々と恐ろしくなってきたのを、今ふっと思い出した」

「萌子もふくめて過去の事件の関係者が、偶然とはいえ三人も集まったから……」

「や、止めてよ、そういう言い方は……」

「ごめん。それで結局、二人とは話せなかったの？」

なおも萌子は怯えた表情で、

「その状態が厭だったから、どうにか二人と会話しようとしたけど、ラジオ小母さんは口を開かないし、大桐さんは一方的につぶやくだけだし……。そのうちラジオ小母さんだけでなく大桐さんまで、私を見つめ出して……」

「意味ありげに？」

「まさにそう。じぃぃぃと見つめられた。しかも二人の眼差しが、まるで次の犠牲者は私だって言ってるかのようで、ぞっとした。あれから二十三年も経ってるのに……」

「あなたを誰かと、実は間違えていた……とか」

そう聖衣子が指摘すると、はっと萌子は息をのんでから、

「さっき言ったけど、里山で私、ちゃんと大桐さんに挨拶してないの。ひょっとして奈永と間違われた？」

萌子の問いかけには答えず、聖衣子はつぶやいた。

「やっぱり大桐さん、笛吹き鬼を知ってるのかな」

「だったらどうして教えてくれないの」

「それは……」

聖衣子の脳裏に突然、ふっと恐ろしい考えが浮かんだ。

「そのとき、どちらも偶然いたから……」

「えっ、何のこと？」

「萌子が里山を訪ねたとき、事件の目撃者と犯人がいっしょにいた……」

「まさか……」

「目撃者は大桐さんで、犯人はラジオ小母さんこと畠山夏那子だった。前者は警告の意味をこめて、萌子から目を離せなかった。後者は過去に取り逃がした子どもの幻想を、ただ見つめていた」

「こ、怖いこと、言わないでよ」

萌子は抗議しつつ、とっさに反論もした。

「妃菜と葵衣の次に狙われたのは、私じゃなくて奈永でしょ」

「だから萌子は二人に、その奈永と間違われたのよ。それにラジオ小母さんが犯人だったとしたら、あの変な笛の音の正体の説明ができるかもしれない」

「そ、そうなの？」

「あのラジオって、もしかすると壊れてたんじゃないかな」

「消えちゃった娘の情報を――つまりは存在してない番組を、彼女は聞いてるつもりだったから、まともに受信できないラジオでも、確かに問題はなかったでしょうね」

「ラジオって局を選択するためにツマミを回したら、キュウとかピーッって、とても変な音が鳴るでしょ」

「あっ……」

萌子は口を半開きにしたまま、しばらく固まったあと、

「それが私たちには、変な笛の音に聞こえた……」

「まだ幼かったし、そもそもラジオを知らなかった。家にCDラジカセはあったかもしれないけど、それをラジオとして使っていたかどうか」

「いやー、どこの家も聴いてなかったんじゃないかな」

「だから全員が、とっさに変な笛だと勘違いした」

「やっぱり作家になる人は違うね。京子は名探偵になれるよ」

萌子はうれしそうに笑ったが、

「ミステリよりもホラーが好きだから、名探偵よりエクソシストがいい」

この返しには「へぇぇ」と困った顔をした。

「とはいえ大桐さんは年齢的にも、ラジオを知っていたはずでしょ」

しかも聖衣子が否定的な意見を口にしたため、今やあんぐりと口を開けている。

「……ち、違うの？」

「ラジオを知っている大桐さんが、そんな勘違いをしたとは思えない」

「……そうかぁ」

がっかりする萌子に、聖衣子は追い打ちをかけるように、

「それに萌子を奈永と勘違いしたっていう見立ても、よく考えると無理がある。私が本名を名乗っても、彼はすぐに分からなかった。妃菜と葵衣と奈永と、この三人の名前を出して、ようやく話が通じたからね」

「だったら私なんて、絶対に覚えてないよ」

「要は萌子の顔を目にして、大桐さんとラジオ小母さんが過去の事件を連想するなど、ちょっと考えられないことになる」

「二人に見つめられたのは、別に意味なんかなかったのかぁ。単に見知らぬ女が近づいてきたから、あっち行けと思われたのかもね」

さきほどまで怖がっていた萌子が、今はがっかりしている。そんな態度を示したのは、聖衣子の取材に自分が役立たなかったことを、きっと残念がっているからだろう。

「ところで、だれま様って知ってる？」

唐突だったが聖衣子は、母親が実家の仏間で口にした謎の言葉について、ふと萌子に尋ねてみる気になった。

「あれ……。どこかで聞いたような……」

「ほ、ほんとに？」

まったく当てにしていなかったため、この予想外の反応に聖衣子は前のめりになった。

「思い出せない？」

「ううっ、ここまで出かかってるのにぃ」

萌子は喉元をさすりながら、しきりに考えこんでいる。

「それも昔じゃないよ。つい一、二年ほど前のような気が……するのに、今ふっと大桐さんなら知ってるだろうって、そんな風に思ったのは、なんでだろう？」

「ああいうお年寄りの記憶って、ほんの数分前のことさえ忘れてしまうのに、昔の出来事ほどよく覚えているものなんでしょ」

「そうなると今の私の言い方は、かなり矛盾するよね」

すっかり萌子は自信をなくしたようなので、聖衣子はフォローするように、

「ここ数年のうちに起きた出来事だけど、その根っ子を辿ると数十年も前に遡れるため、とっさに大桐さんを連想したんじゃないかな」

「うん、よーく思い出してみる」

という言葉とは裏腹に、萌子が記憶の掘り起こしを無意識に怖がっている……ような気がして、聖衣子は厭な予感を覚えた。

だれま様を思い出すことで、まだら男よりも怖い何かが蘇るのではないか……と。

第十四章　まだら男の母

清水萌子は日引町まで、聖衣子を車で送ってくれた。ただし車中では、ずっと彼女を引き留め続けた。

「あの家に行くの、ほんとに止めといたほうが……」

「もしかして仕事で、遠見家を訪問した？」

萌子は情けなさそうな声で、

「……うん、行かされた」

「あーっ、そういうことか。過去の事件なんかに関係なく、遠見家は顧客になるかもしれないと、咲美は普通に考えたわけだ」

商魂《しょうこん》のたくましさに感心しつつも、自分が行くわけではなく萌子を差し向けるあたりが咲美だなと、聖衣子は心の中で再び苦笑した。

「奏次郎とは会えた？」

「ううん、彼の母親と話しただけ。広い家なんだけど、どうやら親子二人しかいないみたいだった。それに仕事には、まったくならなかった」

「母親って、かなりの年齢でしょ」

「八十の半ばくらいかな。でも、とても元気だった。こちらが長井電器のパートで、ほんとに仕事で訪ねたって分かるまで、ずーっと警戒心むき出しだったからね」

「こんなに年月が経っても、やっぱりそうなんだ」

　正直なところ、遠見奏次郎が事件に関わっているのかどうか、未だに聖衣子には判断がつかない。それでも彼がハーメルンの笛吹き男を演じたように映ったのは、あくまでも偶然の出来事であり、畠山仁美の行方不明にも、妃菜と葵衣の神隠しにも、奈永の事件にも、まったく無関係なのかもしれない……という考えは、ずっと頭の片隅にあった。

　疑わしきは罰せず。

　しかし世間は違ったのだろう。心ない訪問を遠見家に行なう者が、きっと後を絶たなかったのではないか。だから奏次郎の母親は、当然のように萌子を警戒した。

　私なら玄関払いかも……。

　聖衣子が心配しているうちに、上部が白漆喰《しろしっくい》で下部が押縁下見《おしぶちしたみ》という美しい見栄えの腰板壁の前で、ゆっくりと車が停止した。

「ここが遠見家？　奈永の家とは同じ町内なのに、かなり違うね」

　しーんと辺りが静かなために、思わず聖衣子が小声になると、

「笛吹き公園側は新興住宅地になったけど、その裏側のこっちは昔ながらの家が残ってるからね。しかも奈永の家の側は空家が目立つのに、こっちは住民が普通に暮らしてる。もっとも高齢者が多いけどね」

　萌子も声を落として応えた。

「格子戸の横のインターホンは壊れてて使えないから、そのまま入って玄関戸を開けて、ごめん下さい――って言えばいいよ」

「ありがと、助かった。また連絡するね」

聖衣子は礼を言って車から降りると、少し歩いて遠見家の前に立った。

「お邪魔します」

そう口にしながら格子戸を開けて入り、ふり向きつつ閉めようとして、車窓から覗く心配そうな萌子と目が合う。軽く微笑んで手をふると、相手もふり返したものの、その場から車を出そうとしない。

……待ってるつもりかな。

その必要はないとばかりに、バイバイと手をふるのだが、相変わらずの眼差しを向けてくるばかりで一向に動かない。

聖衣子は諦めて格子戸を閉めると、飛び石を伝って玄関まで進んだ。そして玄関戸を少し開けて首だけ突っこみ、奥に声をかけた。

「ごめん下さい。川角町の成瀬京子と申します」

思わず町名が口から出たのは、そのほうが怪しまれないと考えたからか。だが、この場合は逆効果ではないかと、すぐさま後悔した。

薄暗い屋内は、しーんとしている。何の応答もない。ひょっとして声が届いていないのかもしれない。

三和土《たたき》に見える式台の上は畳敷きの前の間で、その左手に目隠し用の長い暖簾《のれん》が下がっていることから廊下だと分かる。このように三和土と廊下が直角につながっていると、なかなか奥まで声が通らないのではないか。しかも相手は高齢者なのだから、玄関先で挨拶しても聞こえない可能性もある。

「勝手にすみません。お邪魔します」

なおも声をかけながら玄関戸をさらに開けて、彼女は三和土に立った。少し迷ったが自ら退路を断つような気持ちで、玄関戸を後ろ手に閉める。これで相手に対峙するしかないと、わざと自分を追いこむためである。

「ごめん下さい。川角町の成瀬京子と申しますが、どなたかおられませんか」

相変わらずの静寂が薄暗い屋内に満ちており、その状況だけ取り上げれば聖衣子の実家と同じながら、実際はかなり違った。

成瀬家の暗がりと静けさは、かなり分かりやすい薄気味悪さだったと言える。家の前に立つだけで、その一部が普通に感じ取れてしまう。そういう恐れがあった。それに比べて遠見家は、格子戸の前に立っても、飛び石を歩いても、玄関戸から首だけ突っ込んでも、こうして三和土まで入っても、特に違和感は覚えない。ひたすら物音がせずに仄暗《ほのぐら》いという状態も、むしろ静《せい》謐《ひつ》で陰影に富んでいるように思えてくる。

だけど……。

それも最初のうちだけで、やがて不安になってくる。静寂の中に何かが潜んでいる。薄闇の中に何かが隠れている。じっと息を殺してこちらを窺っている。という疑いが次第に芽生えはじめた。

……したっ。

屋内の奥のほうから物音が聞こえて、彼女はびくっとした。

……した、した、したっ。

それが足音となって玄関に向かってくると分かり、とっさに回れ右をして逃げ出したくなるのを、必死に我慢する。

やがて暖簾の向こうから、着物姿の老婦人が現れた。間違いなく奏次郎の母親だろう。ただし八十半ばという年齢の割には、かなり矍鑠《かくしゃく》としている。その様を目にしたとたん、この人には一切の誤魔化しが通じない――と聖衣子は感じた。

だから彼女は菓子折を差し出してから、すべて正直に話した。自分が作家であること。自分も関わった幼なじみの神隠し事件を調べていること。すると彼女たちの事件の十年前に、笛吹き男事件が起きていたと知ったこと。そこで奏次郎と面談して、ぜひ当時の話をうかがいたいこと。という説明と希望を順序立てて伝えた。

それを老婦人は立ったまま聞いていた。しかし聖衣子が口を閉じると同時に、きちんと前の間に正座してから、

「ご用件は分かりましたが、あの子は誰とも会いません。仮に会ったとしても、何も喋りません。仮に何か喋ったとしても、意味のある会話はできません。ですから何か実のある話を聞き出すことなど、絶対にできません」

少しの感情も交えることなく、ただ淡々と事実だけを述べるように話したので、聖衣子は完全に面食らった。

「そ、そうなんですか……」

あいづちを打つのがやっとである。

「はい。あなたのお役には、まったく立てません」

だからと言って引き下がったのでは、そもそも取材などできない。とっさに頭を働かせた彼女は、新たな希望を口にした。

「それではお母様に、お話をうかがわせてもらえませんか」

「…………」

老婦人の表情に変化があった。ただ、それが何を意味するのか分からない。そのため聖衣子が戸惑っていると、

「作家になる方は、ちょっと違いますね」

「……な、何のことでしょう？」

さらに戸惑いをあらわにする彼女に、

「うちに押しかけてきたテレビや雑誌の記者たちは、何ひとつ挨拶もないままに、とにかくあの子に会わせろの一点張りで、しかも最初から犯人あつかいをして、いいえ、面と向かって言われたわけではありませんが、そんなこと口に出さなくても態度で分かりますから、私が無理だと説明すると、そのまま今度はなし崩し的に、母親としてのコメントを取ろうとする始末で、礼儀も何もあったものではない、傍若無人のやからばかりでした」

相変わらず感情の交ざらない口調ながら、さらさらと続けた。

「その後すぐに、あの子の才能が認められると、てのひらを返すように愛想笑いをして、またしてもあの子に会わせろと来ましたが、そのときにはあの子も方々へ呼ばれていましたから、うちに記者たちが訪ねてくるようなことは、すぐになくなりました」

老婦人は一息ついてから、

「あの子が命を絶とうとしたときも、もちろん記者たちは押しかけて来ましたが、もう玄関払いです。一言だって口をきくつもりはありませんでした。ああいうやからには、そういう対応で充分でしょう」

そこで聖衣子をしげしげと見つめながら、

「その点あなたは最初に、ちゃんと訪問の目的を告げられた。そしてあの子に会うのが無理だと理解すると、改めて私の話を聞きたいと言われた。まだお若いのに立派です」

「い、いえ、そんなに若くは……」

ふっと老婦人が微笑んだので、聖衣子はびっくりした。

「私から見たら、たいていの人は若いのです」

「……はい。それで、いかがでしょうか」

この調子なら取材できると、彼女は手応えを覚えたのだが、

「ですけど私はね、まったく何も知りませんよ。ただひとつ分かっている事実は、あの子には才能があったということ。それだけです」

ここまで老婦人の物言いは率直で、おそらく嘘はないと感じられた。そもそも具体的な話は何もしていないので、嘘も本当もないとも言えたが、少なくとも聖衣子に対して誠実に接してくれているのは間違いないだろう。

そういう見立てを行なったうえで、彼女はほぼ確信した。

奏次郎には三流の才能しかなかった。

それを母親も十二分に理解していた。

とはいえ第三者を前にして、そんな事実を認めるわけがない。息子を否定するような台詞を、この老婦人が口にするとは思えなかった。

「お母様が何もご存じないのは、大変よく分かりました。そのうえでお尋ねするのは心苦しいのですが、いったい笛吹き公園の小山で何が起きたのだと、お母様は思われますか」

しばらく老婦人は黙ったままだったが、

「あれに……」

ふいに絞り出すような声で、そう言った。だが、そこから口を閉じてしまい、いつまで経っても先を続けない。

「……あれ、とは何でしょうか」

遠慮がちに尋ねても、なかなか口を開かない。

「もし差し障りのあることでしたら、直接のお話は結構ですので、その代わり何かヒントでもいただけませんか」

「………」

聖衣子の提案を聞いて、老婦人が少しだけ口を開きかけたときである。

……ひたっ。

かすかながらも妙な物音が聞こえた。そのとたん、ぴたっと老婦人の口が閉じた。

えっ……？

何が起きたのか少しも分からず、周囲を見回そうとしたところで、ぎょっと聖衣子の身体が強張った。

日隠し暖簾の下から、足首が覗いている。

暖簾の向こうの廊下に、誰かが立っている。

そんな眺めが視界の片隅に映った。もちろん廊下側に目をやることなどできない。ただ正面を向いて、ひたすら老婦人を見つめるばかりである。

あそこに奏次郎がいる……。

萌子の話によると、この家は親子の二人暮らしらしい。つまり廊下の端で立ち聞きしているのは、彼しかいないことになる。

だったら奏次郎に出てきて欲しい……と、なぜか彼女は思わなかった。むしろ会いたくない……という気持ちのほうが強かった。あんな風に身体を隠しながら、それでいて母親の発言に影響を与えている……ような人物とは、絶対に顔を合わせたくない。

……怖いから。

そう感じているのは彼女だけでなく、目の前の老婦人も同じではないか。と考えたとたん、ぞわっと二の腕に鳥肌が立った。

「あなた、あれには……」

と老婦人は言いかけて、ぶるっと身体を震わせた。そこから急に立ちあがると、あとも見ずに目隠し暖簾の向こうへ姿を消した。彼女がいなくなった前の間には、ぽつんと菓子折だけが残っている。

……した、ひた、した、ひたっ。

すぐに異なる足音が聞こえたように思えたが、確かなことは分からない。

これが他の取材だったら、素早く前の間にあがりこんで、暖簾の下から廊下を覗いていたかもしれない。しかし当家では、とても恐ろしくてできない。

「……お、お邪魔しました」

蚊《か》の鳴くような声を出して、いとまを告げる。

表の格子戸まで戻って、萌子の車が見えないことに気づく。待つ必要はないと思ったものの、今の精神状態を予測していたわけではないため、後悔の念を覚える。やはり待ってもらうべきだったか。

さて――。

気を取り直して次の訪問先に向かおうとして、聖衣子は大いにためらった。そこが川添町の畠山夏那子の家だったからだ。

今からラジオ小母さんに会って話をする……。

想像しただけで勘弁して欲しいという気持ちになる。奏次郎の母親との会話は、何ら具体的な内容がなかったのに、とても神経を削《けず》られた。どう考えても夏那子との面談は、遠見家より厄介になるだろう。

そもそも萌子の話を思い出す限り、ラジオ小母さんと意思の疎通を図るのは、ちょっと無理ではないか。

自分が逃げていることを意識しながらも、聖衣子の足は自然に摩館市立第二小学校へ向かっていた。それも笛吹き公園の側を通らずに、少し遠回りながらも日引町を回りこむようにして、小学校の校門の前に立っていた。

そこから見渡しても、とっくに下校したあとなのか、児童の姿はひとりも目に入らない。学校を訪ねる時間としては、ちょうど良い頃合いみたいである。

校門の横にあるインターホンを押して、自分が卒業生であること、今は作家になっていることと、本校に勤めていた教師について知りたいこと――を、聖衣子は簡潔に説明した。

応対した若い女性は明らかに戸惑っている様子ながら、「しばらくお待ち下さい」と言って引っこんだ。この「しばらく」が相当かかったあと、ようやく「どうぞ玄関口からお入り下さい」という返答があって、彼女は校門を潜った。

すっかり昇降口を使う気でいたため、来客用の玄関口には緊張した。だが聖衣子を出迎えた若い女性は――今年の新任教師かもしれない――もっと張りつめているのが丸分かりだった。

おかげで聖衣子は精神的に、少しだけ楽になれた。

ただし通された先が校長室だったので、一気に緊張がぶり返した。小学生のとき校長室とは無縁だった。だからこそ大人になった今でも、自分が場違いなところにいると感じてしまうのだろうか。

「成瀬京子さん、ようこそいらっしゃいました」

ところが、校長室にいた五十代の後半くらいの女性に声をかけられ、

「副校長の稲垣《いながき》です」

と挨拶されたところで、ふっと心が和んだ。

「作家ですか、立派になられましたね。小学生のとき、確かに国語の成績は良かった」

「はい、それ以外は――」

反射的に応えかけたあと、聖衣子は小さく叫んでいた。

「あぁっ、稲垣先生ぇ！」

「やっと思い出していただけましたか」

目の前にいたのは、彼女が中学年のときの担任教師だった。

「あの先生が、副校長に……」

若くて優しい担任だったが、その分どこか頼りなくもあった記憶が、どっと聖衣子の脳裏にあふれた。

「私が副校長になれたのですから、あなたも作家になるわけですね」

「あぁ、いえ、その―」

こういう返しの場合は、どのように反応するのが失礼に当たらないのか。彼女が大いに困っていると、

「冗談はさておき、あなたが作家になったことを、私は本当に誇らしく思います」

「ありがとうございます」

背教聖衣子として作家デビューした経緯《けいい》を、彼女は簡単に説明してから、手元に残った最後の菓子折を差し出しつつ、今回の取材の件へと話を進めた。

「……そういう事件が、確かにありましたね」

教え子の訪問の目的を知って、明らかに稲垣は驚いている。ちなみに菓子折は、やんわりと戻されてしまった。公立の学校の教職員という立場上、贈答品《ぞうとうひん》の受け取りは禁止されているのかもしれない。

そう理解しながらも、ちょっと彼女は困惑した。お土産ぐらい良いだろうと思ったのだが、稲垣の表情の変化に気づいて、それどころではなくなった。三根翔の名前を出した直後、それまでの驚きから嫌悪へと、急に相手の顔が変わったからである。

「……三根センセイね」

稲垣が口にした「先生」が、なぜか「センセイ」と揶揄《やゆ》しているように聞こえる。どう考えても、これは何かあるに違いない。

「もちろん今は、当校におられないですよね」

当たり障りのない確認を聖衣子がすると、

「当校どころか、ここから何校も移ったあとで、ようやく学校教育から離れたと聞いて、少しは安心していますが……」

何とも意味深長な答えが返ってきた。

「そう言えば私が三年生のころ、もう三根先生はおられなかったような……」

「最初の異動が、そのあたりだったのでしょう」

「そのあとも短期間で、ひょっとすると何度も異動された……とか」

聖衣子の推測は当たっていたようで、稲垣がうなずいた。

「私の今回の取材に、三根先生の異動は何らかの関わりがある……のでしょうか」

「個人的には、大いにある――とお答えしたいです」

「差し支えなければ、その理由を教えていただけませんか」

稲垣がためらったのは、ほんの束の間だった。

「今からお話しする内容のあつかいには、充分に気をつけて下さい。仮にノンフィクションではなく小説を執筆するにしても、彼がモデルだと分かる書き方をした場合、厄介な事態にならないとも限りません」

「……はい、よく理解しました」

児童のあまりにも模範的な返事を前にした教師のように、稲垣はどこか半信半疑に見えたが、それでも聖衣子を信用したらしく、とんでもない事実を教えてくれた。

「三根センセイは当時、女子児童にわいせつな行為をした……という疑いがもたれて、当校を去りました」

「えぇっ……」

「大事にならなかったのは、被害者の女の子の両親に、三根センセイの父親がいち早く働きかけたからだ……と言われています。彼が次の小学校に移れたのも、その父親のおかげだということです」

「……確か市議会議員でしたよね」

「県の教育委員会に、とても顔がきく人だったそうです。その後もっと偉くなって権勢をふるっているそうですが、特に知りたいとは思いません」

「そんな酷いこと――」

聖衣子は声を荒らげかけて、どきっとした。ある可能性に思い当たったからだ。

「まさか、松島妃菜を攫った犯人が……」

「三根だったとしても、別に私は驚きませんね」

稲垣が「センセイ」をつけなかったことで、彼を有力な容疑者と見なしていたらしい事実がよく分かる。

「そのことを警察に――」

しかし彼女の問いかけに対して、稲垣は申し訳なさそうな様子で、

「彼のわいせつ行為が明るみに出たのは、あなたのお友だちの事件の、もっとあとになります。そして私や他の先生方の何人かが、あの神隠しに彼が関わっているのではないか……という疑惑を覚えたとき、もう事件から何年も経っていました。確かな証拠があるわけでもありません。よって警察には連絡できなかったのです」

三根の父親は県の教育委員会に影響力を持つ市議会議員だった――ことも間違いなく影を落としていたに違いない。ただ、それを稲垣にわざわざ指摘するのは、いくら何でも酷というものだろう。

「三根は何校も移ったと、先ほど先生はおっしゃいました。つまり行く先々の小学校で、彼は

女子児童にわいせつな行為をくり返した……ということですか」

「残念ながら、そうだと思います。いえ、そうに違いありません。そのたびに父親がもみ消して、次の異動先をあてがった。でも、それも限界に達したのでしょう」

「三根は今、いったい何を――」

「摩館市内にいくつもの教室を持つ〈クラスティーチャー〉という私塾で、講師をしていると聞いています」

「クラスティーチャーって、『担任』の意味ですよね。要は個別指導の……って、女子生徒が危険じゃないですか」

「さすがに先方も、三根の問題は把握しているでしょう。要は父親に恩を売るために、彼を雇用したわけですから、それなりの対策は立てていると思います。生徒の個別指導はさせずに、他の仕事をやってもらうとか――」

そこで稲垣は急に、これまでの険しい顔を少し和らげてから、

「クラスティーチャーは『ＣＴ』と略されてるようですが、これについて何か思い当たることはありませんか」

そう尋ねるからには、聖衣子にも関わりのある何かなのだろうが、いくら考えても一向に分からない。

「先生、降参します」

「あなたのお友だちとも、これは関係していますよ」

「そう言われましても……あっ！」

ふいにひとつ思いついた彼女は、思わず叫び声をあげた。

「チャイルドタレントですか」

「そうです。このクラスティーチャーは経営母体が、あのチャイルドタレントと同じらしいのです」

「これも因縁と言えるのでしょうか」

聖衣子のつぶやきに、稲垣は肯定も否定もしなかったが、

「さらなる因縁らしきものが、実はあるのではないかと、私は感じています」

という意味深長な物言いを再びして、彼女の心を大いにゆさぶった。

「いったい何の話ですか。こうなったら先生、すべて教えて下さい」

「三根の小学校でのわいせつ行為は、状況証拠だけとはいえ限りなく黒でしたが、今からお話しするのは、完全に私個人の当て推量になります」

「しかし先生は、それに自信がおありになる」

こっくりと稲垣はうなずいてから、

「遠見奏次郎さんが人気絶頂の時期に、笛吹き公園で幼い女の子たちが、わいせつ行為の被害に遭う事件が何件も起きました。あれの犯人が、三根だった――」

「ちょっと待って下さい。そのとき彼は、十五歳くらいじゃないですか」

「ああいう性癖に、おそらく年齢は関係ないと思います。下手《へた》をすると初犯は、中学生や小学校の高学年だったかもしれません」

「子どものころから大きかったらしい彼が、幼い女の子たちには大人に見えた……ということですか」

「そのため警察も犯人は成人男性だと見なした。だから捕まらなかった。そういう事情があり

そうですね」

「とんでもないヤツ……」

聖衣子は何とも言えない気持ちになったが、それと同時にある記事を思い出した。

「過去の事件を調べるために集めた資料の中に、遠見奏次郎の自殺未遂を発見した三根の証言がありました。彼は三人の友だちと大公園で遊んでいたとき、小山のほうから奇妙な笛の音が聞こえたため、その正体を確かめようとした。その際に彼は『小さな子どもが笛を吹いて、助けを求めているのかもしれない』と、友だちに言っています。この台詞ってよく考えると、ちょっと変ですよね」

「そんな状況の中で、まず小さな子どもを連想した……というのは、どうにも怪しく思えてしまいます。私の色眼鏡が多分にあるとしても――です」

「彼は笛吹き公園で、十五歳から十七歳のとき、幼い女の子たちにわいせつ行為をした。そして十七歳のとき、遠見奏次郎の自殺未遂に遭遇した。さらに二十三歳のとき、松島妃菜を攫った。それから――」

と聖衣子は続けようとして、かなり重要な問題に気づいた。

「先生、確かに三根は怪しいと、私も思います。ただ、あのとき彼に妃菜を攫う機会があったにしても、あの子をどこかに連れていく時間はなかった……はずなんです」

「どういう状況だったのです？」

稲垣に尋ねられたので、小学校の金網の向こうにいた三根翔と、砂渡奈永が小公園の南側の雑草群で出会した話をしながら、

「そう言えば彼が小公園に現れたとき、奈永と手をつないでいました」

「普通なら自然な行為に見えるところですが、相手が三根では、あまり好意的には受け取れませんね」

「その前に彼は、小学校の金網を乗り越えてきたわけですが——」

と当時の状況を想像している最中に、はっと聖衣子は息をのんだ。

「何か閃《ひらめ》いたことでも？」

「奈永の前に姿を現した三根は、すでに妃菜を攫ったあとだった。彼が犯人なら、そうなりますよね」

「はい。そして何食わぬ顔で、みなさんの前に出てきた」

「しかし先生、先ほども言いましたように、どこかに妃菜を連れていく時間など、彼にはなかったはずなんです」

聖衣子は少し迷いつつも、これらの事件の背後には何か超常現象的な力が働いているのではないか……という疑問を説明してから、

「よって誰にも見られることなく、彼には妃菜を攫えたのかもしれません。けど、そのあと女の子をひとり、どうにかしないといけないのは確かです。あのとき小公園にいた人たちに見つからないように、どこかに連れていく必要があったわけです」

「けれど三根には、そんな時間はなかった……」

「今の今まで、そう思っていたのですが——」

「実際は違った？」

「はい。小学校の金網の向こうには、体育倉庫がありました」

「あぁ、ありましたね。今は取り壊してなくなりましたが……。つまり一時的に妃菜ちゃんを、

あそこに隠したのですか」

「そう考えると三根にも、犯行が充分に可能だったと分かります」

それまで冷静だった稲垣が、明らかに興奮している。長年の疑惑に対して、作家になった教え子が後押しをする推理をしたのだから、当然かもしれない。

「私、三根翔に取材します」

最初から予定していたとはいえ、わざわざ稲垣の前で、聖衣子は宣言した。

「充分に気をつけて下さい。絶対に無理をしてはいけませんよ」

ただ、かつての担任教師に真顔で心配されてしまい、とたんに彼女は少し怖くなった。

ある信仰（四）

……これは、そうじゃない。

白目全体が黒く塗られているのではなく、ぽっかりとした穴がおそらく最初から空けられていたのだと、ようやく笛吹き鬼は察した。

だれま様とは、この堂の中の達磨のことなのか。

もし名前を耳にしただけなら、下手なダジャレのようで少しも信用できなかっただろう。しかし今、こうして実物を目の前にすると、かなり異様な雰囲気がある。強い邪《よこしま》な力を秘めていても決して可怪しくない、そんな空気をまとっている。

とにかくお参りしよう。

かくして笛吹き鬼の、だれま様参りがはじまった。摩館市内に点在する堂を巡って、ひたすら祈り続けた。

そのうえで生贄としての子どもを、だれま様に捧げた。

第十五章　笛吹き公園

摩館市立第二小学校の校門を聖衣子が出ると、すでに晩秋の夕間暮れの薄暗さが辺りに降りていた。

塾の開始時間は、もう過ぎてるか。

彼女は学生時代の一時期、塾でアルバイトをしていた。そのため、たいていの塾が午後四時半から五時半までに開始して、同八時半から九時半までに終了すると知っている。きっとクラスティーチャーも似た時間割に違いない。

三根翔に対する取材は、おそらく不意打ちが良い。彼が本当にわいせつ犯であれば、過去の事件を調べている作家になど、絶対に会いたくないと考えるはずだ。逃げられないように用心する必要がある。

とはいえ事前に、彼が勤務するクラスティーチャーの「教室」の場所を調べておかなければならない。果たして電話しただけで、簡単に教えてくれるものだろうか。一抹の不安を胸に電話をかけたところ、こちらの身元など特に確認されずに、あっさりと摩館駅の駅前教室だと告げられた。これは幸先が良いかもしれない。

さて、それまでの時間をどうするか。

校門前で逡巡《しゅんじゅん》したのは、わずかな間だった。この小学校を訪ねているのに、あそこを避けるわけにはいかないだろう。

……笛吹き公園。

もちろん今、聖衣子が園内を歩き回ったからといって、何かを発見できるとは当然ながら思えない。だが、そうして現場に足を運ぶことで、予想外のインスピレーションを得ることは普通にある。作家が小説の舞台とする場所を事前に訪れるのは、そういう効果を期待しているからとも言える。

彼女は校門前を右に折れると、狭い歩道を北に向かって歩き出した。しばらく右手に小学校の校庭が金網越しに続いて、それから鬱蒼と茂った雑木林が現れる。その向こう側には、あの小公園があった。

最後に遊んだのは、小学校の中学年だったかな。

ただ、もっとも印象に残っているのは、当たり前だが問題の日である。あのときの小公園しか記憶にないと言っても、まず間違いではないかもしれない。

奈永が吹く笛の音……。

小山に覚える畏怖《いふ》の念……。

どこかで聞こえた謎の音色……。

神隠しのように消えた松島妃菜……。

怪奇まだら男と妖怪ラジオ小母さん……。

あの現場に駆けつけた三根翔と北越詢子……。

大桐謙作は何を見た、または見ていないのか……。

という物音と光景と現象が次々と脳裏に浮かんできて、ちょっと聖衣子は酔ったような気分になった。

相変わらず雑木林は続いているが、その向こう側は小公園ではなく、そろそろ小山に差しかかる辺りではないか。大公園と小公園の間に盛りあがった小山が、笛吹き公園の一番の特徴なのかもしれない。

なおも歩道を進んでいくと、いきなり右手が開けて大公園が現れる。子どものころは、この唐突感が好きだった。山の上に登ったとたん急に視界が開けるように、雑木林が途切れると同時に大公園が一望できる。ちょっとワクワクしたものである。

しかし何十年ぶりに眺める大公園は、大いに違った。正直かなりのショックを受けたと言うべきか。

こんなに狭かったっけ？

記憶の中では小学校の運動場に匹敵していた。でも、そこまでの広さはない。ただ、そんなことを言い出すと、そもそも小学校の運動場も今回の訪問では狭く感じた。要は彼女が大人になっただけである。

……あっ、けど同じかも。

そう感じたのは、夕暮れの西日によって薄らと赤く照らされた、その全景に覚える薄気味の悪さである。公園とは人が憩う場所のはずなのに、それにふさわしくない禍々《まがまが》しさが、いつも逢魔ヶ刻には感じられた。

……もう人のいる時間帯ではないよ。

とでも異形の何かに言われているような気が、子ども時代にはしたものだ。それが恐ろしいながらも、どこか甘美にも感じていた。そんな子どもだった。

大公園の芝生には、母親と幼い子ども、犬を連れた年配の男性、三人で座っている女子小学生、キャッチボールをする二人の男子中学生が見える。互いに適度の距離をとれているため、彼女が思うほど公園は狭くないのかもしれない。ちなみに小山の麓の四阿には、ぽつんと座っている人影がひとりだけあった。

　これだけの人がいても……。

　聖衣子は大公園から小山の上を目指して、そこから小公園に下りるつもりだったので、あまり安心できない。

　それでもいてくれるだけ増しか。

　彼女は自分に言い聞かせて西側の出入り口から入ると、芝生の周囲を回る遊歩道を反時計回りに歩き出した。

　そのとたん、もちろん偶然に違いないのだが、母親と幼い子どもが帰ってしまう。すぐに犬を連れた年配の男性が続き、それを見送っていた女子小学生たちも「もうこんな時間だ」と騒ぎながら、慌てて大公園から出ていった。

　あとに残ったのは二人の男子中学生だけだったが、ぱんっ、ぱんっとミットにボールが当たる物音が心強くて、意外にも安堵できた。

　南西の隅にあるトイレの前を通り過ぎて、右手に雑木林を眺めながら進んでいくと、やがて四阿に辿り着く。

　……あれ？

　ここに座る人影を目にしたはずなのに、今は誰もいない。もう帰ったのだろうか。そう言えば少し肌寒いような気もする。こんな野外でいつまでも座っていられる季節では、もうないのかもしれない。

四阿の横からは細い土道が、雑木林の奥へと延びている。それは緩やかな登りとなって、小山の斜面に続いていた。

はっと聖衣子がふり返ると、男子中学生たちの姿もない。きっと彼らだけは、もっと薄暗くなっても遊んでいる。そんな思いこみがあったせいか、急に心細くなる。

いい歳をした大人なのに……。

しかもホラー作家だというのに……。

自嘲的に笑おうとするのだが、自分を誤魔化すことはできない。目の前の小道へ足を踏み入れることに、大いにためらいを覚える己がいた。

彼女が大公園に入ってきて数分で、すべての人間がいなくなった。確かに帰宅する時間帯ではあるが、本当にそれだけなのだろうか。いきなり全員が公園から消えたのは、何かの予兆ではないのか。

このような状況で、小山に登って大丈夫か。

かといって、ここまで来て逃げ帰るのも情けなさ過ぎる。時間を有効に使うためにも、今は小山にあがるべきだろう。一度は足を向けなければならない場所である。だったらこの機会にすませておこう。

そんな風に自分を鼓舞して、聖衣子は細道に一歩を踏み出した。とたんに視界が翳《かげ》る。昼なお暗い雑木林の中に、日暮れ時に入るのだから当然かもしれないが、あまり気持ちの好いものではない。

しかも土の道とは本来、靴の裏にも優しくて歩きやすいはずなのに、どうしてか不安を覚える。踏みしめる土の柔らかさが、ここでは妙に薄気味悪く感じる。

……かの上を歩いてる。

そんな連想をしたにもかかわらず、何の上なのか、もう分からなくなっている。いったい何を脳裏に思い浮かべたのか。

右手に雑木林、左手に短い雑草の繁茂した小山の斜面を眺めながら、細い土道を登っていく。やがて左に、ぐるっと道が曲がりはじめる。そこから先の坂道は、わずかに傾斜が増していた。いきなり直線の道と化すためだろう。その坂をあがりきったところが、小山の天辺だった。

頂上には草木が少しも生えておらず、土がむき出しの狭い空間がある。登ってきた道を背にして右側に小さなベンチが、左側に祠が見えている。

この小山の上で……。

畠山仁美は消えてしまったのか。実際には頂上ではなく斜面を走る土道の途中だったのかもしれないが、いずれにしても小山で彼女は行方不明になった。

このベンチで……。

遠見奏次郎は足痲草の毒を飲んだあと、剃刀で喉を掻き切って自殺しようとした。そして死にきれないところを、三根翔が発見した。

この祠は……。

かつて垂麻家が建立したという。どういう意図があったのか。小山は笛吹き公園の中心とも言える場所に位置する。その立地から考えても、この公園工事に垂麻家が関わっていた可能性は高い。少なからぬ寄付でもしたのか。

しかも垂麻家は、畠山仁美が神隠しに遭ったあとで、わざわざ祠を建て替えている。いったい何のために……。

聖衣子はベンチからも祠からも離れた地点で、ただ立っていた。どちらにも近寄りたくはない。そういう気持ちが強かったからだが、いつまでも逃げてはいられない。ベンチはともかくとして、祠は調べる必要がある。

のろのろと足を運びながら、祠の前までくる。建て替えられたとはいえ、もう二十九年も昔である。その後の手入れなど何もなされていないのか、かなり古びて半ば朽ちたようにも見える。他に比較する祠がないため確かなことは言えないが、まったく放置されているとしか思えない。

普通は垂麻家が管理するか、日引町の人たちが世話をするのではないか。

しかし双方にそっぽを向かれている。そんな気がしてならない。後者が忌避するのは過去の事件に鑑みて理解できるとしても、前者が何もしないのは変ではないか。

この祠はいったい……。

好奇心を刺激された彼女はしゃがむと、格子越しに内部を覗いてみた。

夕間暮れの残照のような……。

薄汚れた毒々しいまでの赤色の……。

いいや忌まわしい朱の色とも言うべき……。

そんな色彩をまとった丸いものが、祠の中に鎮座している。大きな身体を窮屈そうにしながら、格子の向こうに座っている。

……これって達磨？

そう思った直後、実家の仏間で目にした仏壇の達磨が、ふっと脳裏に浮かんだ。そして垂麻家の屋敷の側にある瓢箪山の祠に祀られているという達磨を、ぱっと連想していた。

もっと早く結びつけなかったのは、笛吹き男事件の全貌を知って受けたショックがあまりにも強くて、そこまで気が回らなかったからだろう。

すべてつながってる？

もしそうなら垂麻家や瓢簞山や達磨についても調べなければならないのか。いくら何でも広げ過ぎではないか。ただ少しでも関係があるのなら無視はできない。どれほど関わっているのか、要はそこが問題になってくる。

祠を前に考えこんでいると、ある発想が何の脈絡もなく、突然ふっと浮かんだ。

この中に子どもを隠せるのではないか。

最初に思い浮かべたのは、もちろん畠山仁美である。遠見奏次郎が祠の内部に、彼女を隠したのではないか。と推理したものの、すぐに難しいと首をふった。列になっていた他の子どもたちに、まったく気づかれずに実行できるわけがない。

妃菜ならどうか。

彼女は聖衣子たちの中で、もっとも小柄だった。まだら男こと遠見奏次郎が犯人で、妃菜を攫ったあと祠の中に隠したとしたら。そうなると奈永の母親の目撃証言も、まったく彼の容疑を晴らしていないことになる。

ラジオ小母さんこと畠山夏那子が犯人でも、同じ手が使えるだろう。妃菜を攫って小山の上に連れていったあと、再び下りてきて土道近くの藪の中に身を潜めればよい。

三根翔の体育倉庫に相当する子どもの隠し場所が、遠見奏次郎または畠山夏那子にとっては小山の祠だったと見なせるのではないか。

ただし、どちらの場合も発見される懼れが、普通にありそうな気もする。あのとき妃菜を捜した人たちが、仮に祠を見落としたとしても、さすがに警察は調べるだろう。笛吹き公園内で「その内部を検める」必要がありそうだったのは、この祠とトイレくらいしかない。どう考えても警察が見逃すとは思えない。

隠し場所には向かないか。

なおも祠を眺めているうちに、ちらっと黒っぽい何かが格子越しに映った。よくよく覗きこんでみると、達磨の前に三つの小さな影が並んでいた。かなり下手くそな木彫りの像で、全体が真っ黒に塗られており、それぞれが異なる恰好をしているらしい。

これは……。

どこかで目にした気がする。しかしながら三つの像が小さいうえに、祠の内部が暗くて見えづらい。もっと格子に近づいて、さらに目を凝らしてみて、ようやく正体が分かったところで、彼女は絶句した。

その三つの像とは、ことわざ「見ざる、言わざる、聞かざる」を表現した三猿《さんえん》だった。その小さな像が、なぜか達磨の前に置かれている。

これらの像って……。

奈永たちの母親を指しているのではないか。「見ざる」は葵衣の母親である絹子を、「言わざる」は妃菜の母親である秋菜を、「聞かざる」は奈永の母親である利恵を、それぞれ指し示しているとと考えるべきではなかろうか。

やっぱり狙われたのは三人の母親たちだった。動機はチャイルドタレントに我が子を通わせていたから……という妬みや嫉《そね》みである。

実際に攫われ襲われたのが彼女たちの娘だったのは、母親にダメージを与えるためには、子どもに手出しするのが一番だからだろう。

それにしても三猿は……。

どうして祠に祀られた達磨の前に、あのように並べられているのか。と考えかけたところで、はっと聖衣子は思い当たった。

……呪《まじな》いか。

妃菜と葵衣が神隠しに遭ったとき、その現場に居合わせた奈永は、どちらにおいても異様な空気を感じとっている。あれは人知を超えた力が働いたからではないか。

また一部の週刊誌だけとはいえ、葵衣が失踪した際に、見張りの刑事たちの前から橘親子と奈永の姿が一時的に消えてしまった……という報道もあった。

聖衣子はホラー作家らしいひとつの解釈を試みた。

犯人は事件を起こす前に、異形の達磨信仰によって呪いの力を得られた——と仮に考えるにしても、攫った子どもを物理的に消すという現象までは、さすがに無理ではないか。となると体育倉庫や祠のように、一時的に子どもを隠す場所が必要になる。葵衣の場合はどこの何だったのか、それを突き止めるためには御屋敷町に行かなければならない。

いずれにせよ犯人である笛吹き鬼の準備があったうえで、その犯行を超常的な呪いの力が助けた。だからこそ子どもたちは見つからず、犯人も捕まらなかった。こういうオカルト的な推理をしない限り、畠山仁美と松島妃菜と橘葵衣の失踪、そして砂渡奈永の襲撃未遂の事件は、おそらく解決できないのではないか。

そんな呪術的なからくりが、もしあったとなると——。

やっぱり遠見奏次郎が犯人で、畠山仁美を攫ったと見なせる。仁美を生贄にすることで自分の成功を願う。それが彼の動機だった。ゆえに奏次郎は作曲家としても演奏家としても名声を得られた。

けど、その後に彼は地獄を味わっている。

これはどういうことなのか。まるで人生の絶頂を極めたがために、その反動によって次は災厄に見舞われたかのように見えはしないか。

あっ、垂麻家……。

伯父のメモに記されていた垂麻家の過去を、彼女は思い出した。日本の敗戦後、謎の達磨像を祀るようになってから家運はうなぎ登りだったが、それが続いたのも二十年ほどで、あとは下り坂だったという。

いびつな異形の存在に願をかけることで、本来は叶えられないはずの幸運を過分に受けた人間は、やがて反動を受ける羽目になる。そういう可能性も少なくはないと、肝に銘じておくべきである。

こういう法則らしきものの存在は、ホラー作家になる前の読者のころから、漠然とではあるが知識としてあった。「人を呪わば穴二つ」という慣用句も、結局は同じことを言っているのだろう。

それが遠見奏次郎の笛吹き男事件にも、見事に当てはまるのではないか。

本当にそうだとすると――。

妃菜と葵衣を攫い、奈永を襲いかけたのも、まだら男の奏次郎なのか。

……動機は？

再びの名声と栄華か。しかし零落れて自殺未遂を図ったあと、六年も経ってから動き出した理由が、今のところ見当たらない。

それに奏次郎が犯人だったとしたら……。

妃菜と奈永の事件では姿を見せているのに、どうして葵衣のときには現れなかったのか。それ以上に説明がつかないのは、その後の奏次郎である。二人も少女が消えているのに、彼の身には何の変化も起きていない。

まさか……。

ふと聖衣子は厭な想像をした。すっかり頭の可怪しくなった遠見奏次郎が、まったく動機のないままに彼女たちを狙ったのではないか。そんな忌まわしい真相を、ふいに彼女は思いついてしまった。

急に怖くなったとたん、すっかり闇が降りている小山に、ぽつんと自分だけが立っていることに、ようやく彼女は気づいた。

慌てて来た土道を引き返す。細い道の曲がりに差しかかったところで、小公園側に下りる予定だったと思い出すが、もう戻るつもりなどない。一刻も早く小山を下りて、この公園内から外へ出たい。そのためには、このまま小道を辿るべきである。そう考えて足を速めたのだが、土道の先に誰かがいた。四阿よりも雑木林にかなり入った地点に、明らかに人影が立っている。

……まだら男？

そう思った次の瞬間、こちらに人影が向かってきた。

聖衣子は回れ右をして走り出した。土道が曲がるところでふり返ると、すぐ後ろに人影が迫っている。

そこから彼女は小山まで一気に駆けあがり、すぐさま反対側の下りの土道に飛びこんで、曲がりの部分で速度を落とした以外は、ほぼ全速力で走った。そうして小公園に出ると同時にふり向くと、土道の先に人影が立っていた。

いつでも逃げられる用意をしつつ、聖衣子は人影に目を凝らしたが、それが遠見奏次郎なのかどうか分からない。そもそも彼の顔は、昔の週刊誌の写真でしか見ていない。しかも前方の人影は布袋のようなものを、すっぽりと頭部にかぶっているのではないか。暗くてよく分からないが、そんな風に思える。

そのとき人影が、すうっと背後の闇に消えた。土道を後ずさりしたのか。大公園側に戻るつもりなのか。

だったら彼女は緑道を走って、先回りができるかもしれない。

……いや、止めとこう。

素人探偵の真似事をしているが、アクションは苦手である。調査の途中で命を落とす探偵役など、小説の中だけで充分だろう。

すっかり夜の闇に沈んだ小公園を眺めていると、どこからか笛の音が聞こえてきそうな気がした。それは奈永の吹く鳥の形の笛なのか……。それとも彼女たちが耳にした正体不明の無気味な音色か……。

ぶるるっと身体を震わせたあと、聖衣子は急いで小公園から出て、そのまま駅前へと向かった。途中で実家の近くを通ったが、もちろん寄りはしない。

さっきの人影は、遠見奏次郎なのか。

駅への夜道を歩きながら、つらつらと彼女は考えた。

遠見家で母親と面談していたとき、廊下で奏次郎が立ち聞きをしていた。だから彼は、あのあと彼女を尾けたのではないか。もしくは笛吹き公園に先回りしたのかもしれない。遠見家を訪ねながらも公園には行かないことなど、まずないと思ったからか。

……何のために？

聖衣子が過去の事件を調べていると知り、それを阻止しようとしたのか。それが事実だとすれば、やっぱり彼が犯人だったことになるのか。

しかし、あの小山で別に襲われたわけではない。追いかけられて怖い思いはしたものの、要はそれだけだった。

……警告か。

これ以上、過去をほじくり返すな——という脅しの意味が、あれにはあったのか。だとしたらまったくの逆効果である。確かに恐怖は覚えた。でも、だからといって屈するつもりはない。もっと調べて隠された真相に辿り着きたい——という好奇心に、さらに火をつけられた気分だった。

第十六章　クラスティーチャー

聖衣子は駅前で夕食をすませてから、喫茶店に入ってノートパソコンを開き、今日の取材をテキストにまとめる作業をした。それが終わるころには、ちょうどクラスティーチャーの授業も終了する時間になろうとしていた。

さて、どうしたものか。

クラスティーチャーの駅前教室が入っているビルの前まで行きながら、あれこれと聖衣子は思案した。

ホラー作家の名刺を受付に出して、三根翔に会いたいと伝えた場合、ほぼ間違いなく「ご用件は？」と訊かれるだろう。仮に「取材です」と答えても、次に「どのようなご取材でしょうか」と突っこまれるのは目に見えている。そこで「個人的な取材です」と言ってしまうと、すねに傷を持つ三根が警戒して、おそらく会えないのではないか。

かといって「二十三年前の松島妃菜の神隠し事件について」と正直に話したとして、どんな反応を相手が見せるのか、なかなか予測しづらい。もしも彼が笛吹き鬼だったら、絶対に避けて逃げるだろう。

ここは嘘をつくしかないか。

彼女はエレベータに乗ってクラスティーチャーの受付がある階まであがると、そこで「こちらに三根翔先生がおられると、小学校で聞いてきました。私は小学校時代の教え子なんですが、今は作家になっておりまして、それで先生に一度ご挨拶できればと思い、こうして伺ったのですが、先生はおられますか」と述べた。

よく聞くと何ら意味のある内容ではないと分かるが、やはり計算通り作家の名刺が物を言ったらしい。受付の女性は「作家になった教え子が、かつての恩師に会いにきた」と勝手に解釈してくれたみたいで、物珍しそうに聖衣子の顔を見ながら「少しお待ち下さい」と言って奥に引っこんだ。

本名を訊かれなくて助かった。

ひとまず胸をなで下ろす。ここで「成瀬京子」と名乗っても、三根は「そんな名前は知らない」と応えるだろう。だがペンネームなら、好奇心を刺激できるかもしれない。

受付の女性は戻ってくると、愛想良く「どうぞこちらへ」と先導しつつ、聖衣子を小さな部屋に案内した。そして「すぐに三根がまいりますので」と一礼して退出したので、とりあえず第一関門は突破したと彼女は喜んだ。

「お待たせしました」

すると本当に時間を空けずに、三十過ぎにしか見えない男性が入ってきた。三根翔なら四十六歳のはずなので、同姓同名の人違いかと焦っていると、

「三根です」

と相手に名刺を渡された。目を落とすと確かに「三根翔」と記されている。

「お、お若いですね」

思わず口をついて出た聖衣子の言葉に、ちょっと不審そうな表情を彼は浮かべかけたが、

「あっ、そうか。年齢はバレてるんだ」

そこから一転して笑顔を見せた。

「……失礼しました」

彼女は軽く頭を下げつつも、相手の「若さの正体」を早くも察した気になった。

おそらく年齢にふさわしい社会的な経験の数々を、ほとんど彼は積んで来ていないのではないか。大人になる過程で味わう艱難辛苦《かんなんしんく》の多くに無縁だったせいで、少しも年相応の顔になっていない。その原因は、間違いなく父親だろう。

いつまでも若々しいと喜ぶ話ではなく、何歳になっても未熟者のままだと嘆く事例が目の前にいる。そんな風に彼女は納得した。

「ところで、あなたは——」

三根が問いかける口調になるのを耳にして、いきなり聖衣子は打ち明けた。

「すみません。受付の人には黙っていたのですが、私の本名は成瀬京子で、七歳のときに笛吹き公園で神隠しに遭った、松島妃菜と橘葵衣の友だちでした」

「えっ……」

と口を開いたきり、彼は絶句している。

「まさか受付で、過去の事件の話をするわけにもいかず、それで先生の教え子ということにして、お取り次ぎをお願いしました」

「……ど、どうして？」

嘘をつかれて怒るよりも、どうやら驚きのほうが先に来たらしく、まだ彼は呆然としている。

この隙を逃さないように、彼女は鞄から菓子折を取り出して手渡しつつ、本当の目的を話した。

「あの事件の取材……」

ようやく三根は理解したようだが、そこから逆に訊かれた。

「私の他に取材した人は、もういるの？」

聖衣子は正直に名前をあげただけでなく、はっと気づいたときには、どういう会話を各人と交わしたか、その内容まで喋るように誘導されていた。

……やられたな。

年齢の割に世間知らずに違いないと、三根を侮《あなど》っているうちに、まんまと彼の術中にはまったらしい。小学校の教師から塾の講師になっている三根は、よく考えると喋りのプロと言えるのではないか。つまり相手から話を引き出すことも、きっとお手の物なのだろう。それに易々《やすやす》と引っかかってしまった。

「こうやって関係者のその後を知ると、誰も幸せにはなってないな」

聖衣子から聞き出した話に対して、三根がその人たちを嘲《わら》けるように嗤《わら》ったので、

「その中には、三根さんご自身も含まれるのでしょうか」

つい皮肉な物言いをして、しまった……と後悔したものの、もう遅い。

「どういう意味だ？」

彼の顔つきが、とたんに険しくなった。

「小学校の教師だったのに、塾の講師に零落れたってことか。作家のセンセイは、塾講師を馬鹿にしてんのか」

「いえ、そういうわけでは……」

「だったら、どういうわけ？」

ほとんど喧嘩《けんか》腰の口調で、三根が詰め寄ってくる。

「妃菜の母親の松島秋菜さんはその後、経営されている複数の会社の業績が上向きになったと聞いています。私の友だちの牧村咲美は、夫の会社を手伝いながら子育てをしている最中です。同じく清水萌子は、その咲美の会社で働いています。全員が幸せにはなっていないわけでは、決してありません」

「あなたは作家になって、ちゃんと成功してるもんな」

一応は聖衣子の発言を認めた様子だったが、相変わらず彼は嫌な嗤いを浮かべている。しかし、ここで彼女が怒ってしまうと取材にならない。

「あの小公園で起きた松島妃菜の神隠し事件を中心に、当時のことを色々と伺いたいのですが、よろしいでしょうか」

そこで改めてお伺いを立てたところ、それまでの饒舌《じょうぜつ》が嘘のように、急に三根は逃げの姿勢を見せはじめた。

「あの場には、たまたま居合わせただけだから、特に話すことなんかない」

「あの日の放課後は、体育倉庫に用事があったんですよね」

「若い教師は何かというと、こき使われたものだ」

「何度も同じ用事を言いつけられる——とか」

「そうだ。よく分かったな」

「つまり放課後になって、あのように運動場の端っこにある体育倉庫に、たびたび行かされて、こき使われたわけですか」

「うんざりしたけど、しょうがない。無論それだけじゃないぞ。他にも用事を押しつけられて、そりゃ大変だった」

そう愚痴《ぐち》る口調は、ほとんど子どもである。

「私たちが小公園で遊んでいたのを、前からご存じでしたか」

「えっ……いいや」

「でも、小公園が小さな子どもたちの遊び場になっていたのは、もちろんご存じだった？」

「だから、そんなことは知らない」

「何度も放課後に体育倉庫まで行かれたのなら、その隣の小公園で遊ぶ私たちの声が、きっと聞こえたはずです」

「し、知らん」

「わいわいと賑やかに遊んでる、女の子たちの声が……」

「………」

「女の子たちの、声です」

「な、何を……」

明らかに取り乱しかけて、突然はっと我に返った彼は、ものすごく猜疑心《さいぎしん》に満ちた眼差しを聖衣子に向けながら、

「……知ってるのか」

「何のことでしょう？」

三根は迷いに迷った末のような表情で、ぽつりとつぶやいた。

「……噂だ」

「三根さんに関する噂、という意味ですか」

「……あぁ」

「噂というレベルではなく、かなりの詳細を調べて知っています」

はったりが自然に口から出たが、三根のような人物には、案外これが有効かもしれないと、ここまでの会話で聖衣子は判断した。

「あれは誤解だった。その証拠に、私は何の罪にも問われてない」

「そんな誤解が、赴任した先々の小学校で、次々と起こったと言うのですか」

いけしゃあしゃあとした三根の嘘に、彼女は腹が立って仕方なかったが、あくまでも感情を抑えて応じた。

「だから、それが誤解だって……」

「そのことはいいんです。私がお聞きしたいのは、松島妃菜の件です」

実際は少しも良くないのだが、彼のわいせつ行為の追及が目的ではなく、妃菜の神隠し事件こそが大切なのだと、聖衣子は自分に言い聞かせた。

「だったら、私は何の関係もない。そもそも私が小公園に行ったのは、あの子が行方不明になったあとだ」

「その前に妃菜を攫っておいて、小公園で騒ぎが起きてから、第三者を装《よそお》って出ていったとも考えられます」

「ば、馬鹿なこと……」

彼は顔を真っ赤にしながら、それでも即座に反論した。

「それが事実なら、私はあの子をどうしたんだ？　攫っておいて騒ぎが起きてから出ていったんなら、その間あの子を、どこかに放置していたことになるぞ。いくら何でも犯人が、そんな無謀をするわけない」

「ですから犯人は、妃菜を隠したんです」

「どこに？」

「体育倉庫の中です」

見る間に三根の顔が青くなった。それだけでなく彼女に対して、彼は恐怖に満ちた眼差しを向けている。

「あのとき小公園にいた大人は、妃菜がまだ公園内にいると思いこんだ。そして警察は、何者かが彼女を攫ってとっくに逃げたと考えた。そのため隣接する小学校の、金網のすぐ向こうにある体育倉庫になど、誰も目を向けなかった」

「……ち、ち、違う」

彼は必死で否定しようとしたが、そこで突然あっと思い出したように、

「も、もっと怪しい人物が、あそこにはいただろ」

「まだら男とラジオ小母さんですか」

「ラジオ……？　あぁ、畠山夏那子か。そうだ、あの二人だよ」

「まだら男こと遠見奏次郎さんは、砂渡奈永と彼女の母親によって目撃され、ラジオ小母さんこと畠山夏那子さんは、あのとき小公園にいた人たちに姿を見られています」

「そうだろ。だったら――」

「しかし二人には、攫った妃菜を隠しておく場所が、どこにもありませんでした」

本当は小山の祠があったのかもしれない。だが今は三根を追いこむ必要があるため、聖衣子は黙っていた。

「そんなもの――」

どうとでもなると言いたかったようだが、その解決策がとっさに浮かばないのか、彼は目を白黒させている。

「あと現場にいた大人は、子どもの付き添い役だった葵衣の母親の絹子さん、町内会の会長の大桐謙作さん、交通安全ボランティアの北越詢子さんですが、三人にも犯行は無理でしょう。そして奈永の母親の利恵さんは、弟の永司くんと小公園に向かう途中で引き返していますので、やはり除外できます。つまり――」

「ちょっと待て」

三根の様子が急に生き生きとしてきた。

「私のことは酷く疑っておきながら、他の者たちに対する容疑については、あまりにも簡単に晴らしていないか」

「まったく別の動機を持った者が、今の中にいたとしたら、どうだ?」

「えっ……」

「あなたには動機があります」

聖衣子の驚く顔を見て、彼は楽しそうな口調で、

「こりゃ作家センセイの取材も、あまり大したことないな」

「は、はじめたばかりですから……」

「なるほど。それもそうか」

もっと嫌味を言われるかと彼女は身構えたが、意外にも三根はあっさりと先を続けた。

「どうして北越詢子が、交通安全ボランティアをしてたのか。その訳を知ってるか」

「いいえ。まだ北越さんのことは、何も調べてませんから」

「彼女は警察を寿退社したあと、娘を授かった。けど、その娘を七歳のときに交通事故で亡くした。笛吹き公園の西側を通る道路でな」

「……だからといって、女の子を攫いますか」

どきっとしたのは事実だが、すかさず聖衣子は反論した。

「自分の亡くなった娘が生きていたら、あの子のように元気に遊んでいた……と思える少女が目の前に現れたため、つい出来心でふらふらっと攫ってしまった……なんてことは、いかにもあり得るんじゃないか」

「妃菜だけならまだしも、葵衣も攫ったうえに、奈永まで狙ったなんて……」

「攫ったあとで、やっぱりこの子じゃないと違和感を覚える。それで次の子を探す。そのくり返しだったんだよ」

「妃菜と葵衣と奈永の三人は、見た目も性格もかなり違いますよ」

「同じ年頃の女の子なら、きっと誰でも良かったんだろう」

先ほど三根が口にした動機と早くも異なっているが、あえて触れずに彼女は、

「妃菜を攫うものの違うと分かる。次に葵衣を狙って失敗する。その次に奈永を狙ってまた失敗する。再び葵衣を攫う。そこで犯行が止んだのは、亡くなった娘さんの代わりに、葵衣がなったからですか。でも、そうなると北越さんは、葵衣といっしょに暮らしたことになりませんか。いくら何でも周囲に気づかれず──」

「攫ったあとのことまで、私は知らない」

ぶっきらぼうに彼は遮ってから、

「しかし犯行が止んだ理由なら、簡単に見当がつく」

「何ですか」

「二人目の娘ができたからさ」

そのための生贄が、妃菜と葵衣だった……。

という考えが聖衣子の脳裏に浮かぶ。さすがに有り得ないと否定しかけたが、人間の願いなど千差万別であると思い直した。

……北越詢子も容疑者に加えるべきか。

だが、そこで重要な問題に気づいて、彼女は首をふった。

「北越さんは容疑者に成り得ません。なぜなら彼女にも、攫った妃菜を隠す手立てがなかったからです」

「本当にそうか」

相変わらず三根は勢いづいている。

「あのときの彼女の行動を、よく思い出してみろ」

「北越さんは雑木林から現れて……、妃菜の捜索に加わって……、それから警察に連絡するために……」

そこまで回想したところで、聖衣子は小さく叫んだ。

「車だ！　彼女は北の住宅地に、自分の車を停めてました」

「私の体育倉庫よりも、ずっと良い隠し場所じゃないか。しかも、それは移動できる。まさに一石二鳥だろう」

「北越詢子さんのお住まいは？」

「確か川添町のはずだ」

「北越さんのこと、とてもよくご存じですね」

いかにも勝ち誇った態度を見せる三根だったが、この指摘でとたんにグラついた。

「た、たまたまだ」

「そうですか。まるで前々から事件の関係者の動向を、ずっと探っていたように見受けられるのですが……」

「まさか。どうして私が――」

「やっぱり気になるからでしょう。その理由は分かりませんが……」

「もう仕事に戻らないと」

いきなり取りつく島がなくなった彼に、橘葵衣が失踪した日のことも尋ねたが、松島妃菜のときほど記憶がはっきり残っていないと言われた。

仕方なく聖衣子は礼を述べてクラスティーチャーを辞すと、そのまま帰路についた。

かなり突っこんだ話ができたうえ、北越詢子の情報も聞き出せた。よって実りのある面談だったと思うのだが、どうもすっきりしない。

……結局は逃げられたから？

三根翔の容疑は相変わらず灰色のままだった。それは他の容疑者にも当てはまるが、彼の場合は妙に腹立たしい気持ちになる。おそらく動機が女の子に対する性的なものだからだろう。もちろん子どもの生贄が、わいせつ行為よりも増しなわけでは当然ない。にもかかわらず特に怒りを覚えるのは、彼が教師という立場を利用したからである。

三鷹のマンションに帰ってから就寝するまでの時間、彼女はパソコンの前に座って今日の取材のまとめに没頭した。

わいせつ犯の三根は、妃菜たちの事件の真犯人なのか。

そのせいでベッドに入ってからも、この疑いが彼女の脳裏から離れずに、ぐるぐると渦巻《うずま》き続けた。

第十七章　死者の家

翌日の水曜の午前中、聖衣子は千代田《ちよだ》区永田《ながた》町の国立国会図書館にいた。垂麻家が信仰する「達磨像」について調べるためである。

しかし午前いっぱいを費やしても、何の成果もなかった。そういう資料が一切ない。少しも見当たらないのだ。もちろん本物の達磨に関する参考文献は普通にあったが、彼女が求めているものとは、残念ながら根本的に違っていた。

無駄だろうと思いつつ「だれま様」も調べてみたが、やはり予想通りだった。まったくかすりさえしない。

かなりの徒労感を覚えながら、聖衣子は摩館市を目指した。

ちょうど昼時に着いたので、前中町の商店街にある今ではレトロに映る喫茶店で、昔ながらのケチャップで彩られたオムライスを食べる。同年代の多くは「ええっ、デミグラスソースでしょ」と言うが、彼女は断然ケチャップ派である。食後に注文した珈琲も美味しく、おかげで癒やされた気分になった。

同じ商店街で手頃な菓子折を二つ買ってから、彼女は畠山家を訪ねるために川添町まで歩いた。同じ町内に住む畠山夏那子と北越詢子のうち、どちらを先に訪問するのか。この答えはすぐに出た。二人を比べてみた場合、その面談により苦労しそうなのは、どう考えても夏那子のほうだろう。

ラジオ小母さんだから……。

今でもラジオの「放送」を聞いているのか、それは分からない。でも清水萌子の話によると、老人ホーム里山に大桐謙作を訪ねた際、夏那子は鞄からラジオを取り出したという。つまり今なお、ラジオに依存している可能性があるわけだ。

一方の北越詢子は、長女を交通事故で亡くしたとはいえ、その後に次女を授かっている。少なくとも畠山夏那子よりは、まともに話せるのではなかろうか。

より大変なことを先にすませる。

子どものころから聖衣子は、そういう性格だった。

川添町に向かう途中で、またしても実家の前を通る。他にルートがないわけではないが、よく知っている道を無意識に選んでいるらしい。

畠山家は築年数が古そうな木造二階建てながら、聖衣子の予想とは違っていた。町内の他の家屋と比べても、特に怪しげな点は見当たらない。

……もっと廃屋《はいおく》のような家かと思った。

そんな失礼な想像をしたのは、やっぱり相手がラジオ小母さんだからだろう。

インターホンを押すと、しばらく待たされてから女性の声が出た。声音《こわね》の感じから中年以上だと察しがつく。夏那子だろうか。

聖衣子は訪問の目的を、三根翔のときと同じく正直に告げた。

「あのときの……」

作家だと名乗って返ってきた相手の反応よりも、あの事件の関係者――それも子どものひとりだった――と説明されて驚く声のほうが、はるかに強かった。

「……分かりました。どうぞお入り下さい」

インターホン越しのやり取りは、少なくとも普通である。

……萌子の話と違う？

とっさに頭が少し混乱しかけたが、まともに会話ができるのであれば、それに越したことはない。それに萌子の話は昔から、あまり当てにできなかった。

玄関戸を開けて出迎えてくれた夏那子は、六十前後の普通の女性に見えた。わずかでも警戒心を抱かせる様子など、ほぼ皆無と言えた。

「私でお役に立てるかどうか……」

「そういうご心配は、まったくご無用です。とにかくお時間をとっていただき、ありがとうございます」

三和土をあがった右手に階段があって、その奥の客間に聖衣子は通された。勧められるまま座蒲団に正座すると、いったん引っこんだ夏那子が盆に二つの湯飲みを載せて現れ、それを座卓の上に置く。

そこまでの流れが、ごく自然に展開されたにもかかわらず、聖衣子はずっと一点だけを見つめていた。

……ぽつんと座卓の上にある小さなラジオ。

目の前に夏那子が座っても、どうしてもラジオから視線を外せない。いや、ちゃんと相手に顔を向けているのだが、ちらちらと横目を使ってしまう。失礼だと思いながらも、もう気になって仕方がない。

「これのせいで、みなさんにご迷惑をおかけしました」

どこか懐かしむような口調で、ぼそりと夏那子が喋ったため、

「今は、もう……」

遠慮がちに尋ねると、にっこりと微笑みながら相手がうなずいた。

「そうでしたか」

やっぱり萌子の話は、かなり誇張《こちょう》されていたようである。ただし夏那子の次の言葉で、聖衣子は思わず身を乗り出した。

「ここから昔はね、変な笛の音も聞こえたの」

「ど、どんな音です？」

しかし夏那子の説明は、どうにも要領を得なかった。とても上手く表現する術《すべ》がない……と言わんばかりに困っている。

奈永や自分たちが耳にした笛の音と、果たして同じものだったのか。

聖衣子は判断に迷った。とはいえ事件の関係者が聞いた「変な笛の音」が、まったく別の違う音源だったと考えるほうが、やはり不自然だろう。

「その笛の音も、今は止んでるんですか」

再び夏那子はうなずいたが、もう笑みは浮かべていない。

「ただね、どうにも手放せなくて……」

ラジオを愛おしそうになでながら、

「もう必要ないと分かってるのに、こうして手元にないと不安になるの」

「……無理もないと思います。けど普段からお持ちになっても、別に不自然なものではないので、よろしいのではないでしょうか」

「そう？　そうよね」

とたんに夏那子がうれしそうな顔をしたので、良いタイミングだと思った聖衣子は、鞄から菓子折を取り出した。

「これは取材の、ほんのお礼代わりです」

しきりに相手が固辞するので大変だったが、どうにか受け取ってもらう。

……ぎしっ。

そのとき二階で、人の気配のような物音がした。

旦那さんかな。

夏那子よりも年上だとすれば、すでに定年退職して家にいても変ではない。もしもそうだとしたら、あまり長居はできないかもしれない。

「それで私は、何をお話しすれば……」

これまでの人当たりの良さとは裏腹に、いきなり夏那子は不安そうな顔を見せた。聖衣子は申し訳ない気持ちになりながらも、そこは心を鬼にして、

「松島妃菜が消えてしまった日、あの小公園で何かご覧になっていないか、または何か耳にされていないか、ということをお訊きしたいのですが……」

「そう言われましても私、これに頼っていた当時は、いつも記憶があやふやで――」

と卓上のラジオに目を向けながら、

「しょっちゅう笛吹き公園に行っていたのは、よく覚えています。ただね、いつもあそこを彷徨《うろつ》いていたので、特定の日のことを訊かれても、それと他の日との区別とが、まったくつかない有様だったんですよ」

「例えば前の週の月曜に誰かと公園で会ったとして、そのこと自体は覚えているけど、何曜だったのかは分からない――という意味でしょうか」

「……はい。すべてが混ざり合ってる……そんな感覚に、あのころは囚われてました」

「それは大変でしたね」

思わず心から同情したが、これでは話を聞いても意味がないと、聖衣子は困った。それが表情に出てしまったのか、

「ごめんなさい、お役に立てそうもなくて……」

いきなり夏那子に頭を下げられたので、大いに焦って首をふった。

「とんでもないです。こうやって会ってもらえただけでも、本当に感謝しています」

「でもね、具体的なお話ができなかったら、少しも取材にならないでしょ」

「漠然とした質問ですみませんが、あの当時の出来事で、どうにも気になっている記憶が、何か残っていませんか」

眉間にしわを寄せつつ小首をかしげて、夏那子は真剣に思い出す仕草をしたあと、

「あなたのお友だちが神隠しに遭った事件は、こういう言い方は不謹慎ですけど、もちろん興味を持ちました。娘の失踪の手がかりが、そこにあるかもしれませんからね。ただし当時の私の精神状態が、先ほどのような有様でしたので……、お友だちの報道についても、どこまで理解できていたのか……。でもひとつだけ、はっきりと引っかかるものがありました」

「な、何でしょう？」

反射的に聖衣子は前のめりになった。

「……奇妙な笛の音です」

「砂渡奈永が耳にして、私たちも微かに聞いたと思った、あの――」

「けれど先ほども言いましたように、それが事件の起きた日のことだったのかどうか、私には分かりません」

「はい、そうでしたね」

がっかりとした口調にならないように、聖衣子は気をつけたのだが、

「ただ、その音を聞いたのが、一度だけではなかったような……」

「ええっ、何度もあったのですか！」

次の夏那子の言葉で、とっさに叫んでいた。

「そんな記憶が、どうもあるんです」

「あの小公園において、という意味ですか」

「……おそらく。少なくとも笛吹き公園内だった、とは思います」

聖衣子が大いに興奮していると、

……ぎし、ぎしっ。

またしても二階で物音がした。今度は明らかに歩いているような気配がある。しかし今は目那の存在を気にしている場合ではない。

「もう少し詳しく、その笛の音について思い出せませんか」

「今ずっと、よくよく考えているのですが……。そういう奇妙な音色を、あの公園で何度か耳にしたという以外は……」

「いつから聞くようになったのでしょう？」

「お友だちの神隠しが起きる、前だったのは間違いない気がします」

「それは毎日でしたか。それとも週に何回とか」

「……すみません。そういう判断が……」

「あっ、いえ、こちらこそ申し訳ないです。先ほどご説明をちゃんと受けているのに、本当に失礼しました」

聖衣子が頭を下げると、その仕草にまるで呼応するかのように、

……どんっ。

二階で奇妙な物音が響いて、とっさにぎくっとした。

もう帰れと、旦那さんが怒ってるのかな。

この客間の会話の内容が、二階にいて聞き取れるとはとても思えないが、それに関係なく長居する客が嫌いなのかもしれない。

とはいえ、あの笛の音について新たな手がかりが得られそうなのに、そう易々と引き上げるわけにはいかない。

そう聖衣子が決意を新たにしていると、

……どん、どんっ。

まるで彼女の意思に対して「否」と応えるかのように、またしても二階で変な物音がしたので、さすがに見上げてしまった。

「あら、ごめんなさい」

すると夏那子がすぐに謝った。だが、さして悪いとは思っていないらしく、その顔には笑みを浮かべている。

「あの子が部屋にいるんですけど、ちょっと騒がしいですよね」

「旦那さんでは……」

「主人なら朝から出かけました。定年退職後も、何やら忙しくしています」

「仁美さんの、弟さんか妹さんですか」

あの子というからには、そうだろうと思って尋ねると、

「いいえ、本人ですよ」

一瞬「本人」が誰なのか分からなかったが、すぐさま察した聖衣子は、そのまま身体が強張ったように固まった。

……三十三年前に笛吹き公園の小山で姿を消した女の子。

その子が畠山家にいつの間にか戻って暮らしている……。

いやいや、いくら何でも有り得ない。そんな出来事があれば大騒ぎになっている。ずっと地元を離れていた聖衣子が仮に知らなくても、今回の再会のときに萌子が絶対に教えてくれたはずである。

「あの子に弟か妹がいれば、本人も淋《さび》しくなかったかもしれませんねぇ」

しみじみとした口調で、夏那子が二階を見上げながら言ったのだが、いったいどういう意味がこめられているのか。

「あなたは……」

「……ひ、ひとりっ子です」

「そう。仁美と同じね」

夏那子は視線を、二階から聖衣子、聖衣子から卓上のラジオへと移しながら、

「このラジオのおかげなの」

「仁美さんが……」

見つかったのは――と言うべきか、帰ってきたのは――と続けるべきか、とっさに聖衣子が迷っていると、

「あの子が現れたのは……」

何とも妙な表現を夏那子はした。しかし本人は、それが可怪しいとは少しも思っていないらしく、愛おしそうにラジオをなでている。

「あの、どこに？」

「それは小山の上ですよ」

当たり前のことを訊くのね、という夏那子の反応だったが、別に気を悪くしたわけではなさそうで、相変わらず微笑んでいる。

この人は未だにラジオ小母さんのままだった……。

目の前の現実を認めたくない気持ちが、聖衣子には強くあった。あまりにも可哀想だったからだが、と同時に恐ろしかったからでもある。

「お会いになる？」

次の夏那子の一言で、同情は完全になくなり恐怖だけになった。

「あの子はね、ずっとあっちに行ってたから、向こうには詳しいの。きっと妃菜ちゃんや葵衣ちゃんとも、あっちで会ってるに違いないわ」

あっち……とは、どこなのか。それを尋ねたいと思いつつも、やっぱり聞きたくないと怯える自分がいることに、聖衣子は気づいた。

なぜなら聞いてしまうと、あっちに連れていかれるから……。

そんな予感を覚えたとたん、今すぐこの家を出るべきだと悟った。何の根拠もない懼れに過ぎないのに、このままでは手遅れになると感じた。

「きょ、今日は、これから他に行くところも、あ、ありますので……」

聖衣子は急いで断ったのだが、

「ね、そうしなさい」

まったく夏那子は聞いていないばかりか、

「ひとみぃー、ひとみちゃーん！」

二階を見上げながら、娘の名前を呼びはじめた。

「あ、ありがとうございました。これで、し、失礼します」

慌てて立ちあがりながら頭を下げて、そのまま聖衣子は玄関に向かった。

……ずずっ。

二階で襖が開いたような物音がした。

……した、した、したっ。

それから廊下を歩く足音のようなものが聞こえてきた。

聖衣子が小走りで玄関まで達したとき、二階の階段の下り口に、ちょうど何かが立った気配がした。今もし彼女がふり返っても、それは見えなかったかもしれない。だが万一、女性らしい足だけでも目に入ったら……と想像しただけで震えた。

「突然どうしたの？」

後ろから夏那子の声が追ってくる。

「あの子に会えるなんて、めったにないのよ」

「い、いえ……、今日は本当に、も、もう失礼しないと……」

「だったら顔を見るだけでも——」

絶対に厭だ！

今にも聖衣子が叫び出しそうになっていると、

……だん、だん、だんっ。

ゆっくりと階段を下りる足音が響いてきて、そこに夏那子のうれしそうな声が、当たり前のようにかぶさった。

「あら、仁美」

もう限界だった。聖衣子は靴に両足を突っこむや否や、玄関戸を開けて表へ飛び出した。それでも後ろ手で閉めるくらいの礼儀は、かろうじて残っていた。

しばし外の道で立ち止まる。夏那子が追いかけてくるかと身構えたが、玄関戸の開く気配は一向にない。ようやく安堵して歩き出して、ぎくっとした。

……二階から何かが見てる。

こっちを凝視する視線を厭というほど感じた。ふり向いて見上げたかったが、その一瞬の動作を一生ずっと後悔するかもしれない。そんな感覚に囚われる。

……止めとこう。

聖衣子は気づかないふりをして歩きはじめた。その視線がずっと自分のあとを追いかけてくるのを、充分に意識しながら……。

第十八章　生者の家

　忌まわしい視線を感じなくなったところで、北越家の前に着いていた。畠山家の古びた家に比べると、外装塗装を最近したばかりなのか、真新しく映る綺麗な家である。この外装を目にしただけで、幸いにも少しは安堵できたかもしれない。

　だが聖衣子は、まだ動悸《どうき》が治まっていなかった。こんな状態で訪問するのは、さすがに良くない。もう少し落ち着いてから……と思っているうちに、ばたんっと玄関の扉が開いて、ちょうど五十半ばくらいに見える女性が、エコバッグらしき物を手に出てきた。

「うちにご用ですか」

　向こうから声をかけられたので、聖衣子も答えざるを得なくなって、しどろもどろながらも用件を伝えたところ、

「えっ、あ、あの事件の……」

　と言ったきり、しばらく女性は絶句してしまった。

「突然にお訪ねして、本当に申し訳ありません」

「……いいえ、だ、大丈夫です」

　そこから女性は急に、好奇心を刺激された様子になって、

「当時の捜査関係者にも、もう取材されたんですか」

「そういう警察関係にお話をお聞きするのは、なかなか難しそうなので、まず摩館市におられ

る方からと考えまして——」

「ええ、そうですね。あっ、すみません。あのとき交通安全ボランティアをしていた、北越詢子が私です」

彼女は名乗りながら軽く頭を下げると、

「お入りになりますか」

ほとんど迷うことなく快く取材を受けてくれた。

「でも、どこかにお出かけされる——」

「夕飯の買物ですから、あとでも問題ありません」

うながされるままに家へとあがり、居間のソファを勧められたあと、聖衣子は菓子折を差し出した。

詢子は緑茶を淹《い》れに立ったあと、

「お持たせですみませんが——」

と言いながら、盆の上に湯飲みと菓子折の中身を盛った菓子皿を載せて、居間に戻ってきた。そんな相手の様子から、この取材は上手くいくに違いないと聖衣子は喜んだ。

最初は詢子の質問を受ける恰好で、いかにして作家になったかを語る羽目になった。それから今回の取材で得た情報も一通り喋ったあとで、ようやく事件の話に入れた。

「あのとき北越さんは、交通安全ボランティアをしておられて、小公園での騒ぎに気づかれたんですよね」

「そうです。小学校前での児童に対する保護誘導を終えて、ちょうど小公園の裏手に当たる歩道を通っていたときに、子どもの名前を呼んでいる声が聞こえて、それが普通ではない感じがしたものですから、あの雑木林を抜けて様子を見に行きました」

さすがに元警察官だけあって、少し言葉づかいは堅いものの、当時の自分の行動を的確に表現した。

「ご自宅に帰る途中だったのでしょうか」

だが聖衣子は、相手の確かな喋り方に感心するよりも、これはチャンスだと喜んだ。問題の車について、ごく自然に訊けるからだ。

「ええ、大公園の北側の住宅地に、真柴《ましば》さんというお宅がありましてね。そこの駐車場に私、当時は車を置かせてもらっていたんです。真柴さんも以前、交通安全ボランティアをされてまして、そのご縁で親切にしていただきました」

「なるほど」

あいづちを打ちながらも、詢子から話してくれた事実に、聖衣子は少し戸惑った。

もしも犯人なら、自分から車のことは言わないのではないか。

また小公園から住宅地まで、妃菜を抱えて移動できるだろうか。

その間どこかで、誰かに見られる可能性が高いのではなかろうか。

次々と疑問が浮かんでくる。そのため三根翔と比べた場合、より詢子のほうが容疑は薄いという印象を受けた。

妃菜の神隠し事件に関して、詢子は積極的に話してくれた。しかし目新しい情報は残念ながら得られなかった。そこで笛吹き男事件について尋ねた。何と言っても当時、相手は現役の警察官だったのである。しかも退職してから三十年以上が過ぎている今、事件について赤裸々《せきらら》に話しても、きっと問題はないだろう。

そんな期待を聖衣子は持ったのだが、なんと見事に裏切られてしまう。

「確かに警察官でしたけど、一番下っ端ですからね。肝心の捜査の内容なんて、とても教えてもらえません。それに当時は——今でも大して変わらないかなぁ——女性警官は、子どもやお年寄りの相手をしていれば良い、という風潮が強くありました。警察なんて今も昔も、完全に男の縦社会ですからね」

「すごく分かる気がします」

相手に同調しながらも、聖衣子が意気消沈していると、

「ここで私が話したことは、いずれ本に書かれるわけですか」

あっさりとした口調ながらも、明らかに探る意図を持って詢子が訊いてきたので、

「これはオフレコだと言ってもらえれば、もちろん書きません。もし本の材料として使う場合も、北越さんからの情報だと分からないようにします」

「でしたら、あくまでも当時の捜査関係者たちの間に漂っていた、一種の雰囲気のようなものとしてお話ししますけど——」

「その点をよく理解して、お聞きします」

「畠山仁美ちゃんの誘拐犯は、遠見奏次郎さんではないか……という疑いがあったように思います。ただし、その犯行方法が、どうにも不明でした。だから任意で引っ張って、おそらく喋らせようと考えたのでしょう。でも、それが上手くいかなかった。私の個人的な想像も入っていますが……」

「妃菜の事件のときも、やっぱり遠見奏次郎は疑われたのでしょうか」

「もう警察を離れてましたから、よくは知りませんが、そういう容疑はあったみたいです。と

はいえ今回は、被害者の友だちのお母さんが、公園の小山の雑木林から飛び出してきた遠見奏次郎さんらしい扮装の人物を目撃したけれども、ひとりだったと証言したことから、妃菜ちゃんの連れ去りは否定されたはずです」

「そのお母さんとは、私の親友の奈永の母親で、砂渡利恵さんだったんです」

「あぁ、そうでしたね」

詢子の受け答えを耳にして、この人も事件の関係者の詳細を知っているのだと、聖衣子は察した。元警察官だからか、自分も巻きこまれたせいか、あるいは……と疑いかけたが、ふと気になった問いかけを彼女はした。

「まだら男について、警察はどう考えていたのでしょう？」

「元々まだら模様の衣服を着用していたことから、遠見奏次郎さんの扮装……という見方だったと思います。ただ、はっきりと彼だと断言できた例は、かなり少なかったかもしれません」

「松島妃菜の事件のときが、そうですよね」

「はい。けれどご本人が、それを認めたかどうかは別になります」

「砂渡奈永の未遂のときも？」

「同じことが言えます」

「そのあたりの問題をはっきりさせるためには、当時の捜査関係者にお話を聞かなければなりませんか」

「そうですね。はっきりと彼だと断言できなかった原因のひとつに、まだら男があの小山に出没する……という噂の存在がありました。あれらは嘘というか、都市伝説や怪談に近いものでしょうから、まともに相手をするわけには、警察としてもいかなかった。そんな事情があったため、よけいにややこしくなった気がします」

「怪談とおっしゃったので、思いきってお尋ねしたいのですが――」

聖衣子の物言いに、何らかの不穏さを覚えたのか、詢子はうなずきつつも警戒する眼差しを向けてきたため、

「一連の事件において、まるで人知を超えたようなものを意識した……という感覚に囚われたことは、ほんの少しでも結構ですから、なかったでしょうか」

かなり持って回った表現をしてしまった。それでも失笑されるかもしれないと、聖衣子は大いに覚悟した。

「…………」

しばらく間が空いたあと、詢子が口を開いた。

「私は幽霊なんてものは、まったく信じていません」

相手を怒らせたか……と聖衣子は思わず後悔しかけたが、その後に続く言葉のニュアンスに、おやっと身構えた。

「警察の上司や同僚や後輩にも、そういう人は多いです」

「やはり職業柄でしょうか」

と返しながらも、ここから反語が来る予感に聖衣子が震えていると、

「ただ医療関係者と同様に、警察官も『死』を扱います。そのため時に、何とも不可解な目に遭うこともあると聞きました」

予想通りの応えがあって、本当に己の心が震撼した。

「もっとも仮に不可思議な体験をしても、それが表に出てくることは、まずありません。そも

そも公式な記録には残り……残せませんから」

「それは、そうですよね」

　理解を示す聖衣子に対して、詢子は共犯者のような笑みを少し浮かべると、

「とはいえ内輪では、どうしても噂になります。そこから外部に漏れるのは、まぁ時間の問題でしょう。当時の週刊誌の一部が、橘葵衣ちゃんの事件のとき、見張り役の刑事たちが奇妙な体験をしたと報道しています」

「その記事は、私も読みました」

「だったら話は早いですね。ただ、あれは警察がつかんだ不可解な出来事の、ほんの一端だけだったようです」

「他にもあった……と？」

「遠見奏次郎さん、畠山仁美ちゃん、松島妃菜ちゃん、橘葵衣ちゃん、砂渡奈永ちゃん、といった人たちの事件のすべてに、そういう要素があったみたいです。私が知っている具体例は、あの週刊誌の記事と同じ内容くらいしかありませんけど」

「砂渡奈永と私は、あの当時――」

　例の小山に対して異様な感覚を持っていたことを、聖衣子は隠さずに話した。

「それって、霊感のようなもの？」

「……分かりません。ただ幽霊を見るとか、そういう体験は奈永にも私にもないんです」

　奈永が中学二年生のとき、実家の玄関で妃菜と葵衣を見た……という体験は、本人が夢だと言っていた。そのため詢子にも、わざわざ話さないことにした。

「まだら男だけ、笛吹き鬼だけ、に反応する？　あるいは……」

そう言いかけて口ごもった詢子に、ごく自然に聖衣子は続けた。

「垂麻家のせい？」

「…………」

またしても詢子は無言になったが、それほど今度は長くなかった。

「さすが作家さんね、そこまで調べているわけですか」

「い、いえ……たまたま知ったようなものです」

相手が本心から感心しているようなので、とっさに聖衣子は照れたのだが、

「大きな声では言えませんが、そこに真実があるのではないか――と、私も前々から思っていました」

詢子の真剣な口調を耳にして、はっと身が引き締まった。

「私の父は、叩き上げの刑事でした。もちろん幽霊なんか信じていませんし、神仏に対する信仰心も持ち合わせていなかった。正月の初詣《はつもうで》も、お盆の先祖供養《せんぞくよう》も、それが習慣だからやっていたに過ぎませんでした」

「ほとんどの日本人が、そうかもしれません」

「ええ。ただね、神社にお参りするとき、やっぱり心の中で願い事を唱えるでしょう。それさえも父は、まったくしないの。本当に無神論者だったわけです」

「徹底していたんですね」

「ところが……」

そこで詢子の表情に、さっと影が差した。

「いつのころからか、家の仏壇の前に座る父の姿を、ちらほらと見るようになりました。かと

いって拝んでいるわけでもなく、じっと眺めているだけなんですけど、それまでの父を知っている私には、かなり異様に映りましてね」

「何があったんでしょう？」

「父は仕事の話を、家では一切しませんでした。ただし定年退職したあと、それも晩酌《ばんしゃく》が過ぎるようになってから、ぽつりぽつりとひとり言のように、口にすることがあって……。とはいえ話してはいけないという意識もまだ少しは残っているのか、なかなか詳細を語らないので、密かに耳をかたむけている私なんか、かなりヤキモキしたものです」

「そのお父様のひとり言の中に、垂麻家が出てきたのでしょうか」

こっくりと詢子はうなずいてから、次のような話をした。

「戦前の垂麻家は、摩館の地に広大な地所と財産を持っていた家だったのですが、敗戦後の農地改革のせいで、一気に多くの土地を失います。そのため勢力も減じられてしまった、あのころの言葉で『斜陽族』と呼ばれた立場の旧家でした。それが満洲から復員した長男によって、家の屋敷神として奇妙な達磨像を祀ってから、急に運気があがり出します。手を出す事業はどれも大当たりをして、もう大変な羽ぶりになりました。戦前から摩館の市政には大きな影響力を持っていましたが、一時はそれが都政にまでおよぶほどだったといいます。けれど、この栄華を極めた状態が続いたのは、ほぼ二十年ほどだったんです」

「次第に没落をはじめた……らしいですね」

「しかも昭和四十年代の半ばごろから、精神的に病んでしまう者、可怪しな言葉を喋り散らす者、ふっと行方不明になる者、突然の奇行を見せる者、狂信的な信心を見せる者などが、一族の中から次々に現れ出したのです」

「そういう者たちが色々と事件を起こしたけど、垂麻家がもみ消したため警察沙汰にはならなかった……」

「よく調べられましたね」

実は伯父のメモがありまして、今のお話とほぼ同じ内容が記されていました……とは今さら言えないので、聖衣子は黙ったまま愛想笑いを浮かべた。

「しかしながら垂麻家の不祥事は続き、同時に経済的な損失も大きく受けたので、さすがに同家の衰えは止められなかったみたいです。そんな状態が平成になるまであって、あとは落ち着いたと言いますか、特に目立った出来事はなかったそうなんですが……」

ここで詢子はいったん口を閉じて、まじまじと聖衣子を見つめると、

「にもかかわらず摩館市の人たち――それも年配者の多くは、今でも垂麻家に対する畏怖の念を持っています。なぜなら同家の謎に満ちた達磨信仰に、どうにも奇妙な力があるのではないか……という疑念を、それが多いか少ないかの差はありますが、結構な人が抱いているからなんです」

「……だれま様、ですか」

「あぁ、その呼び名……。ちらっと父が漏らしたことがあります」

「そういった超常的な力を、お父様も認めておられたのでしょうか」

「おそらく父は、いかに権力を過去に持っていたとはいえ、明らかに没落しているはずの垂麻家が、いつまでも一族が起こした事件の揉み消しを完全に行なえた不自然さが、まず気になったのではないかと思います。そこで色々と調べはじめてみたところ、どうにも不可解な現象の数々にぶち当たったのではないか……というのが、酔った父と話していて感じた、私の見立て

です」

　ここで聖衣子は、これまでの読書体験によって得た知識「いびつな異形の存在に願をかけることで、本来は叶えられないはずの幸運を過分に受けた人間は、やがて反動を受ける羽目になる」のではないか――を詢子に話してから、

「そう考えると垂麻家の凋落《ちょうらく》もよく理解できるのですが、その一方で相変わらず事件の揉み消しだけが成功しているのは、ちょっと可怪しくないですか」

「その法則を晩年の父に聞かせたら、きっと納得したでしょうね。私も今なるほどと、ちょっと思ってしまいました」

「しかしながら垂麻家だけは、奇っ怪な達磨像という謎の信仰対象に、実は完全には見離されていない――ように見えませんか」

「それを祀っている本家だから……でしょうか。その大本が滅んでしまっては、元も子もなくなりますからね」

「……言われてみれば、その通りです」

　こんな単純なことに気づかなかったのか、と聖衣子は自分でも呆れた。

「あと考えられるのは、垂麻家の問題ある者たちの行為が、どれもこれも邪悪だったからかもしれません」

「つまり『垂麻家の神』として祀られている達磨像にとって、それらは望ましいものばかりだった。だから守ろうとした。そういうことですね」

　詢子は重々しくうなずいたあと、

「でも、今の私たちのやり取りのようなこと、実際に調べるとなると大変ですよ」

「……不可能かもしれません」

思わず弱音をはいた聖衣子に、ここまでの取材内容について詢子が訊いてきたので、簡潔にまとめて話した。

「さすが作家さんですね。よく取材されていると思います。それで今後の予定は？」

「摩館市では、幼なじみの牧村咲美と奈永の母親の砂渡利恵に、ここ以外では、二十三区内に住んでるらしい松島秋菜に会うつもりです」

「橘葵衣ちゃんのお母さんは？」

「亡くなってるそうです」

「……お気の毒に」

そう言えば関係者で故人なのは、橘絹子ひとりだけだと、改めて聖衣子が思っていると、

「だれま様について調べるのが難しい……という話をしましたが、こうなったら一度、瓢箪山に行かれてはどうでしょうか」

「……あれ？　聞いたことがあるような、ないような名前です」

「本当なら子どもの遊び場になりそうな低い山ですが、親御《おやご》さんたち、特に祖父母のいる家庭では、あそこに行ってはならん……と注意しているみたいで、いつも人気のない、なんか怖く感じられる場所なんです。実は去年、その山で――」

そのとき電話が鳴った。居間の隅に置かれた固定電話である。

「すみません」

詢子は断ってから電話に出たが、何やら困っているような様子のやり取りが続いたあと、ようやく戻ってきた。

「ごめんなさい。もう少ししたら、ちょっと出かけなければならなくなって……」

「あっ、こちらこそ長居をしてしまいました」

聖衣子は慌てて暇《いとま》を告げたが、ふと交通事故で亡くなった詢子の娘に、線香を手向《たむ》けたいと思った。本来なら最初に参るべきだろうが、今からでも遅くはない。

この想いを伝えると、詢子は喜んで仏壇のある部屋に案内してくれた。そこだけが和室の造りらしく畳敷きになっている。

仏壇に向かって正座する前から、聖衣子は供えられた二枚の写真に目がいった。右手の一枚には六、七歳の、左手の二枚目には十歳くらいの、どことなく顔立ちの似た女の子が写っている。見た目の年齢から考えると、右手の写真は交通事故で亡くなった長女だろう。すると左手に写っているのは、いったい誰なのか。

……次女？

北越詢子は長女を失ったものの、その後に次女を授かった。三根翔の話はそうだったではないか。それなのに仏壇には、もうひとりいる。

まさか次女も亡くなってるのか。

愕然《がくぜん》としながらも聖衣子が線香をあげていると、

「上の子を交通事故で殺されて、だから交通安全ボランティアになったのに、また下の子も交通事故で……。それですっかり止めました」

どこで次女は事故に遭ったのか。

長女と同じ道路ではないのか。

しかも、まったく同じ場所だったとしたら……と想像して、聖衣子は震えながらも、そんな自分を嫌悪した。

けど……。

結局は次女も亡くしてしまう状況は、遠見奏次郎と似ていると言えないか。

聖衣子は畠山家を出たあと、あそこは死者の家だったのではないか……と感じた。それに対して北越家は、生者の家のように思えたのだが、実は同じだったのだろうか。

もう何も訊けないまま、聖衣子は北越家を辞した。そして詢子から教わった道を辿って、瓢簞山を目指した。

第十九章　瓢箪山

畠山家と北越家を訪ねた川添町から、聖衣子の実家がある川角町を経て、いったん彼女は伝統的建造物群保存地区まで戻った。そこから北東に進んでいくと、新旧の家屋が入り交じった住宅地に出る。おそらくリフォームをしている家が多いのだろう。

まったく途切れることなく続く住宅地の先に、やがて摩館市立第三小学校が現れる。きっと昔は住宅地と小学校の間に、ある程度は田畑や空き地が広がっていたに違いない。そこに少しずつ家が建ちはじめて、ふと気づくと土の地面がなくなっている。どこにでも見られる光景と言える。

ところが、小学校の向こう側、校舎の北東の方向には、なんと広い田畑が今でもあった。お屋敷のような大きな家も点在している。そこが布引町だった。

この風景の中でも聖衣子の目を特に引いたのが、田圃《たんぼ》の真ん中にぽつんと存在する墓地、こぢんまりしているのに深くて暗そうな黒い森、ぽっこり盛りあがった釣鐘《つりがね》のような小山、この三つである。

あれが瓢箪山？

そんな風には見えないのに、と思いつつ田圃の脇の道を辿ると、その横にもっと低い山が現れた。どうやら二つの小山が並んでいるらしい。

なるほど、確かに瓢箪だ。

巨大な瓢箪を横にして地面に埋めたような、と表現すれば分かりやすいか。ただし「瓢箪山」と呼ばれているのは高いほうの山で、低い山は違うらしい。その低山の天辺に、垂麻家の屋敷があるからだという。北越家を辞す前に、詢子が教えてくれた。

垂麻家……。

一瞬その家を訪ねようかと考えたが、まったく訪問理由を思いつかない。笛吹き公園の小山にある祠くらいしか、同家と事件との関わりはなさそうである。あまりにも細い糸を辿って、無理矢理に押しかける手もないことはないが、間違いなく門前払いを食うだろう。そもそもインターホンを鳴らしても相手にされず、何の応答もないままかもしれない。

行くとしても最後か。

やや悲壮《ひそう》な決意を胸に瓢箪山の麓に着くと、古ぼけた木の鳥居に出迎えられる。その先には幅がせまくて急な石段が、ずっと頂上まで延びている眺めがあった。

すでに夕間暮れのせいか、辺りは薄暗くなっている。鳥居を潜って石段に足をかけたとたん、さらに翳った。石段の両側は鬱蒼《うっそう》と茂った樹木である。そのためかと納得しかけたが、すうっと視界に薄闇が降りた感覚があって、どうにも気持ち悪い。単純に樹木が西日をさえぎったせいとは、どうしても思えない。

……厭なところに来たなぁ。

しかも、よりによって逢魔ヶ刻と呼ばれる時間帯である。ふり返ると笛吹き公園を訪れたときも、こんな夕暮れだった。タイミングが悪いとしか言えない。

それとも謀られてる？

いったい何に……？

いかにホラー作家とはいえ、そういう疑い方をするのは、なかなか心が病んでいる証拠ではなかろうか。

ぐらっと足下の石段がゆらいで、聖衣子は大いに焦った。よくよく目をこらすと、かなり足場が悪い。よけいなことは考えずに、今は足下に注意するべきだろう。

半ばを過ぎたところで、早くも息が切れてくる。作家は座業になるため、完全に運動不足が祟っているらしい。

ふう、ふうっ……と息をつきながら、ようやく天辺に着く。

そこから石畳の参道が延びていた。ただし歩き出して分かったが、石段と同じで足場が良くない。まるで矯正《きょうせい》に失敗した歯のように石の凹凸《おうとつ》が激しく、おまけに石の間には雑草が伸び放題に茂っていた。ちょっとでも油断すると転びそうになる。

かなり薄暗くなった山頂の乱れた石畳を、ひたすら足下に目を向けながら進んでいると、ふいに左右が怖くなる。がばっと顔をあげて、びくっと小さく震える。

……得体の知れぬ獣。

参道の両側に、それぞれ狛犬らしき二体の像が建っていた。らしき……としか言えないのは、どちらも全身がびっしりと苔におおわれて、いったいどんな姿をしているのか、まったく分からなかったからだ。

……四足の妖怪のごとき獣たち。

そんな風にしか表現しようがないほど、もはや狛犬は異形のものへと、完全に変化してしまっているように見える。

二匹の門番と化した何かの向こうに、半ば朽ち果てたような古びた建物があった。あれが家屋なら、ほとんど廃屋と言ってもよい。

瓢簞山のお堂に祀られた垂麻家の達磨像。

それが北越家を出る前に、詢子から教えられた情報だった。笛吹き公園の小山の祠に比べると、もっと大きくて立派である。いや、もう立派とはとても言えない状態になっている。それほど荒廃が酷い。

ただ妙なことに、このお堂が荒れていればいるほど、その内部に祀られた達磨像の邪な力が、さらに増すような気がしてならない。まるでお堂の崩壊ぶりに比例して、達磨像の魔力が強くなるかのように……。

だから手入れを一切しないのか。

ふと馬鹿げた考えが浮かんだ。しかし、あながち間違っていないかもしれない。目の前で禍々しい気配を発しているお堂を眺めているうちに、その信じられない見立てが次第に確信へと変わっていくのが肌で分かった。

恐る恐るお堂に近づく。数段の階段があるものの、とても足を載せる気にはならない。ほぼ間違いなく踏み段が割れるだろう。下手をすると足に怪我を負うかもしれない。

両開きの格子戸越しに内部を覗こうとしたが、真っ暗で何も見えない。仮に真っ昼間であったとしても、ここは樹木の陰になって薄暗そうである。まして夕間暮れの今では、お堂の中を検めるのは絶対に無理である。

煙草《たばこ》はのまないので、マッチもライターも持っていない。懐中電灯が必要になる。だが近くにコンビニなどなかった。

……出直してくる？

と考えかけたが、それは厭だと即座に首をふる。石段に足をかけたときに覚えた「厭なところに来た」という例の感覚は、さらに強くなっていた。正直もう帰りたい。にもかかわらず堂内を覗きたいと思うのは、どうしてなのか。

何か発見があるかもしれない。

小山で祠の中を見たとき、あの三猿が目に入った。狙われたのは三人の母親ではないか、という推理がそこから生まれた。あれは祠の内部を検めたからこそである。同じことが目の前のお堂にも言える。

駄目元で鞄の中を引っかき回す。そのうち小さなポーチが出てくる。のど飴や風邪薬や絆創《ばんそう》膏《こう》などを入れているのだが、その中にブックマッチがあった。「紙マッチ」とも呼ばれており、昔はどこの喫茶店にも置いてあったものだ。

取り出してみると、神保町《じんぼうちょう》の喫茶店の名前が印刷されている。おそらく何年も前に入店して、そのデザイン性に惹かれて手を出したのだろう。まさか数年後に役立つとは――しかもこんな場面で――当時は想像もできなかったに違いない。

木造の階段のもっとも右端に右足をかけると、きゅぅぅう……と軋んだものの、一応は持ちこたえた。その上の段の同じ箇所に、今度は左足を置く。ぎぃぃっ……と鳴ったが、やはり大丈夫そうである。

そうやって格子戸を覗ける位置まで、聖衣子は階段を慎重にあがった。かなり不安定な姿勢だったが、階段を踏み抜く危険はおかせない。

ブックマッチを擦ると、幸いにも湿ってはおらず、ぼおっと火が点く。それを素早く格子の間から堂内に入れたところ、丸くて大きな朱色の物体がはっきりと、その小さな炎によって浮かびあがった。

これが、だれま様……。

本当はよく分からないが、ここが本家本元であるのなら、その可能性はかなり高いと言えるのではないか。

マッチの命は短く、すぐに火が消える。それでも異様な達磨像が、すでに聖衣子の脳裏には強烈に焼きついている。

……両目は真っ黒な空洞だった。

そこは小山の祠に祀られた達磨と同じである。もちろんお堂のほうが巨大な分、黒々とした穴も大きい。だが、それ以上に彼女が目を見張ったのは、朱色の毒々しさだった。小山の祠で見た達磨よりも濃く、かつ生き生きとしている。お堂の酷い朽ち具合から考えても、これは明らかに異常と言わざるを得ない。

二本目のマッチを擦りながら、彼女は考え続けた。

普通ならお堂の荒廃ぶりに合わせて色褪せるのが本当ではないか。

それなのに朱色の鮮やかさだけが、むしろ異様なほど目立っている。

お堂が放置され朽ちることで、あたかも精気を養っているかのように。

……あちっ。

燃えつきる寸前のマッチで指に火傷《やけど》しそうになって、慌てて手放す。それが格子の間から堂内に落ちて、しまった……と焦る。火事にでもなったら大変だ。しかし、そう考えたのも刹那だった。

ここは焼いたほうが良いのではないか。

笛吹き公園の小山の祠も、摩館市内にあるらしい別の祠も、とにかく垂麻家が祀っている全部の達磨像を、跡形もなく燃やしてしまうべきではないのか。

……誰が？

私が……？

そう自問した直後、とてつもない祟りに見舞われている己を想像して、聖衣子は心底ぶるるっと震えた。

一介のホラー作家には、とても荷が勝っている。

ゆっくりと後ずさりながら、彼女はお堂から離れた。ここを訪れることは、おそらく二度とないだろう。仮にあったとしても、ごめんこうむりたい。

このまま帰りたかったが、もう来る気がないのなら、やはり一目だけでも垂麻家を見ておこうと思った。

凹凸の激しい石畳の参道を戻って、得体の知れぬ二体の獣の間を通り抜ける。そこからは参道をそれて東に進む。とたんに土の地面となる。これまでよりは歩きやすいと思ったのも束の間、すぐに別種の気持ち悪さを覚える。

靴底の感触が……。

どうにも異様である。まるで巨大な円形の蒟蒻《こんにゃく》の上を、ぶよぶよと歩いているような気がする。もちろん実際に足が地面に沈むわけではないが、そんな気色の悪さが土の地面になってからは、ずっとついて回っている。

そのとき奇妙なイメージが、ぱっと聖衣子の脳裏に浮かんだ。

瓢箪山の天辺だと信じていた場所が、実はものすごく大きな達磨の頭部だった……という想像の風景である。

いや、これは本当に、ただの空想に過ぎないのだろうか。

実際に私は、巨大な達磨の頭の上にいるのではなかろうか。

……がくっ。

つまずきかけて、はっと我に返る。足下を見やると、にょきっと太い木の根っ子が顔を出していた。気をつけて歩かないと転んでしまう。それでも周囲は、ちょっとした空き地と言えた。子どもたちが遊ぶのに、ちょうど手頃な場所である。まったく邪魔の入らない、まさに理想的な空間ではないか。

ここで遊ぶ子どもが、もしいれば……だけど。

小さな広場を横切って進むと、大きな樹木に出迎えられる。枝ぶりといい、地面から盛りあがった根っ子といい、本当に見事である。

これって桜か。

瓢簞山の上で咲き誇る桜を思い浮かべたとたん、狂い咲き……という言葉を自然に連想していた。本来の意味は「季節はずれに咲く花」になるが、ここでの狂い咲きは、なぜか垂麻家を表現している気がした。

巨木を回りこんで裏へと歩を進める。そこには雑草におおわれた少しの地面があって、その先は切り立った崖《がけ》だった。崖の下は藪が繁茂した谷になっており、向かいには低いほうの山が見えている。その天辺に立派な構えと造りの大きな屋敷があった。

……垂麻家。

はっきりと全体的にくすんで映るのは、あそこに邪な何かが棲んでいるせいか、あるいは没落の影が消えずに、いつまでも残っているからか。

絶対に訪ねたくない……。

そんな思いに強く囚われる。あの家に一歩でも足を踏み入れたら、もう二度と出てこられない。あそこで命を奪われるから……ではなく、薄暗くて不潔で狭い座敷牢《ざしきろう》にでも閉じこめられたうえに、残りの生涯をそこで暮らす羽目になる……という懼れを抱いてしまうからである。しかも監禁されるだけでなく、当の座敷に祀られた巨大な達磨像に、ずっと精気を吸われ続けながら生き続ける。

そういう己が幻視できそうになって、それが厭で屋敷から目を離そうとするのだが、どうしてもできない。むしろ吸い寄せられる感覚がある。今にも崖の上から向こうまで、強引に身体を引っ張られてしまいそうで、ものすごく焦った。

……駄目、助けて。

思わず弱音をはいたとき、偶然にも携帯が鳴って、ふっと身体が動いた。とっさに回れ右をして崖から離れると、急いで桜の太い幹の裏側に隠れる。まさに垂麻家の屋敷から見られないように、桜の陰に我が身を隠した。

携帯のライト機能があったのに――と遅まきながら気づいたあと、執拗に鳴り続ける電話に出ると、

「京子ぉっ、何よ今、忙しいわけ？」

すぐに出なかったことに、いきなり相手が苦情を訴えたので、思わず彼女は笑った。いかにも咲美らしい。今は牧村から長井の姓になっているが、やっぱり中身は変わらないようである。

「萌子に聞いたの？」

「そうよ。こっちに帰ってるなら、連絡くれればいいのに」

「いや、帰省してるわけじゃなくて――」

「あぁごめん。作家センセイの取材だったね」

その口調は半ば羨望《せんぼう》しつつも、半ばはやっかみのようで、あぁ咲美だ――と安心できた。おかげで聖衣子は完全に立ち直れた。

「まさか取材先なの？　だったらあとで――」

ところが、意外にも咲美が気をきかしたので、さすがに大人になっているなと、ちょっと驚く。もっとも客商売をしているのだから、これは当然かもしれない。

「うーん、ここも取材先と言えばそうなんだけど、別に誰かと会ってるわけじゃないから、電話は大丈夫だよ」

「へぇぇ、どこにいるの？」

「……瓢簞山って知ってる？」

ほんの一瞬ここの名称を口にするのを、なぜか躊躇した。それを言ってしまえば、この山に漂う忌まわしい気配が、あたかも電話を通して咲美のところにまで流れる気が、ふとしたからだろうか。

「…………」

しかし、その危惧があながち間違いではなさそうだと、相手の沈黙で察した。

「……咲美？」

「うん、聞こえてる」

「ひょっとして、ここってヤバいの？」

「いくら摩館から出たとはいえ、結構あの事件は報道されたのに、ひょっとして京子は何も知らないんだ？」

「教えて……」

「ちょうど一年前くらいかな。その瓢簞山からはじまったと言われる事件でね。マスコミは『だれまさんがころした殺人事件』なんて呼んでた」

ぎくっとしたのち、聖衣子は問い返した。

「その『だれまさん』って、だれま様のこと？」

「……えっ、いや、それは分かんないけど、要は『だるまさんがころんだ』の遊びがあるでしょ。あの文句を少しもじって、京子が今いる山の上で、二十数年前に遊んでいた子どもたちがいたわけ」

「そのとき神隠しに遭った子がいた……」

「ううん、そうじゃなくて――いや、そうだったかな。とにかくね、今は大人になってる彼や彼女らが、ひとりずつ死んでいったのよ」

「その現代の事件に、子ども時代の遊びが関係していた――ってわけ？」

「うん、そういうこと」

去年は海外もふくめて一年間、ほとんど旅行をしていた。そのため事件の報道を目にしなかったのだろう。そう聖衣子は理解したが、ここで旅行ざんまいの話をすると、きっと咲美が騒いでうるさいに違いない。だから黙っていた。

「その事件は解決した？」

「うーん、それがねぇ、どうもよく分かんなくて……。ちゃんと犯人はいたんだけど、その一方で呪い？　そんな怖い力も働いてたって、そういう話もあるみたい。子どもの生贄があったとも言われてて……」

ぎくっと再び身体が強張ったあと、聖衣子は思わず小声で、

「それに垂麻家が関わってる……とか」

「……よく知ってるね」

そう返す咲美の声音には、どこか怯えが感じられる。

「垂麻家の『たれま』が『だれま』になった。この場合の『だれ』には、要は『誰なの？』という疑問があるのかもしれない。それを子どもたちは『だるまさんがころんだ』の文句と入れ替えた。しかも『だるま』と『たれま』だけでなく、『ころんだ』を『ころした』にもしたうえで歌って遊んだ。つまり『だれまさんがころした』とは、垂麻家の誰かが人殺しである――という暗示だった」

「さ、さすが作家ね」

珍しく咲美が本心から感心している。

「そう言えば、あの事件を半分くらい解決したのも、ほんとは作家だった……という噂もあったわね。それこそ京子と同じような、ホラー作家？　ミステリ作家？　あれ？　別の名称だったっけ？」

「ホラーミステリ作家？」

「あっ、そんな感じかなぁ。は、はやみず？　はや……」

「速水晃一」

「うん、その人だったと思う。京子、知ってるの？」

「出版社のパーティで、何度か会って話したことがある。この業界の先輩だよ」

「いい男？　独身？　売れてる？」

ここまでの会話で、もっとも咲美が食いついてきた瞬間である。

「その事件に速水さんが関わってるなら、もっと詳しい話は本人から聞けばいいか」

「ふーん、私はお払い箱なのね」

本気ですねたようだが、すぐさま口調を変えて、

「明日のお昼、うちに来ない？　萌子もいるからさ、ランチしよう」

「だったら奈永も呼ぼうよ」

「それが、あの子のお母さんと永司くん、今日から金曜まで二泊三日の、敬老会の温泉旅行なんだって。豪勢だよねぇ」

「敬老会の旅行に、永司くんも？」

「引きこもりなのにね」

奈永との付き合いはとぎれていても、そういう情報は入ってくるらしい。

「だから貴奈子だけ残して行けないって断るから、連れておいでよって言ったら、人見知りするから駄目らしい。奈永が子どものときも、京子がいないと何もできなかったよね。やっぱり親子って似るんだと思った」

むしろ萌子と咲美の子ども時代の関係のほうが、そう言えたのではないか——と返したかったが、話が長くなりそうなので止めておく。

「もっとも今、うちの子がいないから、そうなると貴奈子ちゃんの相手がいないわけで、どっちにしても駄目かもね」

「お子さん、どうしたの？」

「亭主《ていしゅ》といっしょに、旅行なの。あっ、奈永んとこの小母さんと、うちは違うわよ。こっちは夏の三ヵ月間、一日も休みなしで働いてたからね」

「すごい、商売繁盛だ」

「あの時期はね、とにかくエアコンの取りつけ工事と修理の依頼が、もう殺到するの。みなさん、もう少し早い春のうちから、エアコンの新規購入の検討と、稼動具合の点検をしてくれれば問題ないんだけど、やっぱり間際にならないと、誰もしないのよ」

「仕事が忙しいのは良いことながら、大変だね」

「のほほんとしてる萌子もさ、ちょっとした修理ならできるようになったんだよ」

二人で笑い合ったのは、決して萌子を馬鹿にしたわけではなく、幼なじみに対する温かい気持ちからだった。

「それじゃ明日のお昼に、そっちに行くよ」

聖衣子が承諾すると、咲美は長井家の場所を説明してから、

「作家センセイの取材を、私たちは受けるわけね」

呼んだのは咲美だったが、いつの間にか聖衣子が頼んだような雰囲気になっている。しかし咲美にも、色々と話を聞きたいのは本当だったので、

「よろしくお願いします」

殊勝な挨拶をしたところ、

「そうだ、忘れるとこだった。京子と会った話を、萌子から聞いたとき、あの気味の悪い笛の音について、私も前々から何か分かりそうになっていて……。そのことを突然、ふっと思い出

したのよ」

「いつごろから？」

「大人になってから……かなぁ。萌子といっしょで、まだ笛の音の正体については、まったく分からないままだけどね。だから京子が来る明日までに、あの子と二人で、必死に考えるようにしとくよ」

「うん、大いに期待してる」

それから咲美の口調が急に変わって、

「とにかく京子、その山を早く下りたほうがいいよ」

この本気の忠告を受け入れて、電話を切ったあと聖衣子は、すっかり暗くなった瓢簞山をあとにした。

ある信仰（五）

成瀬京子が作家になって、過去の事件を調べている。

……あの鬼を蘇らせるしかない。

こうして笛吹き鬼が復活した。蘇った笛吹鬼が、この地に現れた。

老人ホーム里山の庭には簡単に侵入でき、藤棚の下にいる大桐謙作とも出会えたので、だれま様の加護を強く感じる。

「あぁ、あなたでしたか」

懐かしがる大桐を里山から連れ出すのに、何の苦労もいらなかった。

心配していた裏山の路も、年齢の割に老人の足腰がしっかりしていたため、どうにか登ることができた。

このまま放置すれば、おそらく低体温症で今夜から翌日にかけて死ぬだろう。

だれま様の慈悲の心を真似て、足痲草の毒を飲ませるべきか……。

第二十章　蘇る笛吹き鬼

聖衣子が帰路についていると、奈永からメールが届いて、松島秋菜の連絡先を知らせてきた。ただし住所も電話番号も、秋菜の会社のものである。複数を経営しているはずなので、そのうちの代表的なひとつなのかもしれない。

個人的な葉書のやり取りを、奈永の小母さんとしているわけではないのか。

少なくとも松島秋菜は、それを望んではいないらしい。だからこそ砂渡利恵には会社用の暑中見舞いと寒中見舞いの葉書を出している。そういう推測ができそうだ。

もう退社してるかな。

なかなか微妙な時間と言える。それに電車の中で電話はかけられない。かといってホームや路上では、さすがに落ち着かない。面談の約束を取りつける大事な電話なのだから、これは帰宅するまで待つべきだろう。

そう考えた彼女は途中で夕食もとらずに、まっすぐ三鷹のマンションまで帰った。帰宅して手洗いだけをして、すぐに該当の番号に電話をかける。

ぐずぐずしていると色々と考えてしまい、とても電話できないと思ったからだ。なにせ二十三年ぶりである。いや、そもそも当時の京子は妃菜の母親と喋ったことなど、ほとんどなかったのではないだろうか。

これが、ほぼ初なのかも――と想像しそうになって、慌てて打ち消す。はじめてだと意識することで、尻ごみする自分を懼れたからだ。なまじ相手を知っているだけに、なかなか厄介である。

しばらく呼び出し音が鳴り続けても、誰も出ない。すでに就業時間は過ぎて、残業している者もいないらしい。気負いこんでいただけに、がっくりする。これで電話は明日の午前中にかける羽目になってしまった。どう考えても朝にはふさわしくない話題で、相手に取材のお願いをしなければならない。

翌日の木曜、聖衣子は朝食をとる間も落ち着かなかった。何時に電話をするのがベストなのか、そればかりを考えている。

経営者は誰よりも早く出社するか、逆に遅くなるか。

そんな偏見を彼女は抱いていたのだが、松島秋菜は前者のような気がした。共同経営者である夫よりも、秋菜の出社のほうが早そうなイメージがある。

あくまでも私の思いこみだけど……。

世間一般の会社の始業時間よりも早めに、聖衣子は秋菜の会社に電話をした。すると即座に受話器がとられ、年配の女性の声で会社名を名乗ったあと、こちらが喋り出すのを待っている気配が伝わってきた。

聖衣子が本名を口にして、松島秋菜に取り次いで欲しいと言ったところ、

「……私が、松島秋菜です」

それまでの物言いとは違い、明らかに警戒している声音が返ってきた。

「こ、こんな朝早くから、突然、すみません。わ、私、成瀬京子です。妃菜ちゃんと友だちだった、きょこちゃんと呼ばれていた、きょ、京子です。ご、ごぶさたしています」

とっさに当時の呼び名が出たのは、そのほうが分かりやすいと思ったからだが、向こうから返ってきたのは沈黙である。

「………」

その口を閉ざした気配には、何らかの感情が潜んでいる気がした。でも、その正体がどうにも分からない。

恐怖、後悔、憤怒、悲哀、憎悪、懐疑、驚愕、郷愁《きょうしゅう》……あらゆる感情が渦巻いているようだったが、実はたったひとつだけのような気がした。

「成瀬、京子さん」

秋菜は名字と名前を区切って、はっきりと発音したあと、

「その後お元気？」

「は、はい。おかげ様で……」

「そう。それは良かった」

ちゃんとした受け答えながら、なぜか聖衣子は肝が冷える思いを味わった。この電話を相手が決して喜んでいないと察したせいか、あるいは言葉遣いのあまりの愛想なさに心が折れそうになったからか。

「あの、実は、私――」

それでも聖衣子は他の取材者に行なったのと同じ説明を、はっきりと秋菜にもした。大きく違っていたのは、つっかえながらの喋りになったことだろう。

「まぁ、作家になったの」

この返しだけが二人の会話の中で、ひょっとすると秋菜のもっとも感情のこもった言葉だっ

たかもしれない。そんな風に聖衣子は、あとで気づく羽目になる。

「それで松島さんに、ぜひ取材させて――」

ただ、このときは余裕が少しもなかった。相手の反応の冷たさに、とにかく負けないようにと必死だった。

「意味がないわね」

「えっ？　どうしてですか」

「あのとき私は、あの場にいなかったのよ。いいえ、他のときでも、ほとんど私は、あなたたちの子守りをしていない」

あのときとは妃菜が神隠しに遭った日の夕刻で、あの場とは笛吹き公園の小公園を指しているのは言うまでもない。

「もちろん、それは知っています。でも、妃菜ちゃんのお母さんという立場から、また葵衣ちゃんや奈永ちゃんのお母さんとの付き合いなどもふくめて、色々とお話をお聞きすることができるのではないかと――」

「それなら当時の週刊誌の記事が、すべて教えてくれる」

「はい、できる限り目を通しました」

「なら話は早い。ああいった記事に書かれている以上の情報など、私は何ひとつ持っていないの。だから会うだけ無駄よ」

「そ、それでもお話をしているうちに、何か思い出されることも――」

「京子さん、作家の取材には多少の強引さも必要なんでしょう。でもね、相手の気持ちも考えないといけない。違う？」

「……は、はい。すみません。その通りです」

奈永と会って事件の話をしたとき、関係者への聞き取りの難しさを実感したことを、とっさに聖衣子は思い出した。

「私は確かに娘をなくした。けれど私自身、その事件に少しも関わっていない。他の騒動や事件に対しても、まったく同じ。つまり話すことなど、本当に何もない」

「……はい」

「理解してくれた？」

「はい、よく分かりました」

「……………」

再び一瞬の沈黙があってから、

「成瀬京子さん――いいえ、今は背教聖衣子さんね。ぜひ気をつけて……」

と言葉をかけられて電話が切れた。

どっと疲れを覚える。取材を受けてもらえなかったのに、秋菜との電話が切れたことに、心から安堵している自分がいた。

妃菜の小母さんて、あんなに怖かったっけ？

当時ほとんど交流はなかったものの、なんとなく優しいイメージがある。少なくとも他の母親たちと比べた場合、秋菜には良い印象しか残っていない気がする。

いいや、これは完全な錯覚ではないか。

むしろ誤魔化されていたと言うべきか。

そんな誤解を生んだのは、秋菜が他の母親たちのように、子どもらと実際に接する機会が皆無と言えるくらいなかったからではないのか。そこに罪滅ぼしのプレゼントも加わって、子どもたちの間に良いイメージだけが伝わったとは考えられないか。

うん、きっとそうだ。

もしも当時、松島秋菜が子どもたちの付き添い役を普通に務めていたら、ひょっとすると「一番怒らないけど一番怖い小母さん」という認識を、聖衣子たちに与えていたのではないか——と遅まきながら気づいた。

うちの母の場合は、別の意味で一番怖い小母さんになっただろうな。

彼女は自嘲的に笑ってから、秋菜に発語の障害が少しもなかったことに、ようやく気づいた。対面ではない電話だからこそ、まったく何ともなかったのか。それとも訓練や努力によって、すっかり克服したのか。いずれにせよ治って良かったと、そこは正直に感じた。

松島秋菜の取材が駄目になった今、残っているのは幼なじみの牧村咲美と奈永の母親の砂渡利恵になる。しかし咲美は今日のランチで会う約束があり、利恵は息子と明日まで敬老会の温泉旅行に出ている。午前中は昨夜の続きとなる、パソコンで取材をまとめる作業がまだ少しあるとはいえ、午後に何もしないのはもったいなさ過ぎる。

さて、どうしたものか。

聖衣子が考えあぐねていると、携帯電話が鳴った。見ると清水萌子からだったので、急いで出る。例の笛の音の件で、何か思い出したのかもしれない。

「もしもし、萌子」

「あぁっ、京子！　大変だよぉ」

半泣きのような萌子の声音にどきっとするが、あえて聖衣子は抑えた口調で、

「どうしたの？　落ち着いて。何があった？」

「だ、大桐さんが……いなくなった」

「あの老人ホームで？」

「そう。職員さんから私にも連絡があって、心当たりがないかって訊かれた。けど、そこまで親しくないから分からなくて……」

「いなくなったのは、いつ？」

「職員が気づいたのは、昨日の夕食前みたい。ホームの外に出てしまい、街のほうに歩き出す例は結構あるみたいだから、そっち方面の道路をまず捜したけど、どうしても見つからなくて、それで裏山などホームの周囲に広がる自然の中を、警察と消防にも応援を頼んで捜索したみたいだけど、そのうち暗くなってきて、昨日はそこまでだったっていうの。そして今朝、再び街への道路とホームの周囲を捜し続けながら、職員さんたちが手分けして、これまで大桐さんと少しでも関わりのあった人たちに――つまり私のような者だけど、連絡を取り出したってことらしいの」

「大桐さんの自宅は？」

「もちろん、まっ先に確かめたって。ただね、大桐さん、自宅は嫌ってたようで、おそらく家に向かったんではないと思うって、職員さんが言ってた」

「その職員さんて、もしかして西丘さんという人？」

「京子を案内したの、西丘さんだったんだ」

「うん、親切にしてもらった。それにしても大桐さん、どこに行ったんだろう。あの年齢だけに、かなり心配だな」

「まさか……と思うけど」

萌子の物言いから、彼女が何を言いたいのか、聖衣子には手に取るように分かった。

「私が老人ホーム里山を訪ねて、過去の事件の話を大桐さんにしたのが原因で、彼が失踪してしまった……なんて考えてるわけじゃないよね」

「だって、タイミングが……」

「いくら何でも――」

聖衣子は否定しかけたが、その材料が何もないことに改めて気づいた。かといって肯定することも、もちろんできない。

「萌子は今から、里山に行くの？」

そこで現実的な話をしたのだが、萌子は完全に怯えているようで、

「ええーっ、私なんか駆けつけても、何の役にも立たないし、こっちまで消えちゃうかもしれないのに、とても怖くて行けないよ」

「大桐さんは神隠しに遭った……って言いたいわけ？」

「だって、タイミングが……」

まったく同じ台詞を気味悪そうにくり返したので、その反感から聖衣子は、つい口走ってしまった。

「私は行くつもり」

「ええっ、止めといたほうがいいよ。ただでさえ京子は、すでにかなり首を突っこんでるでしょ。もうこれ以上は……」

「私が今あの里山を訪れたら、大桐謙作の二の舞になる？」

「そ、そんなこと……」

「取材中に起きた事件だから、ちょっと行ってくる」

萌子との電話を切ると、すぐに聖衣子は摩館市へ向かった。

今日の昼には咲美と萌子とランチをするために、長井家を訪問する約束がある。長井電器は商店街の前中町に、長井家はその隣町の前河町にあると聞いている。どちらにしても摩館市に行かなければならない。

前と同じく駅前から市営バスに乗って、特別養護老人ホーム里山に到着する。さぞ物々しい状況だろうと身構えていたのに、ホームは以前と同様に静かなものだった。ならば内部がごった返しているかと言えば、そうでもない。少しピリピリした雰囲気は感じられるが、それも聖衣子が、きっと大桐謙作の件を知っているからだろう。普通の訪問者であれば、おそらく何も気づかないのではないか。

……当たり前か。

このホーム内で事件が起きたわけではない。しかも職員は大桐の失踪を、できるだけ入居者には隠しているはずである。少なくとも表面的に何の変化も見られないのは、当然と言えるかもしれない。

それでも受付の応対は、微妙に前と違っていた。ひょっとするとマスコミの取材を警戒しているのか。聖衣子にとって幸いだったのは、職員の名前を覚えていて、はっきりと「西丘さんにお会いしたい」と言えたことである。

一応は用件も考えていたが、あっさりと「今は共有スペースにいるはずです」と受付を通されたので、礼を述べて奥へと進む。

そこで西丘は、二人の老婦人の相手をしていた。特に介護的な行為はしていないようだったが、聖衣子は近くで静かに待った。西丘が気づくまで、じっとしているつもりだった。

「あら、こんにちは」

すると老婦人のひとりが、ふいに挨拶をしてくれた。

「こ、こんにちは。お邪魔しています」

挨拶を返す聖衣子のほうを、そのとき西丘が見やった。「どなた？」という表情は一瞬で、すぐさま彼女を思い出したらしい。

「私にご用でしょうか」

「はい。お忙しいところをすみません」

「ちょっとお待ち下さい」

すでに用件は察しているのか、それ以上の会話はなかったので、聖衣子は共有スペースの隅まで移動した。

挨拶してくれた老婦人は、どうやら職員への訪問者が気になるのか、ずっと彼女をちらちらと眺めている。それに西丘も気づいていたのか、ようやく仕事を片づけて来たとき、すぐに「庭に出ましょうか」と誘われた。

「お仕事中に、申し訳ありません」

改めて詫びの言葉を口にする聖衣子に、

「大桐さんの件ですよね」

西丘が率直に訊いてきたので、遠回しの探りは彼女も止めることにして、

「そうなんです。もしかして私の取材のせいでは……と、もちろん心当たりは特にないのです

が、ちょっと心配になりまして、こうしてお伺いしました」

「確かに取材のあと、たびたび興奮することが、少し増えたような……」

「どんな状況で、ですか」

「……昔を思い出して、のような感じはありました。だから取材が引き金になって、記憶が刺激されたとも考えられます」

「何かおっしゃっていませんでしたか」

「それがね、大きな達磨の中には、ちゃんと子どもが入る……とか何とか。さっぱり意味が分からないので、認知の症状が出ているのかと思ったんですが、そのままお喋りしても、本当に普通の状態で……あれは何だったのか」

最後は聖衣子に対する問いかけに思われたが、もちろん彼女にも解けない。ただし「大きな達磨」という言葉には、ぎくっとした。

「過去の何かを思い出して、それで大桐さん、ふらふらと外に出て行ったのでしょうか。だとしたら私の責任とも言えるので――」

「いいえ、仮にそうだとしても、ご本人でさえご自分の行動を理解していないことが多いわけですから、誰のせいでもありません。それに――」

西丘は言い淀んだあと、周囲を見回して、

「あそこに行きましょうか」

聖衣子を藤棚に誘った。そこに誰もいないからだろう。

「それに大桐さんが、おひとりで出て行ったとは限りません。今までに徘徊《はいかい》の兆候が少しもなかったことからも、むしろ呼び出された、連れていかれた……可能性のほうが高いのではないか、と私は見ています」

「職員に気づかれずに、できますか」

「大桐さんが抵抗しなければ、かなり容易いと思います。昨日の午後、彼はこの藤棚に出ていました。夕方になって肌寒くなる前に、ホームに入ってもらわないといけない、と注意してはいたのですが、他の用事でバタバタしていて、ふと気づいて見たら、もう姿がなかったものですから、てっきりご自分で戻られたのだと……」

西丘の顔には、明らかに後悔の念が浮かんでいる。

「しかし私が確認する前に、あそこから誰かが入ってきて――」

そう言って指差した先には、庭の隅に位置する小さな裏木戸があった。

「ここに座っている大桐さんを見つけて、ちょっとだけ挨拶して警戒心をなくさせ、そのまま連れ出すことは、そんなに難しくないでしょう」

「で、でも、そうなると相手は、大桐さんの知ってる人に……」

「ええ、なりますね」

「その場合、かなり親しい人だということに……」

「いいえ、そうとも限りません。取材のあと大桐さんは、過去を思い出している状態が、しばらく続いているようでした。ですから当時の知り合いであれば、たとえ何十年と会っていない人でも、すぐに打ち解けられた。そんな風にも考えられます」

先ほどから西丘は、ちらちらと里山の裏に目をやっている。標高は低いながらも、そこには奥深く映る山があった。

「あの裏山に連れ出された……とか」

聖衣子の見立てに、はっと西丘が身動ぎしたとき、若い職員が庭に出てきて、

「西丘さーん。見つかりましたぁ」

かなり声を抑えながらも、確実に聞こえるように叫んだ。

西丘は慌てて相手のところに駆けつけながら、不用意に声を張りあげたことを叱《しか》りつつ、その報告を受けはじめた。

聖衣子が遠慮して藤棚に残っていると、すぐに西丘は戻ってきて、

「大桐さんは裏山で発見されて、救急車の到着を待っているとのことです」

「ご無事なんですか」

「低体温症に罹《かか》っているようで、あのお歳ですから油断はできない、という状態ながら、命に別状はないみたいです」

「……良かったです」

ほっとした聖衣子とは裏腹に、西丘は浮かない顔をしている。

「どうされました？」

「大桐さんは満足に喋れないばかりか、今のご自分の状況も理解できているかどうか、かなり怪しいらしい、ということです。そうなると今回の騒動で、大桐さんの認知症が一気に進む危険が、残念ながら相当にあると思われます。こういう出来事は年配の方にとって、かなりの負担になりますからね」

その重い言葉に、ずんっと聖衣子も暗い気持ちになった。もちろん大桐の身を案じてだったのだが、それと同時に、誰かが連れ出したのではないか……という疑いについて、とても本人に確認できないと分かったからでもある。

折を見て電話をするので、大桐謙作の容態を教えて欲しい――と西丘に頼んでから、聖衣子は礼を言って里山をあとにした。

咲美と約束したランチの時間には、まだまだ間がある。そこで特別養護老人ホーム里山から前河町の長井家まで、かなりの距離はあるものの、聖衣子は歩くことにした。いつも散歩をしているので、少しも苦にならない。

月曜から今日まで、普段に比べるとかなり活動的だった。それは間違いない。ただし移動には電車とバスと、萌子が運転した車を使っている。つまり日課の散歩より距離も歩数も少ないかもしれない。作家は座業のため、どうしても運動不足になってしまう。そのため散歩を欠かさないわけだが、それが取材のせいで滞っているのなら、この機会に解消しようと考えた。また歩きながら事件について考察するのも悪くないと思った。

ところが……。

脳裏に浮かぶのは、大桐謙作の件ばかり。本当に彼は連れ出されたのか。もしそうなら犯人は誰か。その動機は何か。大桐が何か思い出しかけていることに、犯人は気づいたのか。となると聖衣子の取材が原因なのか。万一そうなら犯人は、やっぱり笛吹き鬼になるのか。動機は口封じか。あの事件から二十三年も経っているのに……。

これらの疑問の数々が、まさに堂々巡りのように浮かび続ける。他の問題を考えようとしても、結局は大桐の失踪事件に戻ってきてしまう。

ふと気づけば前河町に到着していたので、聖衣子は心底びっくりした。相当な距離があったはずなのに、本当に大桐の件についてしか考えられなかった。それなのに何の解決も見出せていない。

古くからある前中町の商店街に接しているため、前河町の家々も年代物という思いこみがあった。だが実際は、多くの家が建て替えをしており真新しく見える。その中でも目立っている家屋の一つが、予想通りに長井家だった。

これは咲美に自慢話を聞かされるぞ。

普通ならうんざりするところだが、今の聖衣子は逆に歓迎したい気分である。いずれは事件の話をしなければならない。その前に少しだけ関係のない話題で盛りあがるのも、決して悪くはない。むしろ息抜きとして必要ではないか。

嬉々（きき）として話すが、おそらく咲美だけだとしても……。

幼なじみのお喋りを想像して微笑みながら、門柱に取りつけられたインターホンを押す。でも応答がない。時間は正午の十分前である。何か足りないものがあって、商店街に買物に行ったのか。そして萌子は、まだ来ていないのかもしれない。

聖衣子は門を開けると、そのまま玄関に向かった。念のため扉をノックするも、やはり返事はない。はじめて訪問する家ながら、相手は咲美である。どこかで時間を潰して出直しでもしたら、きっと「勝手に入って待っててくれたら良かったのに」と言うだろう。仮に立場が逆で、咲美が訪問者の場合、彼女なら絶対に家の中で待つに違いない。

十数年も会ってない相手なのに、幼なじみの関係ってすごいな。

自分に言い訳するように、聖衣子が玄関戸に手をかけると、鍵はかかっておらず簡単に開いた。やはり咲美は近場に出かけたらしい。とはいえ最初は頭だけを突っこみ、奥に向かって声をかける。

「こんにちはー。京子だけど、咲美ぃ、いるー?」

だが案の定、屋内はしーんとしたままで、まったく何の気配もない。

玄関先で待たせてもらうか。

このまま家へあがりこむのは、さすがに躊躇する。咲美ならやりかねないが、そこまで自分は厚かましくないと、聖衣子は苦笑した。

ただ……。

玄関マットの乱れが、少しだけ気になった。急いで買物に出たのなら、こういう風にマットが斜めになっていても別に変ではない。咲美が整理整頓に長けているとは思えないことからも、この乱れは自然に映る。しかし彼女は一方で、非常に見栄っ張りである。十数年ぶりに会う幼なじみに対して、綺麗で豪華な自宅を見せたい。そう願わないはずがない。

買物に出ている間に、もし京子が来たら……と咲美なら、当然のように考えるだろう。それなのに乱れたままの玄関マットが、目の前にある。

いくら何でも気の回し過ぎか。

そう思ったにもかかわらず、聖衣子は靴を脱いであがっていた。

「咲美ぃー」

家の奥に声をかけながら、そろそろと廊下を進んだ。

そうして辿り着いた先に居間があったのだが、そこの長ソファに折り重なるようにして、咲美と萌子が死んでいた。

第二十一章　親子の家

いかにホラー作家とはいえ、背教聖衣子が本物の遺体を目にしたのは、これがはじめてだった。しかも相手は幼なじみの二人で、そのうえ咲美は妊娠しているように見えた。

……死んでる、よね。

今さらながら馬鹿な自問をする。しかしながら彼女は、きちんと二人の死を確かめたわけではない。そもそも遺体には近づいてさえいない。にもかかわらず死亡を認めたのは、両者の瞳だった。どちらも両目を見開いているのに、まったく生気が感じられない。虚な眼差しのまま、完全に固まってしまっている。

……死んだような瞳。

小説の登場人物を描写する際に、そういう表現を使うことがある。もちろん比喩に過ぎないわけだが、今は目の前に本物の死んだ瞳があった。

「……咲美ぃ」

「……萌子ぉ」

二人の幼なじみが死んだのだ……という実感を、ようやく覚える。それと共に咲美が身籠っていた事実に、大きなショックを受ける。遺体は二人分だが、死んだのは三人とも言える。さぞ咲美は無念だったのではないか。

二人は殺された……？

遅まきながらも当然の疑いが、むくむくと頭をもたげる。だが、よくよく眺めても外傷は見当たらない。

……もしや毒？

ソファの前の長テーブルには、二つのティーカップとポットが置かれている。カップの中味は、どうやら紅茶らしい。片方は受け皿に、それが溢れているように見える。

幼なじみの遺体が目の前にあるのに、よく冷静に観察できるな……と思った次の瞬間、急に怖くなってきた。まるで居間に禍々しい空気が籠っており、それが自分を侵蝕しているような気分に段々となっていく。

……自殺ではない。

ランチに幼なじみを呼んでおいて、当人とその親友がそろって命を絶つわけがない。それに咲美は妊娠していた。どう考えても有り得ない。

つまり殺された……。

……いったい誰に？

自然に考えを進めたところで、さらに聖衣子は突然、別の恐怖を覚えた。

まだ犯人が……。

この家の中にいるのではないか。そして物陰から、じっと彼女を覗いているのではなかろうか。次に狙う対象として……。

聖衣子は急いで長井家から出ると、警察に通報した。

ここからが大変だった。警察に長井咲美と清水萌子との関係を尋ねられたので、それに答えただけでなく、摩館市で行なっている取材についても正直に話したところ、その後の事情聴取は警察署で受ける羽目になった。

すべてを語ったあと、何度も質問に応じて、また同じ話をして——のくり返しが終わったとき、とっくに日は暮れていた。

昼食を抜いたのに、不思議と空腹は覚えない。幼なじみの遺体を発見したのだから当然かもしれないが、このまま食べないでいるのは良くないだろう。そこで商店街の喫茶店でサンドイッチを注文する。それを珈琲によって、なんとか腹に収めた。

聖衣子が迷いながらも話した大桐謙作の失踪と発見について、事情聴取をした「長谷川《はせがわ》」という年配の刑事は、かなり興味を覚えたようである。彼女の「二人の死と関係があると思いますか」という質問には、さすがに言葉を濁していたが、まったく無関係とは見ていない様子があった。

聖衣子の意見も訊かれて、相当に驚いた。いかに取材をしていたとはいえ、ただの素人である。そのうえ幼なじみの死によって、大きなショックも受けている。とうてい頭など回るものではない。そう言ったのだが、刑事は執拗だった。

「成瀬さんは作家ですから、そこらの素人さんとは、ちょっと違うと思います。それに過去の事件では、当事者の一面があるとも言えます。そんな方が取材をしている中で、大桐謙作さんの失踪と発見を知り、長井咲美さんと清水萌子さんの遺体を見つけられた。あなたなりのご意見やお考えが、きっとあるのではないでしょうか」

「そう言われましても……」

やがて彼女の疲労困憊が極限に達していると認めたのか、

「何でも結構ですから、思いつかれたことがあったら、すぐ私に連絡して下さい」

長谷川に念を押されて、ようやく彼女は事情聴取から解放された。

喫茶店で軽食をとったおかげで、どうにか人心地ついたあと、
奈永に知らせないと……。

そう思ったものの、どうにも気力が湧かない。頭では分かっているのに、警察署で張り詰めていた精神が、ぷつっと切れたような感じがあって、まったく何もしたくない厭世的《えんせいてき》な気分に陥《おちい》ってしまう。

でも……。

一刻も早く奈永には知らせるべきではないか。なぜなら彼女も立派な事件の関係者で、しかも被害者側の立場と言えるからだ。

奈永にも危険が迫っている。

そう考えるや否や、聖衣子は急いで会計をすませ、すぐさま喫茶店を飛び出した。そうして奈永に電話をかけた。

「もしもし京子ぉ、また連絡先の件？」

電話に出た彼女は、どうやら前に頼んだ用件の追加だと思ったらしい。

「ううん、そうじゃない」

「あぁ良かった。今さ、母と永司が旅行でいないから、いくらでも母の物を引っくり返して捜せるけど、やっぱり後ろめたくて……」

「奈永、かなりショッキングな事件が起きたの」

そう前置きしてから、聖衣子が長井家を訪ねた経緯を伝えると、

「……きょ、京子が、二人を見つけたの？　だ、大丈夫？」

まっさきに聖衣子の心配をしながら、当人よりも大いに動揺したので、その友だち想いに涙ぐみそうになる。

「今どこ？　うちに来る？」

「ありがとう。けど、疲れたから……」

「そうだね。早く帰って、すぐに休んだほうがいい。それで明日になって、もし嫌じゃなかったら、うちにお出で。朝からでも大丈夫だよ。母と永司が旅行から戻るのは夕方だから、それまでなら、いつ来てくれてもいいよ」

「分かった。そうする」

聖衣子は少し迷いつつも、この電話の本来の目的を思い出して、

「明日の夕方まで、奈永は貴奈子ちゃんと二人きりでしょ。だから用心して」

「……えっ？」

ここで聖衣子は大桐謙作の件をはじめて教えて、もしかすると咲美と萌子の死と関係あるかもしれないと伝えた。

「どういうこと？」

「過去の事件が、追いかけてきた……。その続きが、はじまった……」

「京子の言い方……怖いよ」

「ホラー作家だからね」

聖衣子の冗談にも、もちろん奈永は笑わない。

「とにかく戸締まりをしっかりして、誰が訪ねてきても、決して家にあげないこと」

「……誰がって、誰のこと？」

「……笛吹き鬼」

「それは……誰？」

「おそらく私たちが、よく知ってる人物だと思う」

「どうやって、それを判断するの？」

「それが今はまだできないから、とにかく誰も家にあげないこと。いい？」

「……分かった」

聖衣子は明日の訪問を約束してから電話を切った。

その直後、急に怖くなった。早くも店仕舞いが目立つ商店街とはいえ、まだまだ人通りは多い。このまま駅前まで歩いていけば、さらに喧騒がある。しかし、だからこそ恐ろしいと感じたのかもしれない。

人混みの中から、じっと見られてる。

そんな妄想が、ぶわっと頭の中に広がった。大桐謙作を里山から連れ出して、咲美と萌子の命を奪った犯人が、ひたすら聖衣子を見つめている。人の群れに隠れて、密かに覗き見している。そういう気がしてならない。

次は私が狙われるから……。

奈永の心配をしている場合ではないのかもしれない。事件の関係者という意味では、聖衣子も同じである。そのうえ彼女は、当の事件を調べ回っている。過去を掘り起こそうとしている。

笛吹き鬼にとって一番の邪魔者は、背教聖衣子ではないのか。

この当たり前の事実に、ようやく本人は気づいた。だから怖くなった。人通りがあっても安心できない。むしろ犯人が、そこに身を潜めている懼れがある。

駅前まで行って、聖衣子はタクシーに乗った。まだ普通に電車は走っているので、かなりの贅沢である。しかし今は、とにかく人混みが恐ろしくてたまらない。そのうえ相当に疲れてもいた。ひとりになれて動く必要のないタクシーは、まさに理想的だった。

三鷹のマンションに帰り着いて、まず風呂に入る。それから軽くワインを飲んで、その後はすぐ就寝した。

翌日の金曜の目覚めは、おかげで悪くなかった。しっかりと朝食をとってから、奈永に電話して、砂渡家には昼前に行く約束をした。

普通なら午前中の残りの時間に、昨日の出来事――とりわけ警察でのやり取り――をパソコンに打ちこんでまとめるのだが、さすがにやる気が起きない。そこで読書をしたが、どうにも乗らない。結局は出かけるときまで、ダラダラと過ごしてしまう。

三鷹の菓子店で洋菓子を、書店で絵本を買って、摩館市に向かう。摩館の駅前から日引町の砂渡家まで、ゆっくりと歩く。今日は人混みの中に我が身を置いても、今のところ怖くはない。

……良かった。

あのままでは広場恐怖症にでもなりかねないと懼れたのだが、一晩ぐっすり睡眠をとっただけで、幸いにも治ったようである。

砂渡家に着くと、何とも言えぬ表情の奈永に出迎えられた。一応は微笑んでいるが、それは娘の手前だと分かる。午前中の電話で、貴奈子の前では事件の話はしない、と二人で決めてある。前のときは過去の事件についてだったが、今回は現在の殺人事件になる。しかも被害者はふたりの幼なじみのため、あまりにも生々しい。仮に貴奈子が聞いていなくても、とても近くでできる話題ではないだろう。

　当の貴奈子は、相変わらず母親の後ろに隠れて、ひょこっと顔だけを覗かせていた。ただし初対面のときと比べて、その眼差しには明らかに親しみが感じられる。

「はい、貴奈子ちゃんへのお土産よ」

　聖衣子がプレゼント用の包装をしてもらった絵本を差し出すと、ぱあっと貴奈子の顔が輝いた。それでも一応、母親を見上げている。

「ちゃんとお礼を言って、いただくのよ」

「……京子先生、ありがとう」

　その満面の笑みを眺めているだけで、聖衣子は心が洗われる気がした。

「どういたしまして、気に入るといいね」

　奈永に洋菓子のお土産を渡したあと、聖衣子は居間に通された。

　貴奈子が包装紙を丁寧に剝がして取り出したのは、セーラ・L・トムソン作／ロブ・ゴンサルヴェス絵『どこでもない場所』である。その表紙を目にしただけで、もう絵本の世界に没入しかけているのが分かるほど、彼女の顔は恍惚《こうこつ》としている。

「駄目よ、読むのはあと。京子先生のために、お昼の用意をするんでしょ」

　奈永の言葉に、貴奈子は大いに未練を残しながらも素直に従った。

　昼食はツナのパスタとサラダで、料理は奈永が、食器の用意とテーブルセッティングは貴奈子が、それぞれ担当した。聖衣子も手伝おうとしたが、客だから大人しく座っているようにと、奈永に叱られる。

　貴奈子の手つきには危ないところも見られたが、聖衣子は手出しを我慢した。これも奈永の教育だろうと思ったからだ。

素朴な味ながらパスタは美味しく、奈永の料理の腕をほめると、

「この子くらいの歳なら、パスタと言えばミートソースかナポリタンなのに、まったくそうじゃないのよ」

「……アサリとか」

ちらっと聖衣子の顔を見て、ぽつりと貴奈子が教えてくれた。

「魚介類の――お魚や貝が美味しいね、パスタ屋さんを知ってるの。今度ママと三人で、そのお店に行こうか」

貴奈子は恥ずかしがりながらも、とても嬉しそうな表情をしている。

「京子先生に、ちゃんと返事しないと」

奈永がうながしたが、それに反応したのは聖衣子で、

「そのさ、京子先生という呼び方は……」

「あっ、聖衣子先生か」

「そうじゃなくて、先生というのが……」

「京子小母さんがいい？」

うっ……と聖衣子は詰まった。子どもから見れば三十歳は、普通に「小母さん」だろう。母親と同じ年齢なのに、それを「お姉さん」と呼ばせるのはどうか。いくら何でも厚かましいと思う。とはいえ正直「小母さん」は、ちょっときついかもしれない。

「やっぱり京子先生でしょ」

幼なじみの逡巡を素早く察したらしい奈永が、ニッと笑っている。

食後は三人で、ボードゲームをして遊ぶ。貴奈子には少し難しくないかと心配したが、おか

げで油断して最初は聖衣子がビリだった。

「いつもはママと二人でやってるから、今日は京子先生がいて楽しいね」

「私が一番、ママは二番、京子先生は三番でした」

律儀に結果を発表する貴奈子に、聖衣子は笑いながら応えた。

「ボードゲームは、人数が多いほうが面白いからね」

二時間ほど夢中で遊んでから、奈永が珈琲を淹れて——娘にはココアを用意して——聖衣子の土産の洋菓子をおやつにした。

約束通りとはいえ、事件の話は一切しなかった。貴奈子が側にいたせいも当然あるが、やはり幼なじみ二人の死が影響していたのだろう。

あまりにも生々し過ぎて、とても話題にできない。

間違いなく聖衣子にも奈永にも、そんな気持ちがあった。作家の取材とそれに協力する友だち——という目的も関係も、咲美と萌子の死の前には意味がなかった。まったくの無力だったと言える。

そろそろ利恵と永司が帰宅しそうな夕刻に、聖衣子は暇を告げた。

「京子先生、これ貸したげる」

貴奈子が差し出したのは、彼女が前に喫茶店まで持参した絵本の一冊『ちいさなまち』である。あのときの奈永の話によると、貴奈子のお気に入りだったはずだ。そんな大切な本は借りられないと言ったのだが、どうしても読んで欲しいらしい。

そこで近いうちに砂渡家を再訪すること、お土産に新しい絵本と美味しいケーキを持ってくること、この二つを貴奈子と約束する。前者については近い年齢の子どもを持つ編集者にメールして、お薦めの本を訊くつもりだった。きっと楽しめる絵本を、どっさりと教えてくれるに違いない。

聖衣子は三鷹のマンションに帰ると、夕食を自炊したあと、さっそく絵本を読んだ。それは小さな女の子が兄と二人で、水辺に面した小さな町を散歩する話だった。どこか幻想的な画風で、妖しいながらも美しい。この絵本に惹かれる貴奈子の感性が、聖衣子には素敵に思えてならなかった。

もっと大きくなって、私の作品を読んだら……。

どんな感想を聞かせてくれるだろうか。それを想像するだけで、聖衣子は嬉しくなった。それまでに貴奈子には、せっせと面白い本を贈ろうと決めた。

翌日の土曜は、朝からパソコンに向かって取材のまとめをした。主に木曜日の取材についてだったが、そこに警察での体験を追加する。幼なじみを一度に二人も失うというつらい出来事ではあったが、警察署で事情聴取を受けるなど、作家にとってはこの上もない経験である。ミステリ小説は今のところ書く予定はないが、将来きっと役立つ資料になるだろう。そう考えた彼女は、自分の体験を克明に記録した。

いつも通りに午前中の休憩をとっていると、インターホンが鳴った。出ると刑事の長谷川だった。警察署で彼女を事情聴取した、あの年配の刑事である。若手の「森田《もりた》」という刑事も連れている。

聖衣子が部屋に通すと、朝っぱらからの訪問を詫びながら、昨日の行動を訊かれた。厭な予感を覚えつつも正直に話すと、砂渡家のことを根掘り葉掘り尋ねられた。それにも充分に応じたあと、ついに彼女は我慢ができなくなって、

「いったい何があったんですか」

長谷川は申し訳なさそうな様子で、こう言った。

「砂渡奈永さんのご遺体が、今朝ご自宅で発見されました。長井咲美さんと清水萌子さんの死と、とても似ている状況で……。また貴奈子ちゃんが、行方不明になっています」

ある信仰（六）

笛吹き鬼は砂渡家の居間で、奈永の茶碗に足瘤草の毒を入れた。

この毒の性質と抽出方法については、遠見奏次郎の自殺未遂事件が起きたときに、当時の週刊誌の一部が詳しく報じたことがある。

この記事を参考にするだけで、素人でも簡単に入手できた。今ならインターネットでも調べられるだろう。

笛吹き鬼は奈永の死をちゃんと確認したあと、貴奈子を松島妃菜と橘葵衣に会わせようとした。ちょうど良い遊び相手になると思ったからだ。

ところが、上手くいかなかった。

あまりにも妃菜と葵衣が、昔の子どもだったからか。

だから仕方なく、貴奈子は小山にやった。

あの子はひとりで、小山に消えた。

第二十二章　真相

一

奈永の死と貴奈子の行方不明を知った瞬間、背教聖衣子の頭の中は真っ白になり、腹の中には大きく黒々とした穴が空いたような、そんな感覚に襲われた。

「け、今朝？」

そう確かめるのが本当にやっとなほど、彼女はものすごいショックを受けたのだが、

「ご遺体の発見は、今朝です。しかし亡くなったのは、昨夕と思われます。居間のテーブルには、三人分の湯飲みと菓子がありました。その菓子については、砂渡利恵さんの土産だったと確認されています」

という長谷川の返答が、それまで以上の衝撃をもたらした。

「ちょ、ちょっと待って下さい。つまり私が帰ったあとで……、それほど時間が経たないうちに……なんですか」

そこで聖衣子は、大切な事実を思い出した。

「私が砂渡家を出たあと、一時間もしないうちに、奈永の母親と弟が敬老会の旅行から、あの家に帰ってきたはずなんです。二人は何も……、は、犯人を……、まったく見ていないのです

か。誰かが訪ねてきたのなら、きっと分かったはずですよね」

「あなたが先方を出たのは、五時過ぎということでした」

長谷川が淡々と説明をはじめた。

「砂渡利恵さんと永司さんが帰宅されたのは、六時過ぎらしいです。でも、お二人とも疲れていたので、すぐさま自室に引き取られた。帰りのバスの中で飲食をしたので、昨夜は夕飯もとらないまま、利恵さんは就寝したそうです。永司さんは元々、引きこもりの生活だったということで、まぁ普段通りに戻られたと言えますが」

「すると犯人は六時過ぎ以降に、砂渡家を訪ねたことになりますが、何の警戒もせずに奈永が家にあげたと考え……」

と言いかけて聖衣子は、はっと身動いだ。

……私が疑われてる？

長井家を訪問して咲美と萌子の遺体を発見したのは、成瀬京子である。

京子が砂渡家を訪ねたあと、奈永は遺体に、貴奈子は行方不明になる。

どう考えても成瀬京子＝背教聖衣子が怪しい。どちらの家にも不審に思われずに、彼女なら入ることが可能である。それに警察が気づかないはずがない。

だから今朝、こうして長谷川たちが来た。昨夜のうちに現れなかったのが、むしろ不思議なくらいである。

「……幼なじみ三人の死について、私が容疑者になっているんですか」

思いきって尋ねると、長谷川は否定も肯定もせずに、

「あなたが過去の事件を調べはじめてから、彼女たちの事件が起きたように見えるのは、紛れ

もない事実ですよね。それだけでも成瀬さんは、非常に重要な参考人と言えます。またご足労を願って恐縮なんですが、署のほうにお出でいただいて、もう少し詳しく事情をお聞かせ下さいませんか」

口調は丁寧ながらも、再度の事情聴取の要請だった。

「もちろん、構いません」

聖衣子は身支度をしてから、刑事たちとマンションを出た。近くの有料駐車場に車が停めてあって、それで三人は摩館市の警察署に向かった。パトカーでないだけ、まだ良かったのかもしれない。

彼女は車中で、ずっと考え続けた。

利恵と永司が帰宅して、二階の自室に引き取ったあと、おそらく犯人はやって来た。だけど奈永は、どうして警戒しなかったのか。あっさりと犯人を家にあげたのは、いかなる理由からだったのか。

咲美と萌子と奈永の死因は、やっぱり毒なのか。だとしたら瓢簞山に自生する足痲草が怪しい。あれから毒を抽出する方法が、昔の週刊誌に載っていた。調べようと思えば誰でも簡単に分かるだろう。

咲美も奈永も、何らかの理由で犯人を家にあげたとしよう。だが、そこで自分のカップや湯飲みに毒を盛られるほどの隙が、彼女たちにあったのだろうか。もしくは最初から、犯人に対して警戒心を持っていなかったのか。

いったい犯人は、誰なのか。

ものすごい恐怖に聖衣子は襲われた。それは犯人に覚える念であると共に、もっとも疑わしいのは自分だと再認識させられたからでもある。

このまま犯人にされる懼れが……。

まったくないとは言えない。冤罪《えんざい》は普通に存在する。とても安穏《あんのん》としていられる状況ではないと気づき、彼女は愕然とした。

……あっ、貴奈子ちゃん。

自分の心配ばかりして、すっかり失念していたが、あの子はどこに行ったのか。

犯人が連れ去った？

しかし何のために？

……これは有利かもしれない。

もし聖衣子を犯人と決めつけるのなら、貴奈子をどうしたのか、その説明も必要になってくる。昨日の今日である。彼女の周辺を調べても、子どもの気配など一切ないと分かる。さすがに警察も考え直すのではないか。

あの子を案じる前に、自分の保身を考えるとは……。

彼女は自己嫌悪を大いに覚えながらも、その一方で依然として冤罪の恐怖にも震えた。そのテーマのノンフィクションを読んだ記憶が、嫌でも脳裏に蘇る。

警察署では遅めの昼食休憩をとった以外は、ずっと事情聴取を受けた。まずは砂渡家の訪問に関して再び説明したが、そこから長井家での遺体発見まで遡り、結局は今回の取材内容のお復習《さら》いをする羽目になった。しかも同じ話を何度もくり返して喋らされ、肉体的な疲れ以上に精神的に疲労した。

ようやく解放されたのは夕方遅くで、もう何もする気が起きないほど、ぐったりとしていた。

幸いだったのは警察が、ちゃんと三鷹のマンションまで送ってくれたことだ。ただ、これで終わりではなかった。

「近日中に、取材旅行のご予定などありますか」

車中で長谷川に訊かれたので、特にないと答えると、

「しばらくの間、お住まいから離れないようにして下さると、こちらも助かります」

暗にプレッシャーをかけてきた。きっと理由を尋ねても「重要参考人だから」と説明されるのがオチだろう。それが分かるだけに、素直に承諾しておいた。

帰宅して、まず風呂に入る。そして軽めの夕食をとり、ワインを飲んで、あとはベッドに直行する。確か木曜の夜も、まったく同じ行動をとったはずだ。我ながら情けないと思ったものの、とにかく何も考えたくないのだから仕方ない。

おかげで日曜の目覚めは良かった。

朝食のあと時間を見計らって、先輩作家である速水晃一に電話をする。彼も三鷹に住んでいた。できれば今回の件で、相談に乗って欲しい。その一心で聖衣子は連絡をとった。

相手が同じく作家だからか――しかもホラーミステリ作家である――とても話が早かった。簡単に事情を話しただけで、むしろ聖衣子の訪問を歓迎してくれた。

午前中を費やして、これまでの取材の再整理とプリントアウトを行なう。昼食を手早くすませると、その資料を鞄に詰め、手土産を途中で買い求め、彼女は速水晃一を訪ねた。

二

速水晃一のマンションの部屋に通されると、挨拶代わりの世間話は手短にして、聖衣子は一連の事件について話した。それを彼は一言も口をはさむことなく、ひたすら傾聴し続ける姿勢を見せた。

「またしても、あの垂麻家か……」

そして彼女が話し終わったところで、ぽつりと漏らした。

「速水さんも昨年、垂麻家が絡んだ過去の事件に、かなり関わられたと聞きました。そのころ私は、ちょうど海外旅行をしていたので、うかつにも知らなかったのですが……」

「僕の場合も、発端は子どものころの遊びだった。それが現代に影を落として、新たな事件が起きた。その背後には垂麻家の存在が……、だれま様の信仰が……、間違いなくあったと疑われるのに、どうしても確かなことが分からない。……似てるな」

「でも速水さんは、見事に解決された。そうですよね」

聖衣子の明るい声とは逆に、晃一は暗い表情で、

「まったくの誤解だ――」

という強い否定を口にしてから、あまり気乗りのしない様子で「だれまさんがころした殺人事件」について一通り語った。

その話を聞き終えて、彼女は複雑な気持ちになった。確かに事件は解決しているが、すべての謎が暴かれたわけではない。何よりも垂麻家の関与については、ほとんど証明されていない

と言える。

ただし速水晃一は、その一連の事件を小説『七人の鬼ごっこ』として執筆した。そして作品の中で、垂麻家を告発した。これが普通の小説なら、とっくに刊行されているだろう。しかし内容がそれだけに、出版社も慎重になっていた。校閲《こうえつ》部だけでなく法務部も関わっているため、どうしても編集に時間がかかる。年内に出すのは無理かもしれないという。

そんな説明を彼から受けて、聖衣子は大いに驚きつつも感心した。だが次の瞬間、ふっと弱気になった。

私も同じように書けるだろうか。

その心づもりで取材をはじめたわけだが、大桐謙作は命を落としかけ、咲美と萌子と奈永が亡くなり、貴奈子も行方不明という恐ろしい状況になっている。

とても無理だ……。

思わず彼女がうつむいて、大きく息をはいていると、

「とにかく事件の検討をしてみよう」

そう晃一に言われて、当初の目的を思い出したのだが、

「過去だけでなく現代の事件もあって、どこから手をつければ……」

口をついて出たのは、かなり弱気な言葉だった。

「うん、無理もない。なぜなら君は、どっぷりと事件にはまり過ぎてるからな。だから真相に近づく推理を仮にできていても、それに気づけない懼れがある」

「その点、速水さんは安楽椅子探偵の立場におられるので、事件を客観的に見ることで的確な推理ができる――わけですね」

「こっちに探偵役を押しつける気か」

「背教聖衣子はホラー作家ですが、速水晃一はホラーミステリ作家ではないですか」

「やるなら二人で、まさに『二人で探偵を』だ」

彼はアガサ・クリスティの小説のタイトルをあげたが、それは聖衣子が取材をはじめるに当たって、まさに幼なじみの奈永に求めた役柄だった。だが今は、そういう感傷にひたっている場合ではない。

「僕が巻きこまれた事件も、過去が大きく関係していた。しかし比重は、はるかに現代の事件のほうが重かった。そもそも過去の子ども遊びの中で、いったい何が起きたのか、それが分かっていなかったことも大きかったと思う。けれども君の場合、過去の事件は詳細がはっきりしている。よって過去と現代の両方の事件を、同時に検討できる利点がある」

「その利点とは、過去の事件では重要な容疑者と見なせても、現代の事件では除外せざるを得ない——というような推理が可能である。そういう意味ですか」

晃一は微笑みながら、

「いつでもホラーミステリ作家になれるぞ」

「いえ、私はホラー作家のままで満足です」

ここで彼は笑みを引っこめると、

「最初にまず、共有しておくべき一つの解釈がある」

「何でしょう？」

「一連の事件には、だれま様信仰による何らかの超常的な力が働いている——という解釈だよ。今のところ証拠と言えそうなのは、橘葵衣失踪事件の際に、見張りの刑事たちが体験した不可解な現象しかないけど、これを認めるかどうかで、これらの事件に取り組む姿勢が大きく変わってくる」

「それは認めても良いというよりも、やはり認めざるを得ない気がします。そんな風に考える理由は、子どものときの体験と今回の取材によって――としか言えないため、何とも説得力がないわけですが……」

「去年の事件にも、まったく同じことが言えた。両方に関わってるのが、垂麻家の謎の達磨信仰らしいことも分かっている。だれま様という共通点がある以上、そういう解釈は充分にありだろう」

晃一は当たり前のように認めてから、

「ところで、笛吹き男事件はどう扱う？」

「……あれは、すでに答えが出ているのかもしれません」

聖衣子は迷いつつも応えた。

「畠山仁美の神隠しは、遠見奏次郎の仕業である。だれま様に生贄として捧げた結果、彼は己の才能に見合わない栄華を手に入れられた。しかし、その反動は大きかった。そういう解釈になると思います」

「仁美を攫った方法は依然として謎のままだけど、もしかすると奏次郎は、彼女を小山の祠に連れていくだけで目的を果たしていた――という見方もできる」

「あとは祠のだれま様が……」

と彼女は言いかけて、

「もしそうなら妃菜のときも、同じ現象が起きたと考えられますか」

「ただ、大いなる対価を得られる生贄の儀式として見た場合、あまりにも簡単過ぎる」

「……そう、ですね」

「ひょっとすると子どもたちを笛で操って、行列を作って小山に登る行為そのものが、すでに儀礼だったのかもしれない。その大がかりな儀式の中で、仁美は祠に喰《く》われた……」

「……えっ」

「老人ホーム里山の職員である西丘は、大桐謙作が『大きな達磨の中には、ちゃんと子どもが入る……』と口にしたと言っている」

「ひ、妃菜のときは？」

「君たちの遊びそのものが、実は儀礼になっていた……」

「葵衣は？」

「……特になさそうか。つねに儀式が求められるわけでもないのかな」

　しばらく彼は考えこんでから、

「だれま様に願をかける者の全員が、同じ儀式をしているとは思えない。だったら過去から現代までの事件に、もっと共通点が見つかっているだろう。奏次郎のときは小山の祠に、たまたま直接的に関わっただけなのかもしれない」

「妃菜と葵衣は攫ったあとで、何らかの儀式をした……ということですか」

「うん。それが奏次郎の場合は、攫う行為と生贄を捧げる行為を、なんと同時に行なったというわけだ」

　その推理に聖衣子は驚きながらも、改めるような口調で、

「まだら男は遠見奏次郎だった。その結論で問題ないと思いますが、いずれにしても私が解く

べきなのは、過去の妃菜と葵衣の事件です。そこに現代の咲美と萌子と奈永の事件が加わり、さらに大桐謙作と貴奈子ちゃんも……。これら一連の事件の犯人は、きっと笛吹き鬼に違いありません。その正体を突き止めたいです」

「うん、分かった」

晃一は大きくうなずいたあと、昔の週刊誌の記事に描かれた笛吹き公園の見取り図を、とんとんと指で示しながら、

「この現場および近場に事件当時いたと見なせる大人は、葵衣の母親の橘絹子、奈永の母親の砂渡利恵、町内会の会長の大桐謙作、ラジオ小母さんこと畠山夏那子、元警察官である交通安全ボランティアの北越詢子、小学校教師の三根翔、まだら男こと遠見奏次郎の七人だった。北越の旧姓は後藤で、笛吹き男事件には警察官の後藤詢子として関わったわけだが、ややこしいので今後は、すべて北越で通そう」

彼女は「はい」と承諾してから、

「その七人の中で動機が見当たらないのは、橘絹子と大桐謙作の二人です。ただし絹子の場合は、チャイルドタレントを巡る母親同士の隠された何か……のあった可能性が、わずかながらも残るかもしれません」

「ところが、砂渡奈永の襲撃未遂事件が起きたとき、橘絹子は砂渡家にいた。お陰で奈永の母親である利恵のアリバイもできたわけだ。その後に娘の葵衣が攫われたことからも、完全に容疑者から外せる唯一の関係者だな。しかも癌で亡くなってるため、現代の事件の犯人にも成り得ない。まったくの白だ」

「残り四人には動機があるだけでなく、一時的に妃菜を隠すことが可能でした。遠見奏次郎と

畠山夏那子は小山の祠を、北越詢子は自家用車を、三根翔は小学校の倉庫を、それぞれ使えたわけです」

「超常的な力による目眩ましが本当に起きて、犯行の手助けを仮にしたのだとしても、松島妃菜を物理的に隠しておく必要が、この事件の犯人の場合はあった。そこが笛吹き男事件と違うところだと、私も君も見なしている」

彼は改めて確認すると、

「その隠し場所なんだけど、一種の〈器〉とも言えるのではないか」

「生贄を一時的に入れておく器……」

「それで気になるのが、橘葵衣の事件だ」

「そういう器が見当たらない……」

「ただし一つだけ、移動できる器があった」

次の瞬間、はっと聖衣子は気づいた。

「……車ですか！」

「北越詢子はどこへ行くのにも、つねに車を愛用していた。だから彼女の近くに車があっても、誰も不審には思わない。それを利用した」

「彼女は長女を交通事故で亡くしましたが、その後に次女を授かっています。けれど数年後に、その次女も……という経緯は、遠見奏次郎と似ています」

「大桐謙作が過去の事件について、何か重要なことを思い出しかけている……という情報を北越詢子は、まさに君から知らされていた」

あっ……と彼女は声をあげかけて、

「……うかつでした」

「しかしな、引っかかる点も多い」

「どういうところでしょう？」

「いかに車があるとはいえ、現場の小公園から笛吹き公園の北側の住宅地まで、ちょっと距離があり過ぎないか。北越詢子は雑木林を抜け出したあと、公園の西側の歩道を、松島妃菜を連れて歩く必要があった。そんな状況を考えると、かなり難しいのではないか」

「だれま様の異形の力が……」

「――働いて助けてくれるのは、橘葵衣の事件を例にとっても、子どもを攫う瞬間だけではないか、という気がする。その後の面倒までは、とても見てくれない」

「……それに北越詢子が犯人なら、咲美も奈永も二人とも、すんなりと家にあげたとは思えません。いったい何の用事で来たのかと、さすがに警戒したはずです」

「大桐謙作の記憶の回復について、他に知っていた者は、摩館市立第二小学校の副校長である稲垣と、三根翔の二人になるか」

「いいえ、稲垣先生には話していません。そうなると三根翔が……」

「ただし彼には、橘葵衣に対する器がない。そして彼だけでなく北越詢子にも言えるのは、記憶が戻りそうな大桐謙作を排除しなければならない動機が、果たしてあったのだろうか、という疑問だよ」

「あの『見た』けれど『見てない』という謎の言葉ですね」

「これまでに除外した者もふくめて、七人の容疑者の誰にも、この奇妙な目撃証言が当てはまらないのではないだろうか」

「だとしたら速水さんは、どう解釈されますか」

晃一は一呼吸おいてから、

「大桐謙作は現場付近で、そのとき誰かを見た気がした。しかし、その人物がそこにいるはずがないと思ったので、自分の見間違いだと――つまり見ていないと考え直した。だけど記憶の奥底には、しっかりと残った。本人に自覚はなかったが、ずっと引っかかっていた」

「それが清水萌子や私と再会することで、一気に蘇りそうになった……」

と聖衣子は続けてから、

「その人物とは、いったい誰です？」

「松島秋菜」

三

笛吹き鬼は、松島秋菜である。

どこかで予想していたのか、さほど聖衣子は驚かなかった。そのかわり、たまらなく恐ろしくなった。

「子どもたちの付き添い役として、松島秋菜と君のお母さんは、みんなから期待されていなかった。そうだよね」

晃一は確認しつつ説明を続ける。

「よって笛吹き公園の近くで、その姿が目撃されるはずなどなかった」

「……動機は、自分たちの会社の繁栄ですか」

「そのために実の娘を犠牲にしたとは思えない……と普通なら除外する推理だが、これまでに聞いた松島秋菜の印象から、逆に有り得る気がしている」

「……私も、そう感じます」

本来なら信じられない解釈だが、木曜の朝の電話で松島秋菜と接したばかりだったため、難なく受け入れられそうな気がする。

「あっ、でも――」

そこで彼女は突然、肝心な問題を思い出した。

「松島秋菜には、例の器がありません」

「立派なものを、ちゃんと彼女は持っていた」

「……何ですか」

「母親という器だよ」

これには聖衣子も絶句した。

「橘葵衣の場合は、親友のお母さんという器があった。そのため妃菜と葵衣を、その場から静かに連れ出すことができた」

「し、しかし、彼女の会社は今もあります。別に倒産していません」

「だれま様を信仰して生贄を捧げると、どんな願いでも叶えられるけど、それが永遠に続くことはなく、そのうち手痛いしっぺ返しを受ける――と完全に分かっていたら、そもそも信心する者など現れないと思わないか」

「それは、そうでしょうけど……」

「どのケースが成功して、どのケースが失敗するのか、そんな法則などおそらく何もない。相手は異形の神様なのだから、良くも悪くもただではすまない……ということ以外は、まったく何も確かなことはない」

「生贄を捧げて大成功する者もいれば、いったんは栄華を手に入れるものの、その後にひどい転落が待っている者もいる。どちらに転ぶかは、そうなるまで誰にも分からない。だれま様の気紛《きまぐ》れ一つにかかっている……と？」

「あまりにもリスクがあり過ぎる。けど――」

彼は淡々とした口調で、

「それでも魅せられるのが人間だろう。世の中のギャンブルすべて、つねに親が勝つようになっている。少し考えれば誰にでも理解できる仕組みだ。にもかかわらず賭け事《かごと》に染まって、借金まで抱える者があとを絶たない。仮に心の奥底では分かっていても、どうしても止められない。ちょっと宗教の信仰に似ているかもしれない」

「だから数は少ないものの、だれま様を信仰する者が、いつの時代にも現れる」

その橋渡しの役目をしているのが、自分の母親ではないのか……という恐ろしい疑惑に彼女は囚われた。

おそらく速水さんも気づいてる。

とはいえ仲介役の娘を目の前にして、そんな疑いを口にはできない。よって知らんふりをしている。きっとそうだろう。

「松島秋菜が突然、長井家と砂渡家を訪ねてきたら、どうなる？」

彼に質問されたので、

「さすがに驚くと思いますが、幼なじみの母親ですからね。咲美も奈永も追い返しはしないでしょう。きっと家にあげたはずです」

そう聖衣子は答えたのだが、おかげで別の重要な問題に気づけた。

「あっ、でも松島秋菜に電話したとき、私は取材内容を話していません。仮にうっかり喋ってしまったのだとしても、電話をしたのは木曜の朝で、大桐謙作が里山から連れ出されたのは水曜の夕方ですから、彼女に犯行は無理です」

「松島秋菜の会社の一つに、介護施設があったはずだ」

晃一の指摘に、彼女はぎょっとしながらも、

「老人ホーム里山が、その一つだった――というのですか。だから入居者である大桐謙作の動向も、松島秋菜には筒抜けだった……。施設内にひとり、スパイのような者を配置しておけば、おそらく不可能ではないでしょうけど……」

「そこまで警戒してるのなら、とっくに始末していないと可怪しいか」

「……ですよね」

「そのうえ里山は、特別養護老人ホームになる。これは公的な介護保険施設なので、民間の会社は運営できないのではないかな」

「それに彼女には、よく考えると咲美と萌子の命を奪う動機が、まったくないのではありませんか」

「そのうえ二人の死因が、瓢簞山に自生する足痲草の毒だった場合、摩館市に住んでいない彼女が使用するのは、かなり不自然とも言える」

「つまり松島秋菜は、笛吹き鬼ではない……」

「そうなるな」

二転三転する推理に、彼自身も戸惑っているように見えたが、

「このように行き詰まった場合は、目先を変える必要がある」

「それは推理の端緒を別に求める——という意味ですか」

「ホラー作家なのに、君は理解が早い」

晃一は微笑みながらも、すぐさま真顔になって、

「松島妃菜の事件において、まったく検討できていない謎が、まだあるよね」

「あの奇妙な笛の音……」

と口に出しただけで、何とも薄気味の悪い音色が、ふいに聖衣子の耳朶に蘇った。

「それを聞いたのは、君をふくめた五人の女の子たちだった。その中でも砂渡奈永と橘葵衣が、よりはっきりと耳にした。松島妃菜が消えたとき、鬼役だった奈永は小山に続く細道の近くにいて、葵衣は側の垣根に隠れていた。そして近くの藪には、ラジオ小母さんこと畠山夏那子が潜んでいた。彼女は自分のラジオから、笛が鳴ると言った。もっとも彼女は精神的な問題もあるから、あまり鵜呑みにはできない。あとは大桐謙作が、どうも里山で聞いたことがあるらしい。そして長井咲美と清水萌子は大人になってから、この笛の正体が分かるかもしれない……と感じるようになった」

すでに知っている内容なのに、改めて晃一の説明に耳をかたむけているうちに、もやもやとした何かが彼女の胸のうちに現れはじめた。

……もう少しで分かる。

そんな感覚に聖衣子が囚われていると、彼がかんでふくめる口調で、

「ここで考える必要があるのは、大人になった長井咲美と清水萌子の二人に、共通するものは

何か――という問題だ」

「どちらも長井電器で働いてる……ってことですか」

「長井電器は地域密着型の営業をしており、年配者の家に出入りすることで、電気機器に関する相談などに乗って、それを商売につなげている。老人ホーム里山などの施設も、その中に入っているわけだ」

「つまり顧客の多くが、お年寄りになる……」

「となると相談の一つに、自然と補聴器も入ってこないだろうか」

「えっ……」

「今はどうか知らないが、かつて補聴器の近くでラジオをつけると、ハウリングを起こすことがあった。そして砂渡利恵の補聴器は、あの当時にしても相当な中古品だった。だから藪に隠れていた畠山夏那子の近くに寄ったとき、そのハウリングが起きた。それが子どもの君たちには、奇妙な笛の音のように聞こえた」

「あのとき奈永のお母さんは、小公園にいた……」

彼女は呆然となりながら、

「笛吹き鬼は、利恵小母さんだった……」

「松島妃菜は橘葵衣や清水萌子と同じく、藪や雑木林や雑草に隠れるのを嫌った。そうなると彼女が隠れたと考えられる場所は、〈笛吹き公園〉と彫られた石板、その横のベンチ、滑り台、四阿、石板と対をなす石のオブジェのうち、どれかになる」

「あのとき葵衣が垣根の後ろに、萌子が滑り台の裏に隠れてました。残るのは小公園の出入り口に近い石板かベンチ、または少し離れた四阿か石のオブジェになります」

そう推察してから、はっと我に返った聖衣子は、

「妃菜が隠れた場所は、出入り口に近い石板かベンチだった。小公園に向かっていた利恵小母さんは、そんな彼女を見つけた。前々からチャイルドタレントにおける妃菜と葵衣の存在を、小母さんは煙たがっていた。二人がいる限り、奈永は成績で負け続けてしまう。当時の小母さんは、異常なほど教育ママだった。それで、おそらく、私の母にそそのかされて、だれま様を信仰してしまった。その結果、二人を排除する決心をした。それは同時に、だれま様に生贄を捧げる行為にもなった。それが真相ですか」

　ここで彼女は「あっ」と声をあげてから、晃一が口を開くのを待つことなく、さらに自分で続けた。

「利恵小母さんは、ずっと二人を攫う機会をうかがっていた。だから、あの日は空のベビーカーで小公園に向かった。そして大人しく小柄な妃菜を抱えると、彼女をベビーカーに押しこみ、急いで自宅まで戻ろうとした。すると向こうから、大桐謙作がやって来た。とっさに彼女は方向転換したけど、それでは公園に戻ってしまうので、再び自宅を目指した。それが大桐には、公園に行きかけたけど戻ったように見えた。そのうえ彼は、ベビーカーに乗ってるのが永司だと、はなから決めつけていたため、妃菜を認識することができなかった。もしかすると毛布などで、最初から妃菜を隠していたのかもしれない。いずれにしても大桐にはバレなかった。ところが、事件が迷宮入りになったあと、歳月が経つにつれて、大桐謙作の脳裏に疑いが芽生えはじめた。あのとき自分は本当に、ベビーカーの中に永司を見たのか。あのとき聞いた泣き声は、果たして永司のものだったのか。よくよく思い出すと赤ん坊の声にしては、どこか変ではなかったか……という風に悩みはじめた。そういうことではないでしょうか」

「それが『見た』けど『見てない』という言葉になって、彼の口から出たのだと思う」

聖衣子は納得した顔をしながらも、すぐさま気づいたのか、

「けど利恵小母さんには、葵衣のための器がありません。それとも松島秋菜のように、奈永の母親という立場で、葵衣を安心させたのでしょうか」

「その手は使えないというか、かなり難しいだろうな」

「だったら……」

「砂渡利恵は乳製品の訪問販売をしていたので、そのための特製カートという立派な器を持っていたじゃないか」

「あっ……」

「妃菜の神隠しのとき、奈永が耳にしたのは、甲高いピーッという音だったのに、葵衣のときは、軋むようなキーッという音だった。これはカートの車輪部分が古くなっていて、そんな風に鳴ったのかもしれない」

聖衣子にはカートはベビーカー以上に盲点《もうてん》になっていたため、ものすごく悔しい思いをしたのだが、そこで新たな問題に気づいた。

「でも利恵小母さんには、奈永が襲われかけたとき、自分の家で橘絹子といっしょにいたアリバイがあります」

「砂渡奈永が語った四つの事件の中で、ずっと引っかかっていた点が一つだけある」

「四つとは、妃菜の神隠し、橘葵衣の襲撃未遂、奈永の襲撃未遂、葵衣の神隠し……のことですね」

「うん。一つ目と二つ目と四つ目の事件では、彼女は異様な空気を感じて『化物がやって来

る』と怯えている。葵衣の未遂事件では、本人から話を聞いただけなのに。ところが、自分が襲われそうになったときは違う。そういう感覚に陥っていない。日暮れの大公園に対して、もちろん怖がってはいるけど、他の三つの体験とは明らかに異なっている。変だろ。普通なら逆じゃないか。つまり彼女自身の体験だけが、四つの中では完全に浮いている。異質なんだ」

　すぐに聖衣子にも答えが分かった。

「なぜなら狂言だったから……」

「葵衣と奈永の襲撃未遂事件のとき、そういう見方が世間にあった。だが、それから葵衣は本当に消えてしまった。しかし奈永は、いつまでも無事だった」

「狂言だったから……」

「妃菜の神隠しのあと、いくつも習い事をしていた奈永の祖母は、習い事を休んでずっと家にいた。そして、しばらく経ってから習い事を再開したらしく出かけたという。本当にそうだろうか」

「……まさか奈永のお祖母ちゃんが、狂言の犯人？　まだら男の正体？」

「そのときだけ祖母は、まだら男に化けて、不本意ながらも孫を脅かした。すべては娘の利恵の恐ろしい犯行を、何とか世間から隠すために。利恵に降りかかる疑惑を、できるだけそらせるために。それが唯一、可愛い孫を守る方法だと考えたんだろう。まだら男だけが、はっきりと被害者だけに目撃されたのは、奈永の襲撃未遂事件のときだけだった事実は、よく考えるとかなり可怪しい」

「つまり奈永のお祖母ちゃんは、利恵小母さんが人攫いだと知っていた……」

「攫ってベビーカーに押しこんだ松島妃菜を、そのまま砂渡家に連れてきたわけだから、祖母としては、どうにかするしかない」

その先を聞くことが、彼女は怖かった。かといって耳をふさぐわけにもいかない。

「ど、どうにか……って？」

「松島妃菜と橘葵衣の死因は、さすがに推理できない。手をかけたのが砂渡利恵なのか、または奈永の祖母なのか、それも確かめようがない。ただ二人の遺体がどこにあるのか、その推測くらいはできる」

「……どこです？」

「妃菜の事件のあとは習い事を休止して、しばらく家にいた奈永の祖母は、庭いじりをしていたという」

ぎくっと聖衣子の両肩が強張って、蚊の鳴くような声が漏れた。

「奈永が中学二年のとき、玄関に現れた妃菜と葵衣は……」

「うん、庭からやって来たのかもしれない」

四

砂渡家は金曜日に訪れたばかりである。そもそも子どものころに、妃菜と葵衣の事件のあとも、聖衣子は何度も遊びに行っていた。

その家の庭に、あの二人は埋められてる……。

ぞわぞわっとした怖気《おぞけ》を背筋に覚えたと思ったら、ぶるっとした震えに全身が襲われて、思わず両腕で彼女は自分自身を抱きしめていた。

「利恵小母さんが事件関係者のその後に興味を持ったのは、自分が笛吹き鬼だったから……。そのため大桐謙作の動向も、ずっと注視していた。彼女くらいの年齢なら日頃から里山に出入りしていても、決して目立たなかったでしょう。咲美と萌子が狙われたのは、奇妙な笛の音の正体に、あの二人が気づきかけたから……。利恵小母さんなら、いきなり長井家を訪れたとしても、きっと迎え入れて……」

と言いかけたところで、いったん聖衣子は固まってから、

「……へ、変ですよ」

「どこが？」

晃一が尋ねる。

「だ、だって……そうなると奈永を殺したのも、利恵小母さんになるじゃないですか」

そこで彼女は、あっと息をのんで、

「やっぱり違います。利恵小母さんは水曜から金曜まで、敬老会の旅行に永司と二人で参加していました。ですから大桐謙作を裏山に連れ去ることも、咲美と萌子に毒を盛ることも、どちらもできたはずありません」

「うん、だから砂渡奈永が、それらの犯行をなしたんだ」

「…………」

聖衣子は一瞬、彼の言葉の意味が理解できなかった。

「つまり過去の事件の犯人は、笛吹き鬼こと砂渡利恵で、現在の事件の犯人は、蘇った笛吹き鬼こと砂渡奈永だった……」

「そ、そんなこと、あ、有り得ません！」

彼女は叫んでいた。

「自分の母親が笛吹き鬼だったと、仮に奈永が気づいたとしても、その母をかばうために大桐謙作、それに咲美と萌子を手にかけるなど、絶対に考えられません。奈永と利恵小母さんの間には、親子の確執が昔からありました。ですから――」

「それは違う」

興奮する彼女をなだめるように、晃一は落ち着いた口調で、

「砂渡奈永がかばったのは、娘の貴奈子だよ」

「あっ……」

「二〇一〇年の『刑法及び刑事訴訟法の一部を改正する法律』の成立によって、『殺人罪など人を死亡させた犯罪であって死刑に当たるものについて公訴時効が廃止されるなどの改正』が行なわれた。つまり死刑に当たる犯罪については、時効がなくなったことになる。砂渡利恵の罪は、おそらく死刑に値するだろう」

「貴奈子ちゃんの立場で考えると、お祖母ちゃんが二人の子ども殺しの犯人で、死刑囚になってしまう……」

「だから砂渡奈永は、自分の娘を守るために――」

しかし聖衣子は、いきなり両手を前に突き出したかと思うと、その手ぶりで彼の推理を止めるような仕草を見せながら、

「いいえ、やっぱり違います。奈永は蘇った笛吹き鬼ではありません」

「どうして？」

「大桐謙作の記憶の回復についても、咲美と萌子が例の奇妙な笛の音の正体に気づきかけてい

る状態についても、奈永が知るはずないから……」

　と言いながらも彼女の表情が、たちまち大きくゆがんだ。

「どうやら思い出したようだね」

　聖衣子の心情を慮《おもんぱか》ったのか、彼はあくまでも優しい口調で、

「君はハーメルンの笛吹き男について調べたあと、その結果を砂渡奈永にメールしただけでなく、その後も取材内容をまとめたものを、ずっと友だちに送り続けたのではないかな」

「……まさに仰る通りで、それを完全に失念してました。でも速水さんは、どうして分かったんです？　私は何も言ってませんよね」

「君は摩館駅近くの喫茶店で砂渡奈永と会った翌日に、遠見奏次郎、畠山夏那子、大桐謙作、北越詢子、三根翔、松島秋菜の連絡先について、母親の利恵に尋ねて欲しい――というメールを奈永に送ったよね」

「はい。でも半分の人は当時の記事を読めば、そこに住所が書かれていることに気づきました。だから奈永には――」

「まだ分からないか、と催促することもなかった。しかし砂渡奈永は、君が昔の記事で関係者の住所を調べたなんて知るわけがない。にもかかわらず奈永は、大桐謙作の居場所を君にメールして以降、誰の連絡先も知らせてこなくなる。なぜか――と推理した結果、おそらく君が取材内容をちくいち、奈永に送っているからではないかと考えた」

「……慧眼《けいがん》です」

　彼女は素直に感心したが、奈永が蘇った笛吹き鬼だと認めざるを得なくなったことがショックで、愕然としている。

「砂渡奈永は昔から紅茶が好きなのに、君が家を訪ねたとき珈琲を出している」

「私の好みに合わせてくれた、と思ったんですが……」

「その可能性も無論ある。ただ紅茶好きな人は、あまり珈琲を飲まないイメージもある。客の君に珈琲を出すのは自然だとしても、自分には紅茶を淹れるのではないかな」

「では、どうして……」

「長井家で幼なじみ二人の紅茶茶碗に、足痲草の毒を入れたことで、彼女の紅茶好きという嗜《し》好《こう》が変わってしまったから――という見方もできると、僕は思うよ」

「………」

「また君が長井家を訪ねて、幼なじみたちの遺体を見つけたと電話で伝えたとき、砂渡奈永は大いに動揺したという。まさか君が、自分が犯した殺人の発見者になるとは、きっと彼女は考えもしなかったからではないだろうか」

「その奈永を、手にかけたのは……」

聖衣子は聞きたくなかった。とはいえ今さら避けられない……とも思った。

「旅行から戻ったとたん、その間に何が起きたのかを察した、砂渡利恵の仕業だよ。どこで情報を仕入れたのかは不明だが、いっしょに行った敬老会の人から、いきなりメールが来たとも考えられる」

「利恵小母さんの動機は、息子の永司を守るためですね」

「自分の過去の犯罪が明るみに出ないように、娘の奈永が口封じ殺人を行なった――と砂渡利恵には分かった。しかし昔と違って、奈永が起こした連続殺人事件は、あっさりバレるかもしれない。だから利恵は、娘も被害者に見せかけることにした。かつて利恵の母親が、娘と孫を守るために、当の孫を脅したように」

「き、貴奈子ちゃんは……」

　そう訊かれて晃一は、はじめて辛そうな表情を見せて、

「……分からない。砂渡利恵にとって孫が、どういう存在だったのか。この部分の情報が何もないからね」

「けど、可愛がっていたとは、とても思えません」

「かといって、だから手にかけたとも……」

「はい。そこまでしたとは……思えないというより、やはり考えたくありません」

　しばらく二人の間に沈黙が降りたあと、

「現代の事件について、どこまで警察は探ってるでしょう？」

　彼女が尋ねると、

「大桐謙作、長井咲美と清水萌子、この三人については分からないが、砂渡奈永の事件に関しては、どうも母親の利恵が怪しいと、すでに当たりをつけているかもしれない。何と言っても自宅で犯した娘殺しだからな。きっと不自然な点が、多々あるに違いない。それを今の警察が、あっさり見過ごすとは思えないよ」

　二人は話し合って、これまでの推理を充分に再検討した。

　その作業が終わったところで、聖衣子が摩館署の長谷川に連絡をとり、その日の夕方に先方まで出向き、すべての推理を刑事に伝えて、あとは警察に任せることにした。

終章

砂渡利恵は警察に任意同行を求められ、長時間にわたる事情聴取を受けたが、がんとして何も喋らなかった。

しかし、どうやら警察は砂渡家で何らかの物的証拠をつかんだらしく、捜査令状がとられて家屋と敷地内が調べられた。その結果、庭の土中から二人分の子どもの骨が見つかった。DNA鑑定を行なったところ、松島妃菜と橘葵衣のものと判明した。

それでも利恵は、自分の罪を認めなかった。かといって無罪を主張したわけでもない。ひたすらに黙秘を続けた。彼女が口にする唯一の話題は、永司の心配だけだった。

砂渡家の前の道路は、瞬く間に報道陣でごった返したが、それに対応する者は誰もいなかった。当家には永司ひとりしか残っておらず、その彼は相変わらず引きこもりを続けていたからである。

貴奈子の行方は、依然として不明のままだった。ただし目撃者が現れた。金曜日の日暮れ時に、笛吹き公園で犬の散歩をさせていた川添町の住人である。

「女の子がひとり、小山のほうに歩いていくのを見ました」

その年格好から貴奈子だろうと見なされたが、他には誰もいなかったという。つまり彼女は自分の意思で、どうも小山に登ったらしい。

笛吹き公園を中心に警察と消防の捜索が行なわれたが、一ヵ月が経っても貴奈子は見つからなかった。

その間に検察庁は、砂渡利恵の自供がない状況のまま、自信を持って起訴の準備を着々と進めた。警察の捜査結果に、それだけ信頼がおけたからだろう。

この騒ぎの中で、だれま様や垂麻家の名が出ることは、ほとんどなかった。一部の週刊誌が過去の事件を掘り返す記事の中で、笛吹き公園の小山にまつわる怪談に言及して、そこで謎の達磨信仰について触れた例はあった。けれど信用のおけないオカルト記事の扱いしか受けなかったため、それ以上は広がらなかった。

背教聖衣子は悩んだ。今回の取材をもとにして、どんな作品を書けば良いのか。いや、書くべきなのか。

かつて伯父が集めてくれた過去の記事や資料、自分がまとめた取材の記録、現代の新聞報道や雑誌の記事――に何度も目を通して、ずっと考え続けた。

最終的に大いに参考となったのが、まだ刊行はされていないものの、速水晃一が自らの体験を著した『七人の鬼ごっこ』の執筆動機である。

垂麻家の被害者とも言える人たちに対する鎮魂《ちんこん》の書であると同時に、ひとりの殺人者に対する告発の書として原稿を書いた――と、前に本人から聞いている。

だれまさんがころした殺人事件も、まだら男の事件も、笛吹き鬼殺人事件も、すべて背後には垂麻家の存在があり、だれま様の影が恐ろしいまでに深く重く根を下ろしている。それは絶対に間違いない。

私はホラー作家として、この奇っ怪な信仰を告発する。

これまで娯楽小説一辺倒できた聖衣子の、まさに新たな決意だった。それは同時に、とっくに抜け出せたと思っていた母親の呪縛から、本当に自分が解き放たれる一歩にもなると、彼女は確信していたのである。

装画　遠田志帆
装幀　高柳雅人

この作品は書き下ろしです。

三津田信三

奈良県出身。編集者をへて、二〇〇一年『ホラー作家の棲む家』でデビュー。ホラーとミステリを融合させた独特の作風で人気を得る。『水魑の如き沈むもの』で第十回本格ミステリ大賞を受賞。主な作品に『厭魅の如き憑くもの』にはじまる「刀城言耶」シリーズ、『十三の呪』にはじまる「死相学探偵」シリーズ、これまでにない幽霊屋敷怪談を描く『どこの家にも怖いものはいる』『わざと忌み家を建てて棲む』『そこに無い家に呼ばれる』、摩館市を舞台にした『七人の鬼ごっこ』などがある。

六人《ろくにん》の笛吹《ふえふ》き鬼《おに》

2024年9月25日　初版発行

著　者　三津田信三《みつだしんぞう》
発行者　安 部 順 一
発行所　中央公論新社
〒100-8152　東京都千代田区大手町1-7-1
電話　販売 03-5299-1730　編集 03-5299-1740
URL https://www.chuko.co.jp/

ＤＴＰ　ハンズ・ミケ
印　刷　大日本印刷
製　本　小泉製本

Published by CHUOKORON-SHINSHA, INC.
Printed in Japan　ISBN978-4-12-005827-1 C0093

ごっこ

装画／遠田志帆

七人の鬼

三津田信三

こっちは、えいくん。

そっちは、ゆうじゅん。

あっちは、さーや。

じゃあ……あれは、誰？


自殺しようとしたえいくん――多門英介を襲い、連続殺人をはじめた《鬼》は誰？

瓢箪山の達磨神社。桜の木の下で遊んだ子供時代の仲間が次々殺されていく。

その一人でホラーミステリ作家となった速水晃一は神社を訪れ、あの日、記憶に封じた忌まわしい《鬼》と、連続殺人犯を推理するが……。

〈解説〉若林踏

中公文庫

〈STORY〉

「幽霊屋敷って一軒だけで充分に怖いですよね。それが複数ある場合は、どうなんでしょう」知り合いの編集者・三間坂が作家・三津田の元に持ち込んだのは、曰くある物件を継ぎ接ぎした最凶の忌み家、そしてそこに棲んだ者達の記録。誰が、何の目的でこの「烏合邸」を作ったのか？　怖すぎると話題の「幽霊屋敷」怪談、再び！

〈解説〉松原タニシ

忌まわしい「継ぎ接ぎの家」が、
現実にあるのです。

装画／谷川千佳

中公文庫

そこに無い家に呼ばれる

三津田信三

Shinzo Mitsuda

〈ＳＴＯＲＹ〉

蔵から発見された三つの記録。それらはすべて「家そのものが幽霊」だという奇妙な内容で――。

〈解説〉芦花公園

もし何かが「一つずつ減っている」
または「増えている」と感じたら、
この読書を中止してください。

装画／谷川千佳

中公文庫